한국대표고전소설

중학생이 되기 전에 미리 읽는

한국대표고전소설

1판 1쇄 펴낸날 2012년 1월 10일
1판 5쇄 펴낸날 2022년 1월 20일

지은이 김문숙 · 최승랑
그린이 백명식
디자인 김민경

펴낸이 은보람
펴낸곳 도서출판 달과소
출판등록 2010년 6월 21일 제2010-000054호
주소 우) 140-902 서울시 용산구 후암동 403-15
전화 02-752-1895 | 팩스 02-6499-1897
전자우편 book@dalbooks.com
홈페이지 www.dalbooks.com

ISBN 978-89-91223-42-4 [43810]

한국대표 고전소설

김문숙·최승랑 글 | 백명식 그림

달과소

차례

옹고집전

"얼굴도 똑같고 옷도 똑같구나. 그러니 둘 다 옷을 벗겨 보아라."
두 사람은 곧 발가벗겨져 알몸이 되었습니다.
그러나 차돌 같은 머리와 가슴, 팔과 다리, 발가락까지 둘은 다른
데가 한 곳도 없었습니다. 사또는 도저히 누가 진짜인지 가려낼 수
없었습니다.

옹정(옹달 우물)과 옹연(옹 연못)이 있는 옹진골 옹당촌에 한 사람이 살았는데 성은 '옹'이요, 이름은 '고집'이었습니다. 옹고집은 욕심이 많고 성질이 어찌나 고약한지 남이 싫어하는 짓만 했습니다. 성미가 괴팍해서 풍년이 드는 것도 싫어하고, 사소한 일에도 떼를 쓰고 심술을 부리는 등 고집이 대단했습니다.

이렇게 심술궂고 고집이 센 옹고집이었지만, 어떻게 돈을 벌었는지 재물은 날로 늘어가 너른 집 앞마당에는 곡식더미가 수북이 쌓여 있고, 방 안에는 수백만 냥이 가득하며 고래등 같은 기와집을 온갖 화려하고 귀한 것들로 꾸며 놓았습니다.

이렇듯 옹고집은 그 고을에서 제일가는 부자였지만 제 부모에게조차 몹시 인색했습니다.

옹고집에게는 팔십이 된 늙고 병든 어머니가 계셨는데 닭 한 마리 삶아 드리거나, 약 한 첩 지어드리지 않고 쌀도 아까워하며 아침에만 밥을 드리고 저녁에는 죽을 드렸습니다. 뿐만 아니라 겨울에도 방에 불을 때지 않아 어머니는 추위에 떨며 지내기를 밥 먹듯 했습니다.

하루는 어머니가 서러워하며 울먹였습니다.

"옹고집아, 내가 너를 낳아 기를 때, 금이야 옥이야 애지중지 길렀거늘, 어찌하여 그 은혜를 모르느냐? 옛날 어느 효자는 추운 겨울에 얼음 속 잉어를 낚아 병든 어머니를 봉양하였다는데, 그리는 못할망정 어찌 이리 불효를 저지른단 말이냐?"

그럴 때마다 옹고집은 소리를 질렀습니다.

"옛날 천하를 호령하던 진시황이 아방궁을 지어 놓고 천 년을 살겠다고 큰소리치더니 백 년도 못 살고 죽었소. 한데 인생을 살만큼 산 늙은이가 뭐 그리 죽는 걸 겁내시오? 옛말에 사람은 일흔을 살기 어렵다고 하였소. 근데 벌써 어머니는 팔십이나 되질 않소? 참 욕심도 많으시구려."

옹고집은 자기 어머니에게도 이렇게 못되게 구는데, 남에게는 말할 것도 없었습니다.

어쩌다 스님이 시주를 받으러 집으로 찾아오면 다짜고짜 달려들어 기둥에 묶어두거나 막대기로 마구 때리며 내쫓았습니다. 이런 소문이 퍼지자 시주스님들은 옹고집의 집 근처에 얼씬도 하지 않았습니다.

그 무렵 월출봉 취암사라는 절에 도사 한 분이 계셨는데, 그의 도술은 아주 뛰어나 귀신도 감탄할 경지에 이르렀습니다.

하루는 그 도사가 학 대사를 불러 말했습니다.

“듣자 하니 옹당촌에 사는 옹고집이란 놈이 있는데, 부처님을 모욕하고 스님들만 보면 괴롭힌다고 하더구나. 네가 가서 그놈을 혼내주고 오너라!”

도사의 명을 받은 학 대사는 헌 삿갓을 눌러 쓴 뒤, 다 떨어진 장삼을 입고, 목에는 낡은 염주를 걸친 채 절을 내려왔습니다. 그리고 바로 옹고집의 집으로 향했습니다.

집 앞에 도착한 학 대사는 목탁을 두드리며 염불을 외기 시작했습니다. 이 소리를 들은 하인이 깜짝 놀라 뛰어 나오더니 조심스레 말했습니다.

“이보시오, 스님! 소, 소문도 못 들었소? 우리 주인은 성질이 아주 고약하다오. 지금 주인께서 낮잠을 주무시고 계신데 만일 스님이 잠이라도 깨우는 날엔 시주는 고사하고, 큰 봉변만 당할 것이니 어서 돌아가시오.”

하인의 말에 학 대사가 대답했습니다.

“보아 하니 부잣집 같은데, 이런 고래등 같은 집에서 스님 대접을 그리 소홀히 할 리가 있겠소? 옛말에 악한 일을 많이 행하면 반드시 재앙이 오고, 선한 일을 많이 행하면 반드시 복이 온다 하였지요. 소승은 월출봉 취암사에 있는데, 법당이 너무 낡아 무너지게 되어 이를 고치기 위해 천 리를 멀다 않고 이렇게 찾아왔소. 황금 일천 냥만 시주하라 여쭈어 주오.”

그때 갑자기 옹고집이 문을 열어젖히며 소리를 질렀습니다.

“밖이 어찌 그리 소란한 게냐?”

하인이 급히 달려가 말했습니다.

“문 밖에 중이 와서 시주하라 하옵니다.”

이 말을 듣자마자 옹고집이 화를 벌컥 내며 달려와 스님에게 눈을 부라리며 소리 질렀습니다.

“이 몹쓸 중놈아! 감히 어디에 와서 동냥질이야? 그래, 시주하면 부처님이 뭘 주신다더냐?”

학 대사가 손을 높이 들어 공손히 합장하며 말했습니다.

“황금 일천 냥만 시주하시면 소승이 절에 가서 불공을 드릴 때 옹 좌수의 소원을 빌겠나이다. 그러면 소원하는 바를 이룰 수 있을 것이옵니다.”

옹고집은 가소로운 듯 말했습니다.

“허, 네 놈의 말이 어이가 없구나! 사람은 본래 저마다 태어날 때부터 부유하고 귀하게, 혹은 가난하고 천하게, 자식이 있고 없고 모두 하늘이 정해주어 타고나는 법이다. 그런데 네 말대로 부처님께 소원을 빌어 이루어진다면 세상에 가난하고 천하게 살 사람이 누가 있고 자식이 없어 걱정할 사람이 누가 있겠느냐? 네놈들은 부모 은혜 저버리고 머리 깎고 중이 되어 부처님의 제자를 자처하며 염불이나 외고 거짓 공부하는 것이 일이 아니더냐? 어른을 보면 시주하라 하고, 아이들을 보면 절에 데려가 중 노릇을 시키려 하니 너희 같은 쓸모없는 놈들에게 내가 동냥을 줄 것 같으냐? 헛소리 집어치우고 내 집에서 썩 나가거라."

하지만 학 대사는 물러서지 않고 조금도 거리낌 없이 차분한 어조로 옹고집의 말이 옳지 않다는 것을 이야기 했습니다.

학 대사의 이런 당당한 모습을 보고 옹고집이 퉁명스레 말했습니다.

"네놈이 배운 것이 있으면, 어디 내 관상이나 좀 봐 주어라."

학 대사는 옹고집의 얼굴을 자세히 뜯어보며 말했습니다.

"옹 좌수의 얼굴을 살펴보니 눈썹이 길고 두 눈썹 사이가 넓으시니 재산은 넉넉하겠소. 하지만 눈 아래가 꺼져 있으니 자식은 부족하오. 또 얼굴이 좁으니 남의 말을 아니 듣겠고 손발이 작은 걸 보니 제 명을 다하지 못할 듯싶고, 늙어서는 병에 걸려 고생하다가 죽을 것이외다."

이 말을 들은 옹고집은 버럭 화를 내며 고함을 쳤습니다.

“돌쇠야, 강쇠야, 뭉치야! 저 중놈을 당장 잡아라!”

옹고집이 화가 나서 소리치자 하인들이 눈을 부릅뜨고 달려들어 헌 삿갓을 벗기고 학 대사의 두 귀를 잡고 휘돌려 돌 위로 내동댕이쳤습니다. 화가 난 옹고집이 학 대사에게 호령했습니다.

“이 미련한 중놈아, 너 같은 못된 중놈이 부처님 핑계 대면서 턱도 없이 남의 돈을 달라하니 내가 너 같은 놈을 그냥 두겠느냐?”

이렇게 말하고는 꼬챙이로 학 대사의 귀를 뚫고 볼기를 사십대나 때려 쫓아버렸습니다. 잠시 후 옹고집이 매질하여 상처투성이가 된 학 대사의 몸은 도술로 멀쩡하게 되돌아왔습니다.

절로 다시 들어간 학 대사는 마중 나온 스님들에게 그동안 옹고집에게 겪은 이야기를 하였습니다.

그 말을 듣고 스님들이 분개하며 말했습니다.

"스승님의 높은 도술로 염라대왕께 아뢰어 옹고집을 잡아다가 지옥에 가두고 영원히 세상에 못 나오게 하옵소서."

"그것은 아니 된다."

"그러면 보라매가 되어 높이 날다가 달려들어 옹가 놈의 머리통을 두 발로 덥석 쥐고 두 눈을 쪼아대면 어떨까 하옵니다."

"그것도 아니 된다."

"그렇다면 스님, 산속의 호랑이가 되어 깊은 밤에 담장을 넘어 옹가 놈을 물어다가 산 속 깊은 곳에서 잡아먹어버리는 것이 좋을 듯하옵니다."

"살생은 아니 되거늘, 그 또한 아니 된다."

"그러하오면 여인으로 변신한 꼬리 아흔 아홉 개 달린 여우가 되어 곱게 단장하고 옹고집을 찾아가는 겁니다. 그래서 온갖 좋은 말로 옹고집을 속이고 교태를 부려 유혹하면 분명 옹가 놈도 넘어올 것입니다. 날마다 여우 곁에서 잠들다 여우에게서 나오는 찬 기운에 말라죽게 하는 것이 옳지요."

"그것도 좋은 방법이 아니다."

학 대사는 곰곰이 생각한 후 스님들에게 말했습니다.

“내게 좋은 방법이 있느니라.”

학 대사는 짚 한 단을 가져오더니 옹고집의 생김새와 비슷한 허수아비를 만들었습니다. 그 허수아비에 부적을 써서 붙이고 주문을 외우자 옹고집과 똑같은 모습이 되어 살아서 움직이기 시작했습니다. 허수아비로 만든 가짜 옹고집은 그 길로 옹고집의 집으로 갔습니다.

옹고집의 집에 도착한 가짜 옹고집이 사랑문을 열어젖히고 소리쳤습니다.

“늙은 종 돌쇠야, 젊은 종 뭉치야, 강쇠야, 어이 그리 게으르냐? 말에게 콩을 먹이고 여물도 썰어라. 춘단이는 뭐하냐? 어서 방 쓸지 않고!”

이때 밖에 나갔던 진짜 옹고집이 들어오다가 시끄러운 소리가 들리자 하는 말이,

“누가 남의 집에 와서 큰소리를 치는 게냐?”

그러자 가짜 옹고집이 대답했습니다.

“그러는 너야말로 누군데 예의 없이 남의 집에 들어와 주인 행세를 하는고?”

진짜 옹고집은 깜짝 놀랐습니다. 생김새가 자기와 너무나 똑같은 사람이 눈앞에 있었기 때문입니다. 진짜 옹고집은 화를 내며 하인들에게 호령했습니다.

"저놈이 내 재물이 넉넉함을 알고 훔치려고 내 흉내를 내고 있으니, 강쇠야, 어서 저놈을 끌어내라."

가짜 옹고집도 지지 않고 대꾸했습니다.

"이 바보 같은 놈들아, 너희들은 주인도 못 알아보느냐? 뭘 꾸물대느냐? 당장 저놈을 끌어내지 않고!"

두 명의 옹고집이 서로 싸우자 하인들은 이러지도 저러지도 못하고 어찌할 바를 몰랐습니다.

이 일을 지켜보던 늙은 하인이 안방으로 뛰어가서 말했습니다.

"아이고, 마님 큰일 났사옵니다. 우리 주인님이 두 분이 되셨습니다. 이게 대체 무슨 일이랍니까?"

그 소리를 들은 옹고집의 부인은 허둥지둥 사랑채(집의 안채와 떨어져 있는, 바깥주인이 거처하며 손님을 접대하는 곳)로 달려 나왔습니다. 그러나 옹고집의 부인도 양쪽을 번갈아 보며 고개만 갸우뚱할 뿐 진짜 옹고집이 누구인지 알 수가 없었습니다.

"스님들을 매질하고 늙은 어머니를 구박하더니 하늘이 내리신 벌을 받는구나. 이 일을 어쩌나!"

잠시 후 부인이 계집종 춘단이를 불러 말했습니다.

“너는 누가 주인님인지 알아보겠느냐?”

“너무 똑같아서 잘 모르겠사옵니다.”

“그러면 어서 가서 주인어른의 도포 앞자락을 살펴보아라. 얼마 전 주인어른께서 외출하셨다가 도포에 불똥이 튀어 구멍이 뚫어졌다. 그것을 보면 누가 진짜 주인어른인지 알 수 있을 게다.”

춘단이는 달려가 두 옹고집에게 도포를 보여 달라고 했습니다.

진짜 옹고집이 나와서 도포자락을 펼치자 불똥 구멍이 확실히 있었습니다. 춘단이가 진짜 옹고집을 찾았다고 기뻐하자 가짜 옹고집이 버럭 화를 내며 말했습니다.

“이 멍청한 것아. 그런 걸로 주인을 가려내느냐? 그까짓 구멍은 나도 있다.”

그러고 나서 도포자락을 걷어 올리니 진짜 옹고집과 똑같은 불구멍이 있는 것이었습니다.

잠시 후 춘단이가 울상이 되어 돌아와 옹고집 부인에게 조금 전에 있었던 일을 말하자, 부인은 주저앉아 한숨 쉬며 말했습니다.

“이게 무슨 일이란 말인가. 예로부터 혼인을 한 아내는 죽을 때까지 남편을 잘 따르고 섬겨야 한다고 하거늘, 내 이제껏 서방님 한 분만 믿고 살았는데, 이제 서방님이 둘이나 생겼으니 누구를 섬기고 따르리오!”

옹고집 부인을 지켜보던 며느리가 나서서 말했습니다.

"어머니, 제가 진짜 아버님을 가려내 보겠사옵니다."

며느리가 사랑채로 건너가자 가짜 옹고집이 반가운 얼굴로 맞아들였습니다.

"아가야, 너 마침 잘 왔구나. 처음 네가 시집오는 길에 말 십여 필에 온갖 살림살이를 가득 싣고 오다가 수말 한 마리가 암말을 보고 날뛰는 통에 등에 실은 짐이 다 쏟아지고, 놋동이는 가운데가 뚫어져서 못쓰게 되어 벽장 속에 넣어 두지 않았느냐. 이 말이 거짓이냐? 네 시아비는 바로 나다."

진짜 옹고집은 기가 막혀 가슴을 치며 말했습니다.

"애고, 저놈 좀 보게. 내가 할 말을 다하고 있네. 아가, 아가, 내 얼굴 좀 자세히 보거라. 네 시아버지는 바로 나다. 나야!"

며느리는 잠시 생각하다가 다시 말했습니다.

"우리 아버님은 머리 위에 금이 있고, 그 가운데 흰머리털이 있사오니 그것을 보여 주시옵소서."

진짜 옹고집은 급히 갓을 벗고 머리를 풀어 머리를 보여 주었습니다. 그때 가짜 옹고집은 재빨리 요술을 부려 옹고집의 흰 머리털을 뽑아서 자기의 머리에 붙였습니다. 그리고 갓을 벗고 머리를 내밀며 말했습니다.

"아가야, 내 머리도 보아라."

며느리가 두 옹고집의 머리를 자세히 살펴보더니 가짜 옹고집의 머리에서 흰머리를 발견하고는 박수를 치며 기뻐했습니다.

"머리의 금 한가운데 흰머리털이 있는 것을 보니 이분이 틀림없이 진짜 우리 아버님이세요."

며느리가 기뻐하자 진짜 옹고집은 답답해 미칠 지경이었습니다.

"아이고, 가짜 옹고집을 아버님이라 하고, 진짜인 나를 구박하다니 기막혀 나 죽겠네. 어찌 시아비도 못 알아본단 말이냐? 이 서러움을 누구에게 하소연할꼬!"

옹고집이 이렇게 신세 한탄을 하고 있을 때 구불촌 김 별감이 찾아왔습니다.

"옹 좌수 안에 있는가?"

김 별감이 대문 안으로 들어서자 가짜 옹고집은 몹시 반가워하며 말했습니다.

"어서 오게나. 한동안 발길이 뜸하더니만 그간 별 일 없었는가? 나는 집안에 변고가 생겨 마음이 편치 않다네. 저기 있는 저놈이 내 재산을 빼앗으려고 못된 꾀를 부려 나와 똑같은 차림새를 하고 주인 행세를 하지 뭔가. 자네는 나를 알아볼 테니, 천천히 살펴보고 저 가짜 놈을 쫓아 주게."

20

진짜 옹고집이 이 말을 듣고 가슴을 치며 소리쳤습니다.

"애고, 저놈 보게. 저놈이 나인 척하고 천연덕스레 거짓말을 하고 있네. 이 나쁜 놈아, 네가 옹고집이냐? 내가 옹고집이지."

두 옹고집이 조금도 물러서지 않고 서로 다투는 모습을 지켜본 김 별감이 말했습니다.

"허어 참! 둘이서 옹옹하니, 이 옹 저 옹을 구별할 수가 없어 누가 진짜인지 통 모르겠네. 이보게들, 이럴 게 아니라 관가에 가서 누가 진짜이고 누가 가짜인지 판결을 받아 보세나."

이 말이 옳다고 여긴 두 옹고집은 관가로 갔습니다. 두 옹고집이 고을 사또 앞에 서게 되자 진짜 옹고집이 엎드리며 억울하다는 듯이 먼저 그동안의 사정 이야기를 했습니다.

그러자 가짜 옹고집이 되받아쳐 말했습니다.

"제가 아뢸 말씀을 저놈이 다 했사옵니다. 부디 나리께서 현명한 판단을 내려 가짜를 가려내 주시옵소서."

사또는 두 사람을 물끄러미 바라보며 살폈지만 누가 진짜인지 도무지 알 수가 없었습니다. 사또는 형방에게 분부했습니다.

"저 두 놈의 옷을 벗겨 보아라."

형방이 나서서 두 옹고집을 발가벗겨 찬찬히 살펴보았습니다. 하지만 두 옹고집은 차돌 같은 머리통, 배, 가슴, 팔, 다리까지 너무나 똑같았습니다. 사또 옆에 있던 육방하인과 집에 온 모든 손

님들이 살펴봐도 도저히 진짜를 구별해 낼 수가 없었습니다.

그때 형방이 아뢰었습니다.

"두 옹가의 조상을 알 수 있는 호적을 알아보심이 어떨는지
요?"

"좋은 생각이로다. 지금 당장 관원에게 시켜 옹고집의 호적을
가져 오도록 해라."

잠시 후 관원이 옹가의 호적을 가져오자 사또는 말했습니다.

"비록 너희 둘이 생김새는 닮았을지 모르나 조상은 다를 것이
다. 어서 너희 조상에 대해 말해 보거라."

진짜 옹고집이 자신 있게 먼저 말했습니다.

"제 아비의 성함은 '옹송'이옵고, 할아버지는 '만송'이옵니다."

여기까지 말하고 나니 진짜 옹고집은 더 이상 생각이 나질 않아 우물쭈물했습니다. 진짜 옹고집이 말을 더듬자 사또는 실망하며 가짜 옹고집에게 말해보라 일렀습니다.

가짜 옹고집은 차분하게 대답했습니다.

"돌아가신 제 아비의 성함은 '옹송'이온데 자하골 김등네가 사또로 계실 때 저의 아비가 좌수로 일했사옵니다. 그때 마침 흉년이 들어 백성들이 굶주리자 이를 구제한 공으로 나라에서 상을 받았사옵니다. 저의 조부는 무관출신으로 오위장을 지내신 분인데 성함은 '만송'이옵고, 고조부는 '맹송'이라 하옵니다. 제 마누라는 진주 최씨요, 아들놈은 '골'이라 하온데 이제 나이 십구 세이옵니다. 또 저희 집 재산을 말씀드리자면, 창고에 곡식이 이천백 석이요, 마구간에는 말이 여섯 필이요, 돼지는 암수 합하여 스물두 마리요, 암탉 수탉 합하여 육십 마리요, 가재살림으로는 안성 방짜유기(좋은 놋쇠를 녹여 부은 다음 두드려 만든 그릇) 열 벌이옵니다. 방안 살림살이로는 장롱, 문갑, 화병, 화장대, 병풍 등이 있사옵니다. 모란이 그려진 병풍 한 벌은 소인의 아들 혼인식 때 매화를 그린 폭이 없어져 이를 고치려고 다락에 넣어 두었습니다."

가짜 옹고집은 계속해서 말했습니다.

"이뿐아니라 책은 천자문부터 천자, 당음, 당률, 사략, 통감, 소학, 대학, 논어, 맹자, 시전, 서전, 예기, 춘추, 주역 등 없는 것이 없사옵고 금반지가 열 개, 은가락지가 이십 개이고, 비단 청홍자색 합쳐서 열세 필이요, 모시가 서른 통이요. 명주가 마흔 통이 있사옵니다. 이것만 보아도 제가 진짜 옹고집이라는 것을 알 수 있지 않사옵니까? 또 신발로 말하면 젖은 땅에서 신는 신발과 마른 땅에서 신는 신발이 삼십 켤레이고, 가죽신이 여섯 켤레이온데 그 중 한 켤레는 이 달 초사흘 밤에 쥐가 앞부분을 조금 갉아먹어서 신지 못하고 안방 벽장 속에 넣어 두었사옵니다. 만일 제가 아뢴 이 모든 것이 하나라도 틀리다면 곤장을 맞아 죽어도 할 말이 없사옵니다. 저놈이 이렇게 저의 재산이 많은 것을 알고 욕심을 내어 훔치려 하옵니다. 현명하신 사또께서 저 무도한 놈을 혼내 다시는 이 같은 일이 생기지 않도록 하여 주시옵소서."

가짜 옹고집이 자세하게 집안의 내력과 재산 목록을 말하자, 사또는 조용히 고개를 끄덕이며 말했습니다.

"음, 자네가 진짜 옹고집이 틀림없네. 어서 이리로 올라와 술 한 잔 받으시게나."

사또는 동헌마루에 가짜 옹고집을 올라오라고 청하여 술을 따르며 위로했습니다. 가짜 옹고집은 사또에게 고개 숙여 고맙다는 인사를 올렸습니다.

"하마터면 아까운 재산을 저 놈에게 다 빼앗길 뻔했습니다. 사또께서 이렇게 명쾌한 판결을 내려 주시니 이 은혜를 어찌 갚아야 될지 모르겠습니다. 언제든지 저희 집에 오시옵소서. 제가 크게 대접하겠나이다."

이 말을 들은 사또는 흐뭇해하며 말했습니다.

"저 놈은 염려 말게나. 내가 바로 처리해 줌세."

그러고는 진짜 옹고집에게 호령했습니다.

"네 이놈, 네 놈은 헛된 욕심을 품고 남의 재산을 가로채려 하였으니, 너를 벌하여 본보기로 삼으리라! 여봐라, 당장 저 놈을 끌고 가 곤장 삼십 대를 쳐라."

포졸들이 몰려와 옹고집을 형틀에 묶고 곤장을 치기 시작했습니다. 매질을 한 후 사또가 물었습니다.

"네 이놈, 아직도 옹고집이라고 우길 테냐?"

옹고집은 계속 자기가 옹고집이라고 말하다가는 곤장을 맞다 죽을지도 모른다는 생각이 들어 차라리 아니라고 말하고 용서를 구하기로 했습니다.

"아니오, 나리! 저는 옹고집이 아니옵니다. 재물에 눈이 멀어 잠시 옹고집 흉내를 내었사옵니다. 죽을죄를 지었사옵니다."

이런 옹고집을 보고 사또가 부하들에게 분부했습니다.

"네 죄를 생각하면 더 큰 벌을 내려야 마땅하나 잘못을 뉘우치
니 이쯤에서 용서하마. 여봐라! 저놈을 고을 밖으로 내치거라!"

결국 옹고집은 고을 밖으로 쫓겨나고 말았습니다.

하루아침에 집도, 가족도, 재산도 잃게 된 옹고집은 자신의 신
세가 한없이 처량하여 눈물을 흘렸습니다.

'내가 어쩌다 이 지경이 되었는고? 그동안 나는 죽어 마땅한 놈
이었지……. 내 다시 옛날로 돌아가면 시주하는 스님 구박 안
하고, 늙은 어머니께 효도하고, 어여쁜 우리 마누라에게 잘해주
고, 금쪽같은 자식들에게 아비노릇 제대로 하겠다만 이제는 이
모든 게 다 소용없구나. 이것이 꿈이거든 얼른 깨면 좋으련만.'

한편, 가짜 옹고집은 관가에서 판결을 받고 의기양양하게 집으
로 돌아왔습니다. 옹고집 부인은 버선발로 뛰어나와 가짜 옹고집
의 손을 잡고 반겼습니다.

"서방님, 정말 재판에서 이기셨소이까? 아이고, 그동안 얼마나
고생이 많으셨소?"

"마누라, 그동안 고생이 많았소. 하마터면 전 재산은 물론이고

마누라도 잃고, 자식들도 잃을 뻔 했구려. 다행히 사또께서 지혜롭게 해결해주어 자네 얼굴 다시 보게 되었으니 정말 다행이오.”

가짜 옹고집은 춤을 추며 좋아했습니다.

가짜 옹고집이 집에 들어온 후 가족들은 화목해지고 부부 사이의 정도 더 돈독해졌습니다.

그러던 어느 날, 옹고집 부인이 잠을 자다가 하늘에서 허수아비가 무수히 떨어지는 꿈을 꾸었습니다. 부인은 그 꿈 이야기를 가짜 옹고집에게 했습니다.

“그런 꿈을 꾸었다면 부인이 아기를 가진 것이 분명하오.”

그런 일이 있은 후 옹고집 부인은 정말로 아기를 가졌고, 열 달이 지나 네 쌍둥이를 낳았습니다. 옹고집 부인은 기뻐하며 힘든 줄 모르고 아기들을 잘 길렀습니다.

그 무렵 관가에서 쫓겨난 진짜 옹고집은 정처 없이 이곳저곳을 떠돌아다니고 있었습니다. 거지꼴을 한 채 남의 집에 밥을 빌어먹으러 다니며 수많은 고초를 겪었습니다.

어느 날 쓸쓸해진 진짜 옹고집은 며칠 동안 걷기만 하다가 어느새 깊은 산중에 들어가게 되었습니다.

그곳은 봄꽃들이 아름답게 핀 높은 산이 첩첩이 둘러싸고 있고 여기저기에 새들은 쌍쌍이 무리지어 지저귀고 있는 곳이었습니다.

“아이고, 내 팔자야. 재산도, 처자식도 다 뺏기고 이렇게 거지

신세로 살아 무엇하리. 세상은 봄꽃이 피고, 새들조차 저렇게 짝을 지어 지저귀는데 구슬피 우는 소쩍새만이 내 맘을 알아주는구나. 이렇게 사느니 차라리 죽는 것이 낫겠다.”

이렇게 말하며 옹고집은 땅바닥에 주저앉아 눈물을 흘리며 슬피 울었습니다.

그때 어디선가 맑은 노래 소리가 들렸습니다.

“생각할수록 후회막급이로다. 스스로 지은 죄로 하늘이 주신 벌을 받고 있으니, 대체 누구를 탓하고 누구를 원망하리오?”

옹고집이 눈물을 닦고 주위를 둘러보니, 높은 절벽에 백발 도사 한 분이 한 손에는 커다란 지팡이를 잡고, 다른 한 손에는 소나무 가지를 휘어잡고 서 있는 것이었습니다. 옹고집은 도사 앞으로 나아가 두 손을 합장하며 말했습니다.

“도사님, 이놈의 죄를 생각하면 천만 번 죽어도 부족하지 않사오나, 제발 한 번만 살려주옵소서. 늙고 병든 어머니와 처자식을 한 번만이라도 만나 볼 수 있게 해주시옵소서. 그렇게만 된다면 죽어도 여한이 없겠나이다.”

옹고집이 눈물을 흘리며 애원하자 도사가 말했습니다.

“이 천하에 몹쓸 놈아, 앞으로 또 팔십 먹은 늙은 어머니를 냉돌방에 재우며 구박하겠느냐? 그리고 또 부처님을 섬기는 스님들을 업신여기고 못살게 굴겠느냐? 너 같이 못된 놈은 천벌을 받아야 마땅하나, 지난날을 뉘우치고 있고 가짜를 너라고 믿고 있는 처자식이 불쌍하여 특별히 용서해 주겠노라. 고향으로 돌아가거든 지난 잘못을 모두 버리고 새 사람이 되어야 하느니라."

도사는 이렇게 말하고 진짜 옹고집에게 붉은 글씨로 쓴 부적 하나를 주었습니다.

"이 부적을 몸에 붙이고 이제 그만 내려가 네 집으로 가거라."

백발 도사는 말을 마치자마자 온데간데없이 사라져버렸습니다.

옹고집은 기뻐하며 얼른 집으로 달려갔습니다. 대문을 열고 들어서며 마누라 손을 덥석 잡으며 말했습니다.

"마누라, 이게 얼마 만이오?"

그러자 옹고집 부인이 기겁을 하고 도망쳤습니다.

"아이고, 이를 어쩌나⋯. 영감, 저 몹쓸 놈이 또 우리 집에 왔소. 이 일을 어찌하오리까?"

옹고집 부인이 놀라며 호들갑스럽게 사랑채로 달려가 방문을 벌컥 열었습니다. 그런데 이게 웬일입니까? 방안에 있던 가짜 옹고집은 보이지 않고 짚으로 만든 인형 하나만이 덩그러니 있는 것이 아니겠습니까? 또 그동안 부인이 낳고 길렀던 가짜 옹고집의 자식들도 허수아비로 변해 있었습니다.

부인이 영문을 몰라 어리둥절해 하고 있을 때, 옹고집이 다가와

그동안의 일들을 자세히 이야기해 주고 새사람이 될 것을 약속했습니다.

그 후로 옹고집은 진심으로 잘못을 뉘우치고 병든 어머니께 지극 정성으로 효도하며, 지나가는 스님을 깍듯이 대하며 공경했습니다. 또 어려운 사람들에게 곡식을 나누어 주고, 거지들을 집에 불러들여 배불리 먹여 주었습니다. 고약하고 못된 성질을 버리고 착한 사람이 된 옹고집은 많은 사람들에게 칭찬을 받으며 오래도록 잘 살았습니다.

장자와 옹고집, 누가 더 못되었을까?

"옛날에 아주 인색하고 포악한 부자가 살고 있었습니다. 하루는 중이 와서 동냥을 달라고 하자, 장자는 외양간을 치고 있다가 쌀 대신 쇠똥을 바랑에 넣어 주었는데 중은 아무 말 없이 그냥 받아갔습니다. 이 광경을 보고 있던 장자의 며느리는 장자 몰래 쌀을 퍼다가 중의 바랑에 담아 주었습니다. 그러자 중이 "당신이 살려면 지금 나를 따라오되 절대로 뒤돌아보지 말라."는 금기를 주었습니다.

며느리가 집을 떠나 산을 오르는데 뒤에서 이상한 소리가 났습니다. 참고 돌아보지 않았으나 갑자기 커다란 소리가 들리자 그만 자기도 모르는 사이에 뒤를 돌아보았습니다. 며느리는 자기가 살던 집이 못이 된 광경에 놀랐고 중이 말한 금기를 깨었기에 그 순간 자리에서 돌이 되고 말았습니다. 연못으로 변한 장자의 집터와 며느리 바위가 지금도 전해지고 있습니다."

어떤가요? 여기 나오는 장자와 옹고집은 누가 더 못되었다고 말할 수 없을 정도입니다. 인색한 모습은 쌀 대신 똥을 담아주는 장자나 늙은 어머니를 냉방에 재우고 더 오래 살아 뭐하겠냐고 타박하는 옹고집이나 우열을 가릴 수가 없네요.

게다가 중을 구박하고 못살게 구는 점도 닮았습니다. 옹고집 역시 동냥하는 중들을 보기만 해도 줄로 묶어 귀를 뚫거나 뜸질을 해대는 바람에 중들이 옹고집의 집 근처에도 얼씬거리지 못했으니까요.

진짜와 가짜의 한판대결

"옛날 옛적 어느 마을에 어떤 부부가 살고 있었습니다. 어느 날 남편이 밖에 나갔다가 돌아와 보니 웬 남자가 집에 들어와 자기 대신 주인 행세를 하고 있는 게 아니겠어요? 먼저 집에 돌아와 있던 진짜인 체 행세하는 가짜를 진짜 주인이라고 생각한 동네 사람들은 진짜를 집에서 쫓아내어 버렸습니다.

아내까지도 외면하여 집에서 쫓겨난 진짜 주인은 기가 막혔습니다. 진짜 주인은 정처 없이 길을 가다가 문득 한 사람을 만나 자신의 신세를 모두 이야기하고 한탄을 하였습니다. 그랬더니 그 사람은 품에서 고양이 한 마리를 꺼내어 주면서 집으로 돌아가 가짜 옆에 놓아두라고 하였습니다. 주인은 집으로 몰래 들어가 그 고양이를 가짜 옆에다 놓아두었더니 고양이가 가짜 주인을 물어버렸습니다. 그러자 가짜 주인은 간데없고 큰 쥐가 죽어있었습니다. 주인이 함부로 깎아서 내버린 손톱을 먹은 쥐가 주인의 모습으로 둔갑하여 진짜의 행세를 했던 것입니다."

진짜와 가짜가 서로 자기가 진짜라고 싸우는 대목이 옹고집전과 닮았네요. 그러고보니 학대사가 가짜 옹고집을 만들어 진짜 옹고집을 혼내 주는 작전은 '손톱을 먹어 사람이 된 쥐 이야기'에서 힌트를 얻은 작전이 아니었을까요?

옹고집이 승려들을 미워하는 이유

옛 사람의 속담 중에 이런 말이 있습니다. "사람 중에서 가장 말단이 중이라고 하니 너의 마음 고약하여 부모 은혜 배반하고 삭발하여 중이 되어 아미타불 거짓 공부, 어른 보면 동냥 달라 아이보면 가자 하고 불충불효한 너의 행실 이미 알았으니 동냥 주어 무엇하리."

〈조선 시대의 승려〉

옹고집의 이야기 속에는 당시의 사람들이 승려를 어떻게 바라보는지 알 수 있습니다. 불도를 닦는다는 중들이 오히려 거짓공부 일삼으며 서민들을 등쳐먹는다고 비웃고 있으니 말입니다.

이런 배경에는 불교를 억제하고 유교를 숭상하던 조선의 정책과 깊은 관련이 있습니다. 중이 되는 사람은 나라에 도첩(승려가 된 사람에게 나라에서 내주던 신분증명서)을 내야했고 사찰을 새로 세우는 일도 금지되었습니다.

영조는 승려들의 도성 출입을 금지하였고 실학자 이익은 국가의 안정을 해치는 여섯 가지 좀에 승려를 포함시키기까지 했습니다. 좀과 같은 쓸모없는 존재가 된 중들은 사실상 천민과 다를 게 없었습니다.

그러니 옹고집이 학대사에게 인간가운데 중이 가장 못난 것이라고 욕해대도 그 당시에는 이상한 일이 아니었던 것이지요.

불교는 조선 사회에서 이렇게 미움을 받긴 했지만 일반 백성들은 유교보다는

여전히 불교에 호감을 느끼고 있었습니다. 특히 임진왜란과 병자호란의 양란
에서 승려들은 의병을 일으켜 전승을 하면서 백성들의 지지를 얻었습니다.

중들을 괴롭히는 옹고집이 결국 자신의 죄를 뉘우치고 새사람이 되어 절에
시주도 많이 한다는 결말은 백성들의 마음을 반영한 것입니다.

신통술을 쓰는 학대사는 누구?

옹고집을 말로 설득하려다 실패하고 오히려 못볼 꼴만 겪은 학대사는 신비한
도술로 가짜 옹고집을 만들어냅니다. 당시 승려들 중에서도 일반 백성들에게
이름이 널리 알려진 학대사와 같은 유명한 승려들이 있었습니다.

신통력 하면 가장 먼저 떠오르는 사람은 사명당입니다. 사명당은 임진왜란
때 승병장으로 활약하다가 전란이 끝난 후 일본으로 건너가 포로로 끌려 간
조선 사람들을 데리고 돌아왔습니다. 사명당이 신출귀몰한 신통술로 왜나
라 사람들을 혼내주자 왜왕은 사명당을 없애기 위해 온갖 방법을 다 써보았
지만 아무런 소용이 없었습니다. 사명당은 달리는 말 위에서 360칸 병풍에
적힌 경전의 글자를 순식간에 외우기도 하고, 동으로 뜨겁게 달궈진 방을
고드름이 주렁주렁 매달린 얼음방으로 만드는 등 신통한 능력을 부려 결국
왜왕에게 항복 문서를 받아냈습니다.

또 여환이라는 중은 자신이 바로 미륵불이라며 왕권을 무너뜨리고 새 세상을 열려고 했습니다. 구름을 일으키고 비를 오게 하는 등 도술을 부려 사람들을 현혹했지만, 대궐로 쳐들어가기로 한 날 그의 신통력은 더 이상 통하지 않았고 숙종 14년 여환은 반란죄가 인정되어 처형당하고 맙니다.

옹고집전의 학대사는 아마 실패한 여환보다 성공한 사명당을 모델로 삼았을 것입니다. 소설 속에서만큼은 그도 뛰어난 능력을 보여주고 있으니까요. 조선 시대 불교는 극심한 탄압을 받기도 했지만 오랜 시간 그 이름을 유지해 나가며 지금까지도 이어지고 있습니다.

* 활동하기 1

나도 옹고집

나에게도 옹고집처럼 주변 사람들을 힘들게 하는 심술궂은 고집이 있나요? 내가 갖고 있는 나쁜 고집을 생각해 보고 왜 그러한 마음을 먹게 되는지, 어떤 마음가짐으로 그것을 고쳐나갈지 적어 봅시다. 그리고 오래 간직해도 괜찮을 나의 좋은 고집도 함께 생각해 보세요.

■ 버려야 하는 나의 고집 :

■ 이유 :

■ 지켜내야하는 나의 고집 :

■ 이유 :

놀부와 옹고집같은 인물들은 조선후기 상업과 농업을 통해 재산을 많이 모은 부자들이었습니다. 돈은 중요하게 여기면서 '효'에 대한 인식은 형편없고 사회 혹은 종교에 대한 기부를 아주 보잘것없이 생각하는 경우가 많았습니다. 다음 기사를 읽고 여러분들의 의견을 보태어 봅시다.

도시에 사는 독거노인(혼자사는 노인)들이 사회의 무관심 속에 방치되고 있다. 질병과 경제적 어려움,여기에 외로움까지 겹쳐 죽음과 범죄의 두려움에 떨고 있다. 그럼에도 도시 독거노인을 위한 사회적 안전망은 허술하다. 독거노인 규모는 핵가족화 확산과 고령화 추세로 급증하고 있다. 2001년 전국적으로 약 58만 명이었던 독거노인의 수는 2004년 약 68만 명으로 3년 사이에 10만여 명이 늘었다. 특히 도시 독거노인 증가세가 뚜렷하다. 서울시의 경우 2001년 6만 9000여 명이던 독거노인이 2004년 8만 1000여 명으로 1만 명 이상 급증했다.

도시 독거노인에게 가장 두려운 것은 자식들의 보살핌없이 언제 죽음을 맞이할지 모른다는 것. 지난해 12월 서울 창신동 쪽방에서 홀로 암 투병중이던 송모(61) 할아버지가 숨진 지 나흘 뒤에 발견됐다.

11년 전 아내와 이혼하고 혼자 지내다 4년 전 임파선 암을 얻은 송 할아버지는 슬하에 2남1녀가 있었다. 그러나 이웃 주민들은 송씨의 가족을 한 번도 보지 못했다. 지난해 11월에는 인천 만수2동 한 아파트에서 구모(72) 할머니가 숨진 지 열흘만에 발견됐다. 구 할머니는 10년 전 남편과 사별한 뒤 가족과 떨어져 외롭게 지내왔다.

주제 : 노인에 대한 보살핌과 관심이 필요하다

금방울전

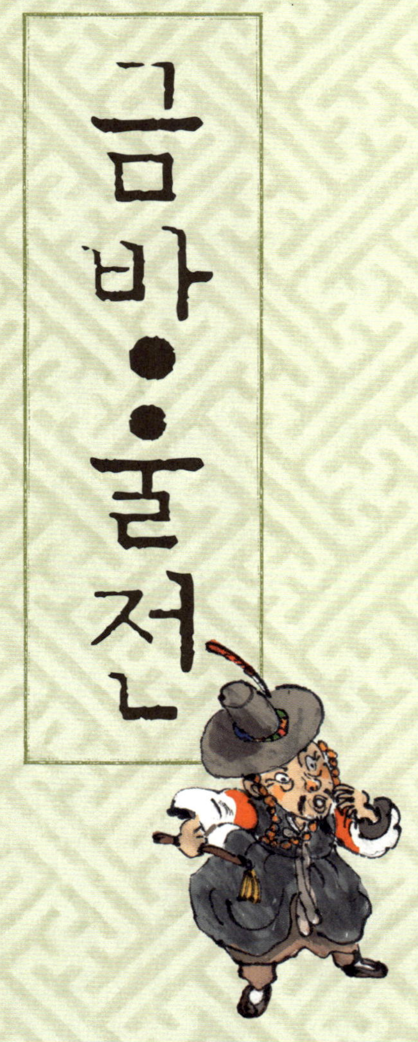

무시무시한 검이 금방울을 반으로 쪼갰습니다. 하지만 자세히 보니 반쪽으로
나뉜 게 아니라 두 개로 늘어난 것이었습니다. 다시 칼날이 번뜩이며
금방울을 내리쳤습니다. 그러나 금방울은 칼로 칠수록 자꾸만 늘
어났습니다. 원님은 화가 몹시 나 기름을 끓이라고 명령했습니다.
포졸들은 펄펄 끓는 기름 솥에 금방울을 집어넣었습니다.

옛날, 장원이라는 선비가 부인과 함께 살고 있었습니다. 부부에게는 자식이 없어 날마다 자식 하나만 낳게 해달라고 기도를 드렸습니다.

그 날도 산에서 기도를 올리고 돌아가는 길이었습니다. 젊은이 하나가 불쑥 나타나더니 무릎부터 꿇는 것이었습니다.

"부디 저를 살려주십시오. 저는 동해 용왕의 아들 용자인데 요괴에게 쫓기는 중입니다."

부인이 딱해서 물었습니다.

"어떻게 도와주면 되나요?"

"부인이 입을 벌리시면 제가 그 속으로 들어가 숨겠습니다."

그 말을 들은 부인이 입을 벌렸습니다. 그러자 용자는 붉은 빛으로 변하더니 입속으로 들어갔습니다. 이때 거친 바람이 불더니 무시무시한 울음소리가 들렸습니다. 부부는 점점 가까이 다가오는 요괴를 피해 얼른 몸을 숨겼습니다.

용자를 구해 준 그날 밤, 부인의 꿈속에 푸른 용이 나타났습니다.

"나는 동해 용왕이오. 오늘 그대들이 구해 준 내 아들을 보낼 테니 잘 길러 주시오."

꿈이 현실이 되어 열 달 후, 부인은 아기를 낳았습니다. 등에 일곱 개의 푸른 점이 있는 아들이었습니다. 부부는 아들에게 '해룡'이라는 이름을 지어 주었습니다.

해룡은 무럭무럭 잘도 자랐습니다. 그런데 다섯 살이 되던 해, 여기저기서 난리가 나고 도적 떼가 들끓었습니다. 백성들은 피난을 떠나기 시작했습니다. 장원 부부도 해룡과 함께 난리를 피해 마을을 떠났습니다. 그런데 피난길에 도적 떼를 만난 부부는 있는 힘을 다해 도망쳤습니다. 하지만 해룡을 업고 있어서 빨리 달아날 수가 없었기에 장원은 하는 수 없이 바위 밑에 해룡을 숨겨 두고 정신없이 뛰었습니다. 일단 몸을 피하고 난 뒤 아들을 데려갈 작정이었습니다.

해룡이 바위 밑에 앉아 부모를 기다리던 사이 도적들에게 그 모습을 들키고 말았습니다. 도적들은 해룡을 죽이려 했지만, 도적들 가운데 장삼이라는 자가 막아서며 말했습니다.

"아이가 무슨 잘못이 있소."

장삼은 한눈에도 영리해 보이는 해룡을 아들로 삼고 싶었던 것

입니다. 장삼은 해룡을 안고 가다가 도적들 사이를 슬그머니 빠져 나왔습니다. 이제 도적질은 그만하고 착실하게 살고 싶었던 장삼은 그 길로 고향을 향해 달아났습니다.

한편, 장원 부부는 도적들이 근처에 보이지 않자 해룡이 있는 곳으로 돌아갔습니다. 그런데 바위 밑에는 아무도 없는 게 아니겠습니까?

"아이고! 해룡아, 도대체 어찌 된 게냐. 우리가 잘못했다."

부부는 땅을 치며 울었습니다.

얼굴은 곱지 않아도 마음씨는 누구보다 착한 부인이 살고 있었습니다. 그러나 남편은 못생긴 막씨를 구박했고, 집을 나가 다른 곳에서 살기까지 했습니다. 자식이 없었기 때문에 집에는 막씨와 시어머니 두 사람뿐이었습니다.

그러던 중 시어머니가 갑작스레 세상을 뜨고 말았습니다. 막씨는 고아가 된 듯 외롭고 슬펐습니다. 쓸쓸히 빈집을 지키다가 잠이 든 어느 날 밤, 꿈에 흰 수염을 길게 기른 신선이 나타나 말했습니다.

"네 마음씨가 착해 옥황상제께서 자식을 내리셨다. 용녀라는 딸아이다. 원래는 남해 용왕의 딸인데, 요괴와 싸우다 죽어 다시 태어날 곳을 구하던 참이었다. 잘 키우도록 하라. 단, 16년 후에야 얼굴을 볼 수 있으니 지금 자세히 보았다가 훗날 용녀를 알아보도록 하라.”

노인의 말이 끝나자 하늘에서 선녀가 내려왔습니다. 눈부시게 아름다운 소녀, 바로 용녀였습니다.

‘이렇게 아름다운 선녀가 내 딸이 되다니.’

꿈속에서도 막씨는 믿어지지가 않았습니다.

그리고 며칠 후, 막씨는 다른 꿈을 또 꾸었습니다. 집 떠난 남편이 나타난 것이었습니다. 막씨가 놀라 물었습니다.

"나를 버리고 간 지가 얼마인데 이제야 왔어요? 그동안 소식 한 번 주지 않다가……. 도적 떼에게 죽임을 당했다는 소문까지 있었는데, 이 깊은 밤에 어인 일인가요?"

"내가 잘못했소. 당신의 고운 마음은 보지 않고 구박만 했구려. 내가 죄인이오. 여보, 내가 죽었다는 소문은 맞소. 나는 이미 죽은 몸이오. 하지만 죄가 많아 귀신도 못 되고 이렇게 떠돌고 있소. 하지만 당신에게 선물을 줄 것이 있어서 이렇게 찾아왔소."

그 꿈 이후 남편은 몇 번을 더 찾아와 자고 갔습니다. 그리고 막씨는 아기를 갖게 되었습니다. 하지만 열 달 후 막씨의 몸에서 나온 것은 아기가 아니라 반짝반짝 빛나는 금색 방울이었습니다.

"에구머니나, 이게 뭐야?"

막씨는 금방울을 힘껏 던졌습니다. 하지만 흠집 하나 나지 않았습니다. 금방울은 절대로 깨지지 않을 것처럼 단단했습니다.

막씨는 이상한 생각이 들어 금방울을 멀리 내다 버렸습니다. 하지만 금방울은 데굴데굴 굴러 막씨 뒤를 따라왔습니다. 이번에는 강으로 가 깊은 물속에 빠뜨렸습니다. 금방울은 물 위를 둥둥 떠다니다가 다시 막씨를 따라 집으로 돌아왔습니다.

"내 팔자가 기구해서 이런 괴물을 낳았구나."

막씨는 금방울을 아궁이에 넣고 불을 때기 시작했습니다. 이번에는 금방울이 데굴데굴 굴러 나오지 않았습니다. 막씨는 길게 한숨을 쉬었습니다.

"휴. 이제 되었구나."

며칠 후, 막씨가 아궁이를 헤쳐 보다가 깜짝 놀랐습니다. 아궁이 속에서 금방울이 나온 것입니다. 불에 타기는커녕, 금방울은 더욱 반짝거렸고 좋은 향기도 났습니다. 그제서야 막씨는 꿈에서 본 노인의 말이 떠올랐습니다. 금방울이 바로 십육 년 동안은 얼굴을 볼 수 없다던 딸인 모양이었습니다. 막씨는 이제 금방울을 없애려 하지 않았습니다.

막씨는 금방울을 아꼈고, 금방울도 막씨를 따랐습니다. 둘은 오순도순 즐거운 날들을 보냈습니다.

유난히 추운 어느 겨울날이었습니다. 막씨가 집으로 돌아오니, 금방울이 여느 때처럼 데굴데굴 굴러 나와 반갑게 맞았습니다.

"아이고, 예쁜 내 딸!"

막씨는 추위에 곱은 손을 펴 금방울을 가슴에 안았습니다. 그러자 온몸에 따뜻한 기운이 퍼졌습니다. 금방울은 신기한 재주를 갖고 있어서, 품고 있으면 아무리 추운 겨울에도 춥지 않았습니다. 물론 한여름에도 더운 줄 몰랐습니다. 금방울은 씩씩하고 호기심도 많았습니다. 아무리 높고 험한 산도 눈 깜짝할 새 올랐고, 여기저기 굴러다니며 신나게 놀아도 몸에는 흙 한 점 묻지 않았습니다.

이렇듯 신기한 금방울이 있다는 소문은 마을에 금세 퍼졌습니다. 누구보다 금방울을 탐 낸 사람은 무손이었는데, 그는 부자이면서도 욕심이 많고 마음씨가 고약했습니다. 어느 날, 무손은 기어코 금방울을 훔쳐 집으로 가지고 왔습니다. 바로 그날 밤, 무손의 집에 난데없이 불이 났습니다. 집이며 가구며 돈이며, 무손의 재산은 모조리 잿더미가 되었습니다. 그 와중에도 무손은 잿더미를 헤집으며 금방울을 찾았습니다. 그리고 금방울을 찾아 부인에게 맡겼는데, 부인은 금방울을 품에 안고 덜덜 떨었습니다.

"이 더운 날 왜 그렇게 떠는 거요?"

"금방울이 너무 차가워서 추워 죽겠어요."

"원, 사람도. 금방울을 떼어놓아요."

"아무리 떼어내려 해도 살에 박힌 듯 떨어지지 않으니 그렇지요."

무손은 부인에게서 금방울을 떼어내려고 손을 뻗었습니다. 금방울이 손에 닿자 무손은

"앗 뜨거워!"

소리를 지르며 얼른 손을 떼었습니다.

"불처럼 뜨거운데 차갑다니 무슨 말이오?"

"불같다니요? 얼음장처럼 차가운데!"

뜨겁니 차갑니 하면서 다투는데 문득 깨달은 바가 있어 부인이 말했습니다.

"하늘이 내린 보물을 훔쳐 와서 이렇게 벌을 받는군요."

무손의 부인은 그 길로 달려가 슬픔에 잠겨 있던 막씨에게 금방울을 돌려주었습니다. 하지만 무손은 잘못을 뉘우치기는커녕 원님을 찾아가서 마을에 요상한 물건이 있다고 일러바쳤고, 원님은 금방울을 잡아 오라고 명령했습니다. 얼마 후, 막씨의 집에서 돌아온 포졸들이 돌아왔습니다.

"그 요물이 어찌나 미끄러운지, 도무지 잡을 수가 없었습니다."

"그렇다면 그 주인을 잡아 오도록 하라."

이윽고 막씨가 잡혀왔습니다. 그런데 금방울이 막씨를 따라 굴러오는 것이었습니다. 저 혼자 움직이며 따라온 것을 보니 과연 요물이었습니다. 원님이 명령했습니다.

"이 요물을 깨뜨려라!"

포졸들이 쇠몽둥이로 금방울을 힘껏 내리쳤습니다. 그러나 금방울은 깨지지 않았습니다. 대신 사람만큼이나 커졌습니다. 원님은 다시 명령했습니다.

"이것은 어떤 것도 벨 수 있는 용한 검이다. 이 검으로 베어라!"

무시무시한 검이 금방울을 반으로 쪼갰습니다. 하지만 자세히
보니 반쪽으로 나뉜 게 아니라 두 개로 늘어난 것이었습니다. 다
시 칼날이 번뜩이며 금방울을 내리쳤습니다. 그러나 금방울은 칼
로 칠수록 자꾸만 늘어났습니다. 원님은 화가 몹시 나 기름을 끓
이라고 명령했습니다. 포졸들은 펄펄 끓는 기름 솥에 금방울을 집
어넣었습니다.

금방울은 점점 크기가 줄더니 대추씨만큼 작아져 기름 속으로 가라앉았습니다. 포졸들은 기뻐하며 금방울을 꺼내려 했습니다. 그러자 기름이 엉기더니 쇠처럼 단단해져 금방울을 꺼낼 수 없게 되었습니다. 원님은 더욱 화가 나 막씨를 옥에 가두었습니다. 벌을 받을까 두려웠던 원님의 부인은 막씨와 금방울을 집으로 돌려보내자고 했지만, 원님은 부인의 말을 듣지 않았습니다.

그날 밤, 원님은 방바닥이 너무 뜨거워서 잠을 자지 못했습니다. 이튿날도 잠을 이루지 못했습니다. 이번에는 방바닥이 너무 차가워서였습니다. 밥을 먹을 때도 음식이 너무 뜨겁거나 차가워서 뱉어내야 했습니다. 이렇게 먹지도 자지도 못하니 그만 병이 들고 말았습니다. 원님은 그제야 '내가 벌을 받는구나.' 생각하고 막씨를 풀어주었습니다.

원님은 잃어버린 아들 때문에 늘 슬픔에 빠져 있었습니다. 원님은 바로 해룡의 아버지, 장원이었습니다. 장원은 도적 떼를 피해 달아난 후 열심히 일해서 살림을 늘렸고, 벼슬도 해서 원님이 되었던 것입니다. 적지 않은 세월이 흘렀지만 장원 부부는 단 하루도 해룡을 잊은 적이 없었습니다.

아들을 잃은 슬픔 때문에 부인은 병을 얻었습니다. 그 병은 점점 깊어지더니, 목숨이 위태로울 지경에 이르렀습니다. 자리에 누운 부인이 장원의 손을 잡고 말했습니다.

"여보, 이제 저 세상으로 갈 때가 되었나 봅니다. 죽기 전에 우리 아들을 한 번만 볼 수 있다면……. 당신이 꼭 찾아주세요."

그 말을 끝으로 부인은 숨을 거두었습니다. 부인의 죽음에 장원은 정신을 잃고 쓰러졌습니다. 사람들이 놀라 장원을 깨워 일으켰습니다. 그때, 찬란한 금빛이 비치더니 문득 금방울이 굴러 들어왔습니다. 금방울은 '보은 초'라고 씌어 있는 풀잎을 놓고 사라졌습니다. 장원이 그 풀잎을 아내의 입에 넣었다. 그러자 부인이 숨을 쉬었습니다. 장원의 기쁨은 이루 말할 수가 없었습니다. 그날 이후 장원은 금방울을 자식처럼 사랑했습니다.

그러던 어느 날, 금방울이 어떤 그림을 가져왔습니다. 도적들이 쫓아오는 가운데 부부가 달아나고, 사내아이가 울며 부부를 바라보는 그림이었습니다. 또 하나는 도적 한 사람이 아이와 함께 시골 마을로 들어가는 그림이었습니다.

그림을 놓고 사라진 후 금방울은 자취를 감추었습니다. 장원 부부와 막씨가 밤낮으로 기다렸지만 금방울은 모습을 드러내지 않았습니다.

한편, 해룡은 고생스럽게 살고 있었습니다. 장삼은 해룡을 사랑했지만 부인 변씨는 그렇지 않았습니다. 게다가 늦도록 자식이 없다가 아들 소룡이 태어나자 구박은 더욱 심해졌습니다. 변씨는 자기 아들보다 뛰어난 해룡이 미워서 이제나 저제나 쫓아낼 궁리만 했습니다.

그러던 차에 장삼이 병을 얻어 숨을 거두게 되었습니다. 해룡은 하늘이 무너지는 듯한 슬픔을 느꼈습니다. 변씨의 구박도 해룡을 슬프게 했습니다. 변씨는 밭 갈기, 논 매기, 소 먹이기, 나무 베기 등 끊임없이 일을 시켰습니다. 옷 한 벌, 밥 한 끼도 제대로 주지 않았습니다.

몹시 추운 어느 날이었습니다. 변씨는 해룡에게 밤새 방아질을 시켰습니다. 해룡은 너무 추운 나머지 방아질을 하다 말고 방으로 들어갔습니다. 하지만 불도 때지 않은 방은 한데나 마찬가지였습니다. 해룡은 서러워서 목이 메었습니다. 그런데 방 안이 갑자기 후끈후끈해지는 것이었습니다. 깜짝 놀라 밖으로 나가 보니 방아가 모두 찧어져 있었습니다. 고개를 갸웃거리며 돌아왔을 때, 방 안에는 반짝반짝 빛나는 금방울 하나가 놓여 있었습니다.

어느덧 날이 밝았습니다. 추위 때문에 밤새 덜덜 떨었던 변씨는 해룡의 방문을 열어보았습니다.

'분명히 얼어 죽었을 거야.'

하지만 해룡은 훈훈한 방에 곤히 잠들어 있었습니다. 이상한 일은 그뿐만이 아니었습니다. 해룡을 깨워 마당의 눈을 치우라고 시키니, 바람이 불어와 그 많던 눈을 깨끗이 쓸어버렸습니다. 해룡이 요술을 부리는 게 틀림없었습니다. 그대로 두었다가는 큰 화를 입을 것 같아서 변씨는 해룡을 쫓아내기로 했습니다.

“아버지가 돌아가신 후 형편이 점점 어려워지는구나. 깊은 산속에 밭이 있긴 한데 나는 거기까지 가서 농사를 지을 힘이 없다. 네가 그리로 가 땅을 일구면 얼마나 좋겠니.”

“어머니, 제가 가겠어요. 열심히 농사지어서 곡식을 보내드릴게요.”

해룡은 며칠을 걸어서 산에 닿았습니다. 그러나 아무리 찾아도 밭이라고는 보이지 않았습니다. 어느덧 해가 저물어 해룡은 바위에 앉아 다리를 쉬었습니다. 그런데 별안간 커다란 호랑이 한 마리가 나타났습니다. 깜짝 놀라 반대편으로 달아나려 했지만, 호랑이는 그 쪽에도 있었습니다. 이윽고 벼락같은 소리를 지르며 호랑이 두 마리가 양쪽에서 달려들었습니다.

‘이렇게 죽는구나.’

그런데 놀라운 일이 벌어졌습니다. 어디선가 금방울이 굴러 오더니 호랑이 두 마리를 차례로 받아 거꾸러뜨리는 것이었습니다. 해룡은 호랑이들이 쓰러진 틈을 타서 재빨리 숨을 끊어놓았습니다.

"이번에도 너구나. 금방울아, 정말 고맙다."

해룡은 호랑이를 끌고 산에서 내려왔습니다. 금방울도 해룡을 따라 데굴데굴 굴러왔습니다.

호랑이에게 잡아 먹혔을 거라 믿었던 해룡이 돌아오자, 변씨는 거짓으로 반기며 해룡을 맞았습니다.

"아이고, 무사히 다녀왔구나. 게다가 호랑이를 두 마리나 잡아 오고. 장하다. 어서 들어가 푹 쉬어라."

변씨는 그 길로 원님을 찾아갔습니다. 소룡에게 호랑이를 끌고 가게 하니, 원님이 대견해하며 물었습니다.

"이렇게 큰 호랑이를 어떻게 잡았느냐?"

"호랑이 덫을 놓아 잡았습니다."

원님은 호랑이를 잡아온 상으로 큰돈을 내렸습니다.

고개를 넘어 집으로 돌아갈 때였습니다. 변씨와 소룡은 강도를 만나 돈을 빼앗기고 높은 나무에 매달렸습니다. 물론 금방울이 벌인 일이었습니다.

그 후로 또 어느 날이었습니다. 포졸들이 들이닥치더니 소룡을 잡아가려 했습니다. 변씨는 해룡에게 소리쳤습니다.

"네가 사람을 죽이고는 왜 아무 말이 없니? 죄 없는 동생이 잡혀가게 되었잖아!"

해룡은 소룡 대신 잡혀가 원님 앞에 끌려 나갔습니다.

"왜 살인을 했느냐?"

"죄인을 죽여 주십시오."

"내가 묻지 않았느냐? 왜 살인을 했느냐?"

"……."

"저놈이 말을 할 때까지 매우 쳐라!"

해룡의 몸에 곤장이 내리쳤습니다. 그런데 곤장을 내리칠 때마다 원님의 어린 아들이 자지러지듯 울어대었습니다. 아이는 곤장을 칠 때마다 울다가 끝내 정신을 잃었습니다. 원님은 곤장을 멈추게 할 수밖에 없었습니다. 곤장이 멈추자마자 아들은 정신을 차리고 까르르 웃으며 놀기 시작했습니다. 원님은 이상히 여겨, 해룡을 옥에 가둔 후 옥 안을 살펴보고 오라 일렀습니다. 이윽고 포졸이 돌아와 아뢰었습니다.

"옥 안에 금빛이 가득합니다. 어디서 났는지 비단 이불도 덮고 있었습니다."

며칠이 지난 어느 날이었습니다. 한밤중에 문득 깨어보니 아이가 없었습니다. 깜짝 놀란 원님 부부는 아들을 찾아 헤맸습니다. 그때 포졸이 급히 들어와 고했습니다.

“옥에서 아이 소리가 납니다.”

옥으로 달려가 보니, 과연 아들이 해룡 앞에 앉아 놀고 있었습니다. 그날 이후 아이는 매일 해룡에게 가자고 떼를 쓰기 시작했습니다. 하도 보채는 바람에 할 수 없이 데려가면, 아이는 울음을 그치고 잘 놀았습니다. 아이는 해룡과 떨어지지 않으려 했고, 결국은 해룡을 풀어주어 아이와 놀게 했습니다. 한편으로는 살인 사건을 다시 수사하기 시작했습니다.

관가에서 다시 범인을 찾는다는 이야기가 변씨의 귀에도 들어왔습니다. 소룡은 겁이 덜컥 났습니다. 변씨는 관가에 있는 해룡을 불러 말했습니다.

"네 동생과 급히 다녀올 데가 있으니 집을 좀 봐다오."

그날 밤, 집에서 잠을 자던 해룡은 이상한 기척에 잠을 깨었습니다. 밖으로 나가 보니, 놀랍게도 자신의 방만 빼고 집이 불타고 있었습니다. 해룡은 변씨가 불을 질렀다는 사실을 눈치 채고 눈물을 흘렸습니다. 해룡은 장삼의 무덤을 찾아가 한참을 목놓아 울었습니다. 그러고는 금방울과 함께 남쪽을 향해 무작정 길을 떠났습니다.

어느 깊은 산을 지날 때였습니다. 귀를 찢는 듯한 소리에 놀라 뒤를 돌아보니, 털로 뒤덮인 커다란 짐승이 해룡을 향해 입을 쩍 벌리고 있었습니다. 곧 달려들 태세여서 급히 몸을 피하는데, 옆에 있던 금방울이 날쌔게 날아올라 짐승을 향해 돌진했습니다. 그 순간, 쿵 소리와 함께 거대한 짐승이 바닥으로 고꾸라졌습니다. 금방울이 또 해낸 것입니다. 그러나 짐승은 몸을 일으키더니 머리가 아홉 개 달린 요괴로 변했습니다. 금방울은 또다시 몸을 날렸습니다. 그 순간, 요괴는 달려드는 금방울을 꿀꺽 삼켜버렸습니다.

해룡은 놀라고 두려워 어쩔 줄을 몰랐습니다. 그러나 정신을 차리고 마음을 다잡았습니다.

“이제는 내가 금방울을 구할 차례야. 무슨 일이 있어도 금방울
을 구해야 해.”

그러나 요괴는 이미 사라지고 난 후였습니다. 해룡은 포기하지
않고 요괴를 쫓아 산속으로 깊이깊이 들어갔습니다. 산속을 헤매
다 보니 마을 하나가 나타났습니다.

마을로 들어서자 시원한 폭포와 구름 같은 돌다리가 나왔습니
다. 해룡은 돌다리를 건너 궁궐처럼 크고 아름다운 기와집으로 다
가갔습니다. 그때, 선녀 같은 처녀 여러 명이 집 안에서 나오자 해
룡은 풀숲에 몸을 숨겼습니다. 처녀들의 말소리가 또렷이 들렸습
니다.

“대왕이 밖에 나갔다 오더니 배를 움켜잡고 피를 토하더라. 요
괴도 아플 때가 다 있나 봐.”

또 다른 처녀가 눈물을 훔치며 말했습니다.

“집에 가고 싶어. 부모님이 너무 뵙고 싶어. 죽기 전에 이곳을
벗어날 수는 있는 걸까?”

“우리도 그렇지만 공주님이 제일 불쌍하시지. 요괴한테 잡혀
와서 꼼짝 없이 갇혀서는…….”

해룡은 풀숲에서 나와 처녀들에게 다가갔습니다. 처녀들이 화
들짝 놀라며 달아나려 했습니다.

“아름다운 아가씨들, 놀라지 마세요. 나는 요괴를 처치하러 왔

으니 어디 있는지 가르쳐 주세요.”

처녀들은 몹시 기뻐하며 요괴가 있는 곳을 가르쳐 주었습니다.

요괴는 기와집 안, 여러 겹의 문으로 둘러싸인 큰 방에 누워 있었습니다. 배를 움켜잡고 버둥대는 모습은 흉측하기 그지없었습니다. 앓는 소리도 소름이 끼쳤습니다.

해룡은 겁이 났습니다. 하지만 금방울을 구해야 한다는 생각에 용기를 내어 요괴 앞에 나섰습니다. 해룡이 나타나자 요괴는 거대한 몸집을 일으켰습니다. 그러나 도로 방바닥에 쓰러져서는 배를 움켜잡고 몸을 뒤틀었습니다.

‘이 때다!’

요괴를 처치하기 딱 좋은 순간이었습니다. 하지만 해룡에게는 무기가 없었습니다. 무기가 될 만한 것을 찾아 주위를 둘러볼 때였습니다. 굉장한 미인이 들어와 칼 한 자루를 내미는 것이었습니다. 해룡은 칼을 받아 요괴의 심장을 정확히 찔렀습니다. 요괴는 무시무시한 소리를 지르고 피를 토하면서 고꾸라졌습니다. 해룡은 요괴의 가슴을 헤치고 금방울부터 찾았습니다.

“금방울아, 살아 있었구나!”

금방울도 해룡의 품으로 뛰어들어 향기를 내뿜었습니다.

칼을 건네준 미인은 공주였습니다. 이제 공주는 시녀들과 함께 궁궐로 돌아갈 터였습니다.

금방울과 해룡은 다시 정처 없는 길을 떠났습니다. 어느 도시에 이르렀는데, 사람들이 웅성거리며 모여 있었습니다. 가까이 가 보니 벽에 방(여러 사람에게 널리 알리기 위해 길거리나 사람이 많이 모이는 곳에 써 붙이는 글)이 붙어 있었습니다.

'하나밖에 없는 공주가 요괴에게 잡혀가고 말았다. 공주를 찾아오는 자가 있다면 큰 상금을 내리고 부마(임금의 사위)로 삼겠노라.'

해룡은 요괴가 죽고 공주도 무사하다는 소식을 전하러 궁궐로 갔습니다. 임금 앞에 나아가 기쁜 소식을 전하자, 임금은 몹시 기뻐하며 금방울을 어루만졌습니다.

"너야말로 하늘이 내린 보물이로다. 해룡을 도와 요괴를 없앴으니 내 어찌 고맙지 않겠느냐."

해룡에게도 칭찬을 아끼지 않았습니다.

"그 흉악무도(성질이 사납고 악하며 도리에 어그러짐)한 요괴를 물리쳤으니, 참으로 가상하구나."

얼마 지나지 않아 시녀들을 거느리고 공주가 돌아왔습니다. 임금은 해룡을 부마로 삼았고, 온 백성이 두 사람의 혼례를 기뻐해 주었습니다.

부마가 된 후 해룡은 공주와 즐거운 날들을 보내고 있었습니다. 그런데 얼마 지나지 않아 북쪽 오랑캐가 쳐들어와 백성들은 두려움에 떨었고, 임금의 걱정도 이만저만이 아니었습니다. 이때 해룡이 나서서 말했습니다.

"저는 아직 나이도 어리고 재주도 없습니다. 하오나 군사를 주시면 오랑캐를 무찌르고 오겠습니다."

해룡이 군사들을 이끌고 당당히 나아가는 모습은 장관(굉장하여 볼 만한 경관)이었습니다. 군사들이 치켜든 창칼은 하늘을 뒤덮었고 벼락같은 함성은 산천을 뒤흔들었습니다. 해룡은 황금 갑옷을 입고 칼을 든 채 맨 앞에서 말을 달렸습니다.

해룡은 마침내 오랑캐의 백만 대군과 맞닥뜨렸습니다. 적장은 호각이라는 사람으로, 키는 구 척이나 되고 허리는 아름드리나무만큼 굵었습니다. 호각은 쩌렁쩌렁 울리는 목소리로 외쳤습니다.

"어린애가 겁도 없구나. 어쩌자고 이 험한 전쟁터에 나왔느냐?"

해룡은 몹시 화가 났습니다.

"누가 나를 위해 저 오랑캐를 잡아 오겠느냐?"

해룡의 말이 채 끝나기도 전, 장수 양춘이 나서며 칼을 뽑아들었습니다. 양춘은 칼을 휘두르며 호각에게 달려들었습니다. 한 시간이 지나도 승부가 나지 않다가, 결국 호각이 꽁지가 빠지게 달아났습니다. 양춘은 기세등등하게 쫓아가며 외쳤습니다.

"도망치지 말고 내 칼을 받으라!"

그 순간, 등을 보이며 달아나던 호각이 몸을 휙 돌렸습니다. 그러더니 양춘을 향해 활을 쏘았습니다. 거짓으로 달아나는 체했던 것입니다. 화살은 왼쪽 어깨를 정확히 맞혔고, 양춘은 달리는 말에서 떨어져 바닥을 데굴데굴 굴렀습니다. 이를 본 장수 장만이 구해 주지 않았다면 양춘은 목숨을 잃었을 것입니다. 장만은 무섭게 달려드는 호각에 맞서 싸웠습니다. 그러나 끝내 지고 말았습니다. 해룡은 군사들을 후퇴시킬 수밖에 없었습니다.

그날 밤, 해룡은 홀로 적진으로 달려가 호각에게 싸움을 걸었습니다. 호각도 만만치 않아 싸움은 쉽게 끝나지 않았지만 어느 순간, 물러설 것 같지 않던 호각이 달아나기 시작했습니다. 해룡은 말을 달려 호각을 쫓아가다 그만 놓치고 말았습니다. 그런데 주위를 둘러보니 양쪽 언덕에 허수아비들이 무수히 서 있는 것이었습니다.

해룡이 이상히 여겨 말을 돌리려고 할 때였습니다. 멀지 않은 곳에서 포성(대포를 쏠 때 나는 소리)이 들리더니, 양 쪽 언덕에서 불길이 확 일어났습니다. 불길은 걷잡을 수 없이 번지기 시작했습니다. 무수한 허수아비들 속에 화약이 숨겨져 있었던 것입니다. 뜨거운 기운에 말이 몸부림을 치기 시작했습니다. 사방이 불길이었

습니다. 도무지 빠져나갈 길이 없었습니다.

"결국 오랑캐에게 죽게 되는구나. 차라리 내 손으로 죽겠다."

해룡은 칼을 빼들고 제 가슴을 향해 칼을 치켜들었습니다. 그때, 주위가 금빛으로 환해지더니 불길을 헤치고 금방울이 나타났습니다. 이와 함께 찬바람이 불어왔고, 해룡을 둘러싸고 있던 불길도 다른 곳으로 비켜갔습니다.

"금방울아! 이번에도 너로구나. 힘들 때마다 나타나 도와주니 어찌 이 은혜를 다 갚겠니?"

불길이 스러지고 길이 열리자 해룡은 금방울을 안고 돌아갔습니다. 사라졌던 해룡이 밝은 얼굴로 나타나자 군사들의 사기는 하늘을 찌를 듯했습니다. 이윽고 해룡이 입을 열었습니다.

"적들은 오늘밤 우리를 칠 것이 분명하다. 그러니 대책을 세워야 한다."

해룡은 부하들과 계략을 짠 후 조용히 진영을 옮겼습니다.

한편 호각은 부하들에게 명령을 내리고 있었습니다.

"해룡은 지금쯤 불에 타 죽었을 것이다. 대장이 죽었으니 적군의 사기는 형편없을 터. 오늘 밤 쳐들어가자."

밤은 더욱 깊어졌습니다. 호각은 군사들을 거느리고 해룡의 진영으로 쳐들어갔습니다. 그런데 이상하게 개미 한 마리도 보이지 않는 것이었습니다.

‘한 발 늦었구나!’

호각은 뒤늦게 깨닫고 군사를 돌리려 했습니다. 이때였습니다. 한 발의 포성이 터지더니 누군가 길을 막았습니다. 그러고는 칼을 빼어 들며 소리쳤습니다.

“나를 아느냐?”

바로 해룡이었습니다. 미처 손쓸 새도 없이, 해룡의 칼이 호각을 내리쳤습니다. 대장이 말에서 떨어지자 군사들은 모두 놀라 달아나 버렸습니다.

우우, 드높은 함성과 함께 해룡의 군사들이 적들을 쫓아갔습니다. 그날 밤, 오랑캐의 진영은 쑥대밭이 되었습니다.

며칠 후 해룡은 전쟁터에서 돌아왔습니다. 궁궐로 가 임금에게 인사를 올리고, 집에 가서는 황후와 공주에게 인사를 드렸습니다. 황후는 해룡의 손을 잡고 기뻐했습니다. 그러고는 웬 그림을 건네주며 말했습니다.

“금방울이 이 그림을 두고 사라져 버렸다.”

해룡은 깜짝 놀라 그림을 살펴보았습니다. 사내아이 하나가 부모를 잃고 울고 있는 그림, 어떤 사내가 그 아이를 안고 가는 그림이었습니다. 해룡은 그림이 바로 자신의 이야기임을 깨달았습니다. 해룡의 눈에 눈물이 고였습니다.

그리움에 밤마다 눈물짓던 막씨 앞에 금방울이 나타났습니다.

"내 딸이 왔구나! 그동안 대체 어디 있었니."

금방울을 다시 보니 온 세상을 다 얻은 듯 기뻤습니다.

막씨는 금방울을 품고 이런 얘기 저런 얘기 하다가 잠이 들었는데, 꿈에 신선이 나타났습니다.

"이제 딸의 얼굴을 보게 될 것이다."

장원의 아내도 그날 밤 꿈을 꾸었는데, 역시 신선이 나타나 말했습니다.

"해룡이 이곳을 지나게 될 것이다."

금방울도 꿈을 꾸었습니다.

"너는 이제 사람이 될 것이다."

그때, 막씨가 잠에서 깨어나 무심코 방 안을 보았습니다. 그런데 금방울은 없고 웬 처녀 하나가 앉아 있었습니다. 막씨는 깜짝 놀란 중에도 처녀를 자세히 뜯어보았습니다. 16년 전, 꿈에서 본 바로 그 선녀였습니다.

"내 딸이 드디어 사람이 되었구나!"

막씨는 금방울을 꼭 안아주었습니다. 장원 부부도 금방울이 사람이 되었다는 소식을 듣고 매우 기뻐했습니다.

지독한 흉년이 들어 온 나라에 도적이 들끓었습니다. 해룡은 임금의 명을 받고 백성들을 살피러 궁궐을 떠나 고을을 돌아다니며 도적들을 잡아 타일렀습니다. 굶고 있는 백성들에게는 나라의 창고를 열어 곡식을 나눠 주었습니다.

그러던 어느 날, 해룡은 우연히 장삼의 무덤 앞을 지나게 되었습니다. 옛 생각이 나 저도 모르게 눈물이 흘렀습니다. 해룡은 장삼을 추억하며 제사를 지냈습니다. 그러고 나서 변씨와 소룡이 어떻게 지내고 있는지 알아보았습니다. 소룡은 살인죄가 밝혀져 옥에 갇혀 있다고 했고, 변씨는 거지가 되어 집도 없이 떠돌아다닌다고 했습니다.

해룡은 변씨와 소룡을 찾아오게 했습니다. 이윽고 두 모자가 불려 왔습니다. 변씨가 고개를 드니 놀랍게도 해룡이 앉아 있었습니다. 변씨는 비 오듯 눈물만 흘릴 뿐 아무 말도 못했습니다. 소룡도 마찬가지였습니다.

해룡은 지난 일들은 묻지 않았습니다. 따뜻한 말로 변씨와 소룡을 위로하고, 편안히 살 수 있도록 큰돈을 주었습니다. 해룡의 마음에 감동한 변씨는 진심으로 잘못을 뉘우쳤습니다. 그러나 해룡은 오히려 고맙다고 말했습니다.

"부모를 잃고 오갈 데 없는 저를 키워 주셨잖아요. 그 은혜를 어떻게 다 갚겠습니까."

해룡은 다시 길을 떠나 어느 작은 고을에 머물렀습니다. 그 고을 원님과 친해져서 해룡은 밤이 깊도록 이야기를 나누었습니다.

그런데 머리가 하얗게 센 노인이 나타나 해룡을 꾸짖는 것이었습니다.

"자식이 어찌 부모를 찾지 않는가? 부모가 가까이 있거늘. 쯧쯧."

해룡이 깜짝 놀라 물었습니다.

"제 부모가 어디 계신가요? 부디 알려주십시오."

그러나 노인은 연기처럼 사라져 버렸습니다. 해룡은 안타깝게 노인을 부르다가 잠에서 깨었습니다. 꿈이 하도 이상해서 해룡은 다시 잠들지 못하고 밖으로 나갔습니다. 마당을 서성이고 있자니 원님의 방에도 아직 불이 켜져 있었습니다.

해룡이 나지막이 물었습니다.

"아직 안 주무십니까?"

"잠이 안 와서……. 들어오십시오."

원님이 방문을 열었습니다. 그때, 벽에 걸린 그림 하나가 보였습니다. 해룡이 갖고 있는 것과 똑같은 그림이었습니다. 가슴이 마구 뛰었습니다.

“저, 저 그림은 어디서 났나요?”

원님은 슬픈 목소리로 대답했습니다.

“오래 전에 자식을 잃었습니다. 살았는지 죽었는지 몰라 애만 태우고 있었지요. 그 마음을 알았는지 신통한 금방울이 저 그림을 갖다 주더군요.”

‘이 분이 내 아버지로구나!’

해룡은 떨리는 손으로 품속에서 그림을 꺼냈습니다. 원님은 깜짝 놀랐습니다.

“이 그림은……?”

해룡은 금방울 이야기부터 시작했습니다. 금방울의 도움으로 목숨을 구한 이야기와 요괴를 잡아 부마가 된 이야기, 오랑캐를 무찌른 이야기, 금방울이 그림을 두고 사라진 이야기까지. 원님은 목이 메어 겨우 말했습니다.

“금방울은 사람이 되었답니다. 아주 예쁜 처녀가 되었지요.”

“보고 싶군요.”

“…… 내 아들 등에는 푸른 점이 일곱 개 있습니다.”

“제 등에도 푸른 점 일곱 개가 있어요.”

해룡이 등에 난 점을 보여주었습니다. 점을 보자 참았던 울음이 터져 나왔습니다. 해룡도 목놓아 울며 아버지를 껴안았습니다. 장원의 부인이 놀라서 달려 나왔습니다.

“무슨 일이에요?”

“여보, 우리 해룡이를 찾았소.”

“해룡아!”

세 사람은 한동안 눈물을 그칠 줄 몰랐습니다.

장원 부부는 그동안 있었던 이야기를 해주며 모든 게 금방울의 덕이라고 했습니다. 해룡도 금방울에게 고맙다는 인사를 전하고 싶었습니다. 해룡은 공주에게 써 보내는 편지에 금방울 이야기를 했습니다. 얼마 후, 공주에게 답장이 왔습니다.

"금방울은 당신 생명의 은인입니다. 금방울이 있었기에 지금의 당신이 있고, 부모님도 만날 수 있었습니다. 그 은혜를 잊으면 안 되지요. 그래서 한 생각입니다. 금방울을 두 번째 아내로 맞으세요."

넓은 마음을 가진 공주 덕분에 금방울과 해룡은 부부가 되었고, 그 이후 모두 행복하게 살았습니다.

흥미롭고 낭만적인 판타지 소설

금방울전을 읽노라면 마치 요즘의 판타지 소설을 읽는 재미가 느껴집니다. 해룡과 금방울의 다른 두 이야기가 하나로 만나 더욱 흥미롭고 낭만적인 사건들을 전개합니다. 그런 재미가 어디서 나오는 것일까요?

재미 1 '난생설화'

우리나라 건국신화를 보면 대부분의 영웅들은 알에서 태어나는 설화를 가지고 있습니다. 고대사회에서 알은 태양을 상징합니다. 당시 사람들은 알이 태양처럼 둥글다는 점에서 알을 아주 신성하게 보았던 거지요. 고구려를 세운 주몽, 신라를 세운 박혁거세, 김수로와 석탈해 모두 난생설화를 가지고 있습니다. 금방울은 알이 아니지만, 알과 닮은 금빛의 신비로운 방울 모양을 하고 있습니다. 더구나 불에 넣어도 타지 않고 칼로 쪼개도 오히려 두 개, 세 개로 늘어나기만 합니다. 이런 신비한 모습은 앞으로 전개될 금방울의 도술에 비하면 예고편이라 할 수 있겠죠.

재미 2 '신통력'

홍길동전을 읽는 재미 중 하나는 축지법과 둔갑술로 관원들을 쫓아내는 길동이의 도술 장면입니다. 우리의 주인공 금방울 역시 보은초를 구해다 장원의 부인을 살려내는가 하면 변씨에게 구박을 받는 해룡이 위기를 겪을 때마다 구해줍니다. 호랑이를 처치하는 장면이나 요괴를 물리치고 오랑캐를 몰아내는 장면은 통쾌하기까지 합니다.

"방울이 부채를 쫙 펼쳐 요괴를 받아쳤다. 요괴는 금터럭을 뽑아 산지 사방에 날려 물안개를 피웠다. 안개와 부채바람이 맞부딪쳐 눈보라가 일고 비가 쏟아지는 순간……." (고려대학교 소장본)

또르랑또르랑 나타나 부채와 오색명주와 구슬로 한판 벌이는 금방울의 모습이라. 영화의 한 장면으로 그려진다면 아주 볼만했겠죠?

재미 3 '변신'

미녀와 야수, 박씨부인, 금방울의 공통점은 무엇일까요?
네, 이들의 공통점은 말 못할 사연으로 허물을 갖고 살아가다가 아름다운 주인공으로 변신한 뒤 사랑을 이루는 반전의 주인공이지요.

전생에 맺어졌던 해룡을 세상에서 다시 만났으나 말 못하는 금방울은 그저 지켜보기만 할 따름입니다. 한결같이 해룡을 위해 자기 몸을 아낌없이 던지던 금방울이 16년 만에 드디어 아리따운 선녀의 모습으로 변신하는 장면은 바로 감동 그 자체입니다.

금방울은 전기소설, 영웅소설

금방울전은 전기소설로 분류합니다. 전기소설이란 현실을 떠나 환상적인 세계를 무대로 하여 벌어지는 기이한 사건을 다룬 소설을 말합니다. 이런 소설의 특징은 귀신과 인연을 맺거나 아무나 갈 수 없는 용궁에 가기도 하고, 현실과 환상을 오가며 도술을 펼치는 등 재미있고 신기한 소재들을 다루고 있습니다. 금방울전에서도 장원의 어머니가 위기에 처한 동해 용왕의 아들을 꿀꺽 삼킨 뒤 열 달 뒤 해룡을 낳았고, 금방울의 어머니 막씨는 착한 성품 덕분에 옥황상제로부터 서해 용왕의 딸을 내려 받지요. 이들의 신비로운 탄생이나 해룡이 찾아간 요괴가 사는 마을처럼 금방울전에는 현실에 존재하지 않는 환상적인 공간과 이야기가 많이 등장합니다.

또한 금방울전은 영웅소설이라고도 하는데, 영웅소설은 주인공의 특별한 일생을 그린 소설을 말합니다. 영웅은 그 출발부터 평범한 인물과는 구별되는 신비로운 존재이고, 고난을 겪고 이겨내는 과정 또한 남다르지요.
금방울은 원래 남해 용왕의 딸로 요괴에게 죽음을 당한 뒤 막씨의 딸로 태어납니다. 하지만 사람의 모습이 아닌 금방울로 태어났고, 그 이후의 삶도 특별하기만 합니다. 금방울은 태어나자마자 어머니인 막씨뿐 아니라 마을 사람들에게까지 요물 취급을 당하며 온갖 수난을 겪지만, 신통한 능력으로 어머니를 보호하는 것은 물론 해룡을 도와 요괴를 무찌르고, 오랑캐를 물리치는 과정에서 보여주는 신기한 능력과 도술 덕분에 사람들에게 점점 인정을 받게 됩니다. 그리고 16년이라는 인내의 세월을 견딘 뒤 금방울의 제 모습이 고스란히 드러나게 되지요.

여성이 영웅이 되어

여성이 주인공으로 나오는 〈심청전〉, 〈춘향전〉은 모두 효와 정절을 위해 목숨을 바치는 조선 시대의 여인상을 고스란히 보여줍니다. 그만큼 조선 시대가 남성 중심의 유교사회였기 때문이지요.

그런데 조선 후기에는 특이하게도 여성을 영웅으로 다룬 소설이 등장합니다. 〈박씨전〉에 나오는 박씨가 신비한 도술로 오랑캐를 물리치고 조선을 지켜내는 여장부의 모습을 보여 줬다면, 〈홍계월전〉의 계월은 남자로 변장한 뒤 장군이 되어 전쟁에서 적을 무찌르는 지략과 기개를 보여 줍니다. 금방울 역시 여성의 몸으로 호랑이와 요괴, 적군을 물리치는데 이에 반해 남성인 해룡은 오히려 금방울에게 의존하는 모습을 보입니다.

조선 시대만 해도 여자들은 집안을 벗어나지도 못하고 부녀자의 도를 지켜야 했기에 당시의 여자들은 아마도 소설 속 당찬 여주인공들의 이야기를 읽으며 주인공의 모습에 자신을 겹쳐 보기도 하고, 상상으로나마 가슴속에 담아 둔 꿈을 펼쳐 보며 대리만족을 느꼈을 것입니다. 소설을 읽는 여성들의 수가 많아지자 글 쓰는 사람도 여성 독자들이 좋아하는 종류의 이야기를 작품에 담아내기 시작했고요.

이렇게 조선 후기로 갈수록 여성 영웅들의 모습은 멋지게 그려진 소설이 등장하기는 했지만, 그래도 한계로 남는 아쉬운 점들이 있었습니다. 주인공들은 대부분 천상에서 내려온 선녀, 즉 아름다운 미모를 가진 여자의 모습으로 묘사되는 게 대부분입니다, 그리고 본인이 뛰어난 능력을 갖추고 있기는 하지만 남성 중심의 사회제도에 대해 아무런 불평도 표현하지 않습니다. 자신이 가진 능력으로 나라를 위해 더 큰 공을 세울 수 있음에도 불구하고 언제나 이야기

끝부분에는 국가에서 내려준 정렬부인 같은 칭호를 받는 것에 만족합니다.
만약 금방울이 처음부터 사람의 모습으로 태어났다면 놀라운 활약을 보여 주기에 앞서 여성으로서의 한계를 많이 느꼈을 것이고, 어쩌면 그녀의 뛰어난 능력을 시기하는 남성과도 갈등을 일으켰을지 모릅니다. 실제 금방울은 사람의 모습으로 변신한 이후 그렇게 뛰어난 능력을 갖고 있으면서도 오직 해룡의 아내로서 조용히 살아갈 뿐입니다. 그리고 보니 〈박씨전〉의 박씨도 신비한 도술을 부릴 수 있는 특별한 능력이 있는 사람이었지만, 언제나 집안을 벗어나지 않고 남편을 돕는 보조적인 역할을 하는데 그쳤군요. 비슷한 결말을 맞이하는 점도 두 작품의 공통점이고요.

✱ 활동하기 1

다시 쓰는 금방울전

영화 〈슈렉〉을 보다 보면 슈렉과 '피오나' 공주가 마법의 저주를 풀고 아리따운 공주와 왕자가 되어 만날 것이라는 기대를 품게 되지요. 허나 두 주인공은 사람들의 이러한 예상을 뛰어 넘고 괴물로 남는 결말을 택했습니다. 비슷비
숫한 옛이야기의 형태를 따르는 대신, 새로운 결말로 우리들의 예상을 뒤엎는 슈렉을 통해 우리는 즐거움과 통쾌함을 느낄 수 있습니다.

금방울의 마법이 풀린다던 그날이 바로 오늘이라고 생각하고, 여러분은 금방울이 어떤 모습으로 변신하여 해룡을 만나게 될지 새롭게 상상해 봅시다.

나도 게임시나리오 작가!

〈금방울전〉은 우리들에게 익숙한 판타지 소설이자 게임과 같은 재미난 구성을 하고 있습니다. 여러분도 금방울이 새로운 시대에 새로운 임무를 맡아 모험을 벌이는 이야기를 구상해 보세요.

〈금방울전〉
· 주인공 : 금방울
· 배경 : 중국
· 임무 : 해룡을 지켜라
· 무기 : 부채, 오색명주
· 악당 : 요괴

〈게임 금방울전〉

· 주인공 : 금방울

· 배경 :

· 임무 :

· 무기 :

· 악당 :

토끼전

자라는 봄 경치에 취해 한동안 넋을 잃고 있다가, 목을 쑥 빼고는 그림을 꺼 냈습니다. 이제 토끼를 찾아야 할 시간이었습니다. 자라는 엉금엉금 기어가 며 주의 깊게 사방을 둘러보았습니다. 산 속에는 참으로 많은 짐승들이 살고 있었습니다. 다람쥐, 너구리, 사슴, 여우, 멧돼지, 곰, 호랑 이……. 짐승들이 지나갈 때마다 자라는 걸음을 멈추고 자 세히 살펴보았지만, 그림과는 달랐습니다.

멀고 먼 옛날, 바다에는 용왕들이 살고 있었습니다. 동쪽 바다, 서쪽 바다, 남쪽 바다, 북쪽 바다에 각각 용왕들이 있었습니다. 용왕은 바닷속 물고기와 물짐승들의 왕이었고, 으리으리한 용궁에 살았습니다. 산호와 진주, 수정과 오색 조개 등으로 휘황찬란하게 꾸며져 있는 용궁은 매우 아름다웠습니다.

용왕들은 바다를 잘 다스렸고, 아름다운 용궁에서 행복하게 지냈습니다. 그러나 동해 용왕만은 그렇지 못했습니다. 병이 들어서 늘 몸이 아팠습니다. 온갖 약을 써 보아도 전혀 소용이 없었습니다. 게다가 병은 점점 깊어갔습니다.

하루는 용왕이 모든 신하들을 불러 의논을 했습니다.

"내 병이 점점 깊어진다. 이러다가는 곧 죽게 되리라. 대대로 전해오던 왕 노릇도 못하고 죽을 생각을 하니 멍해지는구나. 이를 어찌하면 좋겠는가?"

그러자 한 신하가 말했습니다.

“전하, 동쪽 바다에서 가장 용한 의원을 데려올 테니, 진찰을
받아 보십시오.”

얼마 후 의원이 달려왔고 용왕은 곧 진찰을 받았습니다. 의원은
용왕을 진찰한 후 한참 동안이나 말이 없었습니다. 얼마 후 의원
은 어쩔 줄 몰라 하며 입을 열었습니다.

“황송하오나, 전하의 병을 고칠 약이 없사옵니다.”

용왕의 얼굴에 근심이 서렸습니다. 병을 고칠 수 없다면 머지않
아 목숨을 잃게 될 것이 뻔했습니다.

“그러면 어찌할꼬? 참으로 딱한 일이로다. 내 병을 고칠 약이
정말로 없는가?”

“한 가지 신통한 약이 있긴 있사온데, 우리 바다에서는 구할 수
가 없는 것이옵니다.”

“대체 그게 무엇이냐?”

용왕이 귀가 솔깃하여 물었습니다.

“뭍에 사는 토끼의 간이옵니다. 살아 있는 토끼의 간을 드시면
병환이 나을 것이옵니다.”

용왕은 모든 신하들을 불러 모아 명령을 내렸습니다.

“내 병에는 살아 있는 토끼의 간밖에 약이 없다 하니, 어서 잡
아 오도록 하라. 누가 산 채로 토끼를 잡아오겠느냐?”

신하 가운데 문어 대장이 앞으로 나서며 아뢰었습니다.

“제가 뭍으로 나가 토끼를 잡아오겠습니다.”

용왕의 얼굴이 환하게 밝아졌습니다.

“그대가 용맹한 줄은 이미 알고 있었다. 장하다. 토끼를 잡아 와 내 목숨을 구하면 장군으로 임명하겠노라.”

이때 자라가 뛰어 나오더니 소리쳤습니다.

“문어야, 네가 바다에서는 용감한 장수지만 뭍에 나가면 아무 소용없다. 사람들이 너를 잡아 요리해 먹을 텐데 두렵지도 않느냐?”

문어는 화가 치밀어 올라 얼굴이 붉게 변했습니다. 여덟 개의 긴 다리를 흔들며 문어가 대답했습니다.

“네가 가도 마찬가지이다. 사람들이 너를 보면 잡아서 자라탕을 끓여 먹을 테니, 살아 돌아오지 못할 것이다.”

자라도 지지 않았습니다.

“너는 하나만 알고 둘은 모르는구나. 물속에서도 뭍에서도 마음대로 나다니는 짐승은 바로 나, 자라이다. 너는 물속에서만 자유롭지 뭍에 오르면 숨이 차 죽지 않느냐?”

용왕은 자라의 말이 옳다고 생각했습니다. 다른 신하들도 모두 자라의 생각과 마찬가지였습니다. 자라는 용왕 앞에 엎드려 아뢰었습니다.

“소인은 재주가 없는 짐승이오나, 반드시 토끼를 잡아 와 전하의 병환을 고치겠습니다."

"정말 갸륵한지고. 토끼를 잡아 오면 큰 상을 내리겠노라."

토끼의 간은 마지막 희망이었기 때문에, 용왕은 자라에게 거는 기대가 매우 컸습니다. 자라가 대답했습니다.

"예, 전하. 꼭 잡아 오겠습니다. 그런데 저는 토끼를 한 번도 본 적이 없으니, 토끼의 생김새를 아는 화가를 불러다가 그림을 그리게 하는 것이 좋겠습니다."

용왕은 곧 이름난 화가를 불러 토끼의 생김새를 그리게 했습니다. 마침내 완성된 그림을 보니 토끼는 쫑긋한 두 귀와 동그란 눈, 짤막한 앞다리에 길쭉한 뒷다리를 가진 짐승이었습니다.

자라는 토끼 그림을 받아들고 길을 떠났습니다. 그림이 젖지 않도록 목을 길게 늘려 한 쪽에 집어넣고 다시 목을 움츠렸더니 감쪽같았습니다. 용궁을 나온 자라는 집에 들러 식구들에게 인사를 했습니다. 부인이 걱정하며 자라를 배웅했습니다.

"뭍은 위험한 곳이니 부디 조심해서 다녀오세요."

자라는 뭍을 향해 넓은 바다를 헤엄쳐 갔습니다. 마침내 뭍에 다다라, 자라는 어느 산 속으로 들어갔습니다. 푸른 나무들이 무성하고 울긋불긋 진달래꽃이 핀 산은 아름다웠습니다. 온갖 새들이 즐겁게 노래하고, 나비들은 흥에 겨워 춤을 추었습니다. 기분 좋은 봄날이었습니다.

자라는 봄 경치에 취해 한동안 넋을 잃고 있다가, 목을 쑥 빼고는 그림을 꺼냈습니다. 이제 토끼를 찾아야 할 시간이었습니다. 자라는 엉금엉금 기어가며 주의 깊게 사방을 둘러보았습니다. 산 속에는 참으로 많은 짐승들이 살고 있었습니다. 다람쥐, 너구리, 사슴, 여우, 멧돼지, 곰, 호랑이……. 짐승들이 지나갈 때마다 자라는 걸음을 멈추고 자세히 살펴보았지만, 그림과는 달랐습니다.

자라는 슬슬 걱정이 되기 시작했습니다.

'토끼란 놈은 대체 어디 있는 거지? 이 그림이 맞기는 맞는 것인가.'

자라는 움츠린 목을 다시 한 번 길게 뺐습니다. 그때 어떤 짐승 하나가 눈에 들어왔습니다. 풀을 뜯어 먹고 있었는데 두 귀는 쫑긋, 눈은 동그랗고 앞다리는 짧은데 뒷다리는 길쭉한 모습이 그림과 똑같았습니다.

"찾았다!"

자라는 기뻐서 저도 모르게 소리쳤습니다. 이제 토끼는 폴짝폴
짝 뛰어다니며 주위를 흘끔흘끔 쳐다보았습니다.

자라는 얼른 몸을 숨기고 다시 한 번 그림을 꺼내 확인했습니
다. 역시 토끼였습니다. 자라는 반가운 마음에 토끼 곁으로 엉금
엉금 기어갔습니다. 그러고는 목을 쭉 빼서 공손히 인사를 했습니
다.

"처음 뵙겠습니다. 혹시 토끼 선생 아니십니까?"

토끼는 두 귀를 쫑긋하며 자라를 빤히 쳐다보았습니다. 처음 보
는 짐승이었습니다.

"예, 그렇습니다만…… 누구신지?"

"나는 바다에 사는 자라인데, 뭍에 사는 좋은 벗을 사귀어 보려
고 왔습니다. 그런데 이렇게 토끼 선생을 만나게 되었으니 얼마
나 기쁜지 모르겠습니다."

"나를 아시오?"

"알고말고요. 토끼 선생을 모르는 자가 어디 있겠소? 그 유명한
토끼 선생을 늘 한번 뵙고 싶었지요."

자신을 치켜세워 주는 말에 토끼는 어깨가 으쓱했습니다. 토끼
는 거만하게 말했습니다.

“허, 그러시오? 그런데 참 희한하게 생겼군요. 세상에 태어나 온 갖 짐승을 다 보았지만 댁처럼 못생긴 얼굴은 처음 봅니다. 하하, 농담이오. 그러니 너무 기분 나빠하지 마시오.”

자라는 화를 꾹 눌러 참고 이어서 말했습니다.

“그건 그렇고, 뭍에 오니 경치가 아름답고 살기가 좋은 곳 같소. 하지만 우리 바닷속 나라에 비하면 별 것 아니군요.”

“에이, 설마.”

“토끼 선생은 바닷속에 가 보셨소?”

“아니, 아직…….”

“바닷속이 어떻게 생겼는지 궁금하지 않습니까?”

“궁금하기야 합니다만.”

“잘 되었네요. 그럼 나와 함께 바다로 갑시다. 으리으리한 용궁 구경도 하고. 용왕님도 반가워하실 거요. 귀한 손님을 모시고 왔 다고 후하게 대접하고 큰 선물도 내리실 겁니다.”

토끼는 귀가 솔깃해졌습니다. 용궁 구경에 큰 선물이라니 마음 이 설레기까지 했습니다. 하지만 바다에 가 본 적이 없기 때문에 걱정도 되었습니다.

“하지만 드넓은 바다를 헤엄쳐 갈 수 있을지 걱정이오.”

토끼의 마음이 움직인 것을 알고 자라가 기뻐하며 말했습니다.

“그건 조금도 걱정 마시오. 내 등에 올라타기만 하면 됩니다.

헤엄은 내가 칠 테니까.”

“이것 참 미안해서…… 하지만 그리 해 주신다면 못 갈 것도 없
지요.”

“잘 생각하셨소. 갑시다, 어서.”

자라는 토끼의 마음이 변할세라 얼른 토끼의 팔을 끌었습니다.

이윽고 바닷가에 도착한 둘은 먼 여행을 떠날 채비를 했습니다.

“자, 이제 내 등에 업히시오.”

토끼는 넓적하고 딱딱한 자라의 등에 올라탔습니다. 앞으로 어떤 일이 일어날지도 모르고 그저 용궁 구경을 간다는 생각으로 신이 났습니다. 자라는 또 자라대로 일이 착착 진행되어 가는 게 기뻐서 환호성이라도 지르고 싶은 마음이었습니다.

'내가 토끼를 데리고 용왕님 앞에 가면 얼마나 기뻐하실까? 이 녀석의 간을 드시고 꼭 병환이 나으셔야 할 텐데…… 그러면 나는 큰 상을 받게 될 거야.'

자라는 저절로 기운이 나서 힘차게 바다로 들어갔습니다.

먼 바닷길을 헤엄쳐 용궁에 도착했을 때, 토끼는 눈이 휘둥그레졌습니다. 진주와 조개껍질로 꾸민 대궐은 아름답고 으리으리했습니다. 자라는 토끼를 데리고 용궁 안으로 의기양양하게 들어갔습니다. 후한 대접과 큰 선물이 기다리고 있다고 여긴 토끼도 기분 좋게 안으로 들어갔습니다.

"잠깐만 기다리시오. 용왕님께 토끼 선생이 왔다고 아뢰고 오겠소."

자라는 토끼를 기다리게 하고 용왕에게로 가서 아뢰었습니다.

"전하, 분부하신 대로 토끼를 산 채로 잡아 왔습니다."

용왕은 몹시 기뻐하며 자라를 칭찬하고는 다른 신하들에게 명령했습니다.

"토끼를 데려오라."

용왕의 명을 받은 신하들이 달려가 토끼를 에워쌌습니다.

"네가 그 토끼냐? 어서 용왕님 앞으로 가자."

토끼는 무언가 심상치 않은 분위기를 느끼고 도망치려 했습니다. 하지만 힘 센 물고기들에 에워싸여 마음대로 움직일 수가 없었습니다.

'이거 큰일 났구나. 무언가 나쁜 일이 일어날 것 같다.'

용왕 앞으로 나아가니 과연 나쁜 일이 기다리고 있었습니다.

"내가 몹쓸 병이 들었는데, 용한 의원이 말하기를 토끼의 간을 먹어야 낫는다 하지 않겠느냐. 하지만 너무 슬퍼 말거라. 나를 위해 죽는 너에게 내가 고마워하고 있다."

용왕이 신하들을 보며 명령하였습니다.

"어서 간을 꺼내라."

그러자 신하들 몇 몇이 달려들어, 움직이지 못하게 토끼를 꽉 붙들었습니다.

토끼는 기가 막혔습니다. 자라의 꾀에 속아 좋다고 따라온 자신이 한심하게 느껴졌습니다. 무엇보다 자신을 속인 자라가 제일 미웠습니다.

'아이구, 꼼짝 없이 죽게 생겼구나. 내가 아무리 빠르다지만 이렇게 붙들려 있으니 도망칠 수도 없고, 용케 벗어난다 해도 뭍까지 그 먼 길을 어떻게 헤엄쳐 간단 말인가.'

그 때 신하들 가운데 하나가 칼을 꺼내 들었습니다. 눈앞이 캄캄해지지 않을 수 없었습니다. 신하가 막 배를 가르려는 순간, 토끼의 머릿속에 좋은 생각이 떠올랐습니다. 토끼가 다급히 외쳤습니다.

"잠깐만요!"

용왕이 토기의 배를 가르려는 신하를 손짓으로 막으며 물었습니다.

"왜 그러느냐?"

"이왕 죽을 목숨, 저 세상으로 가기 전에 한 말씀만 아뢰겠습니다."

"내 그대를 가엾게 생각해서 허락하겠노라."

"감사합니다, 전하. 다름이 아니오라, 제가 지금은 간이 없습니다."

"간이 없다니, 그게 무슨 말인고?"

"토끼는 원래 아침 이슬과 저녁 안개를 받아 마시고, 고운 꽃과 풀을 먹고 삽니다. 그래서 오장육부(내장을 통틀어 이르는 말), 심지어 똥집과 오줌통까지 다 약이 된다고 합니다. 특히 간이 좋다고 하지요. 그래서 누구나 만나기만 하면 간을 달라고 조른답니다. 하도 졸라대서 저는 간을 갖고 다니지 않습니다. 아무로 모르는 깊은 골짜기에 꼭꼭 감춰두지요. 제 배를 갈라도 간을 찾지 못하실 겁니다."

토끼의 말을 들은 용왕은 하도 어이가 없어 크게 꾸짖었습니다.

"발칙한 놈! 이 세상에 어떤 짐승이 간을 집어넣었다 꺼냈다 하느냐? 감히 어느 앞이라고 거짓말을! 여봐라, 저놈의 배를 갈라 당장 간을 꺼내라."

토끼는 몹시 당황했지만, 애써 침착하게 말했습니다.

"저는 보잘것없는 짐승이라 지금 죽어도 좋습니다. 하지만 전하는 귀하신 분입니다. 제 간을 먹고 전하의 병환이 나으신다면 그보다 좋은 일이 어디 있겠습니까? 저 바보 같은 자라가 말만 해주었어도 저는 간을 가져왔을 것입니다. 보시다시피 저는 간이 없어도 살 수 있는데 왜 간을 바치지 않겠습니까? 자라가 말하지 않았기에 간을 가져오지 못했을 뿐입니다. 그러니 제 간을 가져다가 약으로 쓰고 건강을 회복하옵소서."

토끼는 거침없는 말솜씨로 용왕의 비위를 살살 맞추었습니다.

용왕은 토끼의 말을 듣고 곰곰이 생각했습니다.

'듣고 보니 옳은 말이다. 만일 토끼를 죽이면 간이 있는 곳을 어떻게 찾겠는가?'

용왕이 입을 열었습니다.

"그대의 말을 믿겠다. 그러니 오늘은 푹 쉬고 내일 아침 자라와 함께 뭍으로 올라가라. 가서 간을 가지고 다시 오도록 하라. 만일 간을 먹고 내가 병이 나으면 온갖 상을 내리고 큰 벼슬을 주겠노라.”

용왕은 잔치를 크게 베풀
어 토끼를 대접했습니다.
토끼는 생전 처음 보는
맛있는 음식을 실컷 먹었
습니다. 아름다운 용궁
구경도 하며 즐겁게 놀다
가 편안하게 잠이 들었습
니다. 용왕이 자신의 말을
깊이 믿고 있음을 알았기 때문입
니다.

이튿날, 토끼는 용왕에게 인사를 올리고 신하들의 배웅을 받으
며 용궁을 떠났습니다. 자라의 등에 타고 푸른 바다를 건널 때, 자
라가 물었습니다.

“정말 간을 빼 놓고 다니시오?”

토끼는 태연하게 대답했습니다.

“물론. 너희 바닷속 짐승들은 모르겠지만, 뭍에 사는 짐승들은
종종 그렇게 하지.”

어느덧 뭍에 다다랐습니다. 토끼는 이제 살았다 싶어 자라의 등
에서 얼른 뛰어내렸습니다. 바다를 헤엄쳐 오느라 힘이 들었는지

자라가 기운 없이 말했습니다.

"자, 이제 간을 숨겨놓은 곳으로 가자."

토끼가 자라를 똑바로 쳐다보며 말했습니다.

"천하에 바보 같은 놈. 이 세상에 제 뱃속에서 간을 꺼낼 수 있
는 짐승이 어디 있느냐? 가서 너희 용왕에게 전해라. 토끼한테
보기 좋게 속아 넘어갔다고. 하지만 먼저 속인 것은 네가 아니
냐? 내가 속은 걸 생각하면 다리뼈를 부러뜨려 주고 싶지만 참

는다. 여기까지 데려다 주었으니 말이다."

말을 마친 토끼는 깡충깡충 뛰어 산 속으로 사라졌습니다. 자라가 있는 힘을 다해 쫓아갔지만, 발 빠른 토끼를 따라잡기에는 터무니없이 속도가 느렸습니다. 자라는 저 멀리 달려가는 토끼의 뒷모습을 보며 긴 한숨을 쉬었습니다.

"대체 이 일을 어쩌나. 토끼의 꾀에 그만 감쪽같이 속았구나. 토끼의 간을 얻지 못했으니 가서 전하를 어떻게 뵐까? 이제 전하의 병환을 어떻게 고친단 말인가? 나는 못 돌아간다. 차라리 여기서 죽는 게 낫겠다."

자라는 머리를 들어 바위에 부딪치려 했습니다. 그때 갑자기 자라를 부르는 소리가 들렸습니다. 깜짝 놀란 자라가 돌아보니, 자주색 옷을 입은 노인이 서 있었습니다.

"용왕을 생각하는 너의 마음이 지극하구나. 그 마음이 갸륵하여 약을 주겠으니 받아라."

노인은 소매 안에서 약을 꺼내 자라에게 건넸습니다. 자라는 약을 받고 감사의 절을 두 번 올렸습니다.

"어서 돌아가 용왕께 전하라."

자라는 기뻐하며 바닷속으로 서둘러 돌아갔습니다.

용왕은 자라가 가져온 약을 먹고 깨끗이 병이 나았다고 합니다.

토끼전이 김춘추의 목숨을 살렸다고요?

때는 삼국이 서로 영토를 차지하고자 경쟁하며 전쟁을 하던 시절이었어요. 백제의 힘이 커지자 신라 선덕왕 11년에 김춘추가 고구려에 군사를 요청하려고 갑니다. 고구려와 힘을 합쳐 백제를 누르려는 이 계획은 사실 위험천만한 일이었습니다. 고구려가 김춘추의 계획을 따라준다면 아무 문제가 없지만 만에 하나라도 김춘추를 의심한다면 그냥 살려 보내지 않았을 게 뻔한 일이었습니다.

"내 계획대로라면 60일 안에는 돌아올 것 같으나, 만약 그때에 돌아오지 않으면 곧 다시 볼 기약이 없을 것이오."

김춘추는 김유신에게 이렇게 작별을 고하고 고구려로 향했습니다.

고구려 왕은 연개소문을 파견하여 김춘추를 맞아들이고 성대한 잔치를 베풀어 극진히 대접하였습니다. 그런데 고구려의 한 신하가 왕에게 고합니다.

"듣자하니 우리나라에 온 저 자는 보통 사람이 아니옵고, 무예에 뛰어난 신라 왕의 후예라고 합니다. 그가 지금 온 것은 우리나라 형세를 살펴 훗날 침략할 계획인 것으로 보이오니 왕께서는 그를 죽여버림으로써 아무 탈이 없도록 하소서."

이 말을 들은 고구려왕은 김춘추와 그 사신들을 의심하고 엉뚱한 이유를 들어 잡아둡니다.

"마목현은 죽령과 함께 본래 우리나라의 땅이다. 만약 이를 돌려주지 않으면 돌아갈 수 없을 것이다."

신하인 김춘추가 이 땅을 고구려에 넘기겠다는 약조를 할 수 없으므로 꼼짝없이 고구려 땅에서 죽게 되었습니다. 김춘추는 가져온 청포 300포를 비밀리에 고구려왕의 신하 선도해에게 주며 살길을 모색하고자 합니다.

"그대는 일찍이 거북과 토끼의 이야기를 듣지 못하였는가?"

이때 선도해가 토끼전에 나오는 이 이야기를 해줍니다.

"목숨이 위태해진 토끼가 '저는 간을 평소 꺼내어 깊은 골짜기에 두고 다니오니 용왕님의 병을 위해 지금 육지로 가 간을 가져오겠나이다.'하니 바다 거북은 이 말을 그대로 믿고 토끼를 업고 도로 육지로 데려다주자 토끼는 거북을 어리석다고 비웃고 숲으로 사라집니다."

김춘추는 이 말의 뜻을 깨닫고 고구려왕에게 청합니다.

"마목현과 죽령의 두 영은 본래는 대국(고구려)의 땅이므로, 신이 귀국하면 우리 임금에게 청하여 곧 돌려 보내도록 하겠습니다. 나의 말을 믿지 못하시겠다면 동녘에서 뜨는 해의 밝은 빛을 두고 맹세하겠습니다."

이에 고구려왕은 기뻐하며 김춘추를 신라로 돌려보냈습니다. 국경을 넘어서자 김춘추는 전송 온 고구려 신하에게 이 모든 일이 거짓이었다고 말합니다. 마치 육지로 올라온 토끼가 거북에게 했던 말처럼 말이죠.

'거북아, 너는 참으로 어리석구나. 어찌 간이 없이 사는 놈이 있겠느냐?'

토끼전, 다양한 이름 다양한 결말

〈별주부전〉
일제강점기때
만들어진 책

〈별주부전 딱지본〉
전북 고창군
판소리박물관 소재

1. 다양한 이름

토끼전, 토공전, 별주부전, 수궁가, 토별가, 토의 간
우리가 아는 토끼전의 또 다른 이름들이랍니다. 왜 이렇게 여러 이름이 붙여졌을까요?
고전소설의 대부분은 작자가 알려져 있지 않아요. 입에서 입으로 전해내려오는 이야기가 소설에서 판소리로 불리고 다시 지금과 같은 소설로 전해졌기 때문이지요. 그러다보니 내용이 바뀌기도 하고 보태어지면서 여러 사람의 공동작이 되었어요.

"두 귀난 쫑곳, 두 눈 도리도리, 허리난 늘씬, 꽁지난 묘똑. 좌편 청산이요, 우편은 녹수라. 녹수 청산의 혜굽은 장송, 휘늘어진 양류 속, 들락날락 오락가락 앙그주춤 기난 김생, 화중퇴 얼풋그려, 아미산월으 반륜퇴 이여서 더할소냐. 아나, 엿다, 별 주부야, 네가 가지고 나가라." (수궁가 판소리 중)
"좌우로 오는 중에 토끼 자취 알 수 없어 움친 목을 길게 늘어 이리저리 휘둘러 살피더니 후면으로 한 짐승 들어오는데 화본과 방불(彷彿)하다. 토끼 보고 그림 보니 영낙없는 네로구나." (별주부전 완판본 중)

같은 이야기인데도 판소리냐 소설이냐에 따라 그 표현이나 느낌이 많이 다르지 않나요? 토끼전은 처음에 '구토지설(龜兎之說)' 이라는 이야기로 전해졌어요. 소설로 읽히면서는 '별주부전(자라의 직위)' '토끼전' '토별전' '토공전'으로 알려졌고 그러다가 판소리로 불리면서는 '수궁가' '토별가' 라는 이름으로 더 많이 알려졌어요. 지금은 고전소설을 현대소설로 개작한 이해조 선생님의 '토의 간' 이 남아있습니다.

2. 다양한 결말

여러 사람이 함께 듣고 다시 전하면서 결말 역시 다양해졌어요. 아마도 전하

는 사람의 생각과 바람이 작품의 결말을 다르게 만들었을 거예요.

자라의 충성을 높이 산 누군가는 자라를 살려서 용궁으로 보내고, 토끼의 지혜를 높이 산 누군가는 자라의 우둔함을 죽음으로 마무리하기도 하였지요. 그런가하면 자기 목숨만을 위해 토끼와 자라를 이용하는 용왕을 나무라고 싶은 누군가는 토끼와 자라는 함께 잘 살지만 용왕은 죽는 결말을 만들어냅니다.

여러분도 다음의 결말을 보면서 작가가 누구 편이 되어서 무엇을 강조하고 싶어했는지 상상해보세요.

① 토끼가 눈앞에서 도망치자 자라는 분함을 이기지 못합니다. 바닷가 바위에 글을 써 붙이고 머리를 부딪혀 자결합니다. 후에 자라의 글이 용왕에게 알려지고 용왕은 토끼의 목숨을 빼앗으려한 자신의 죄를 뉘우치고 죽습니다.

② 토끼가 도망가자 자라는 용궁에 가면 벌을 받을 것이 두려워 소상강 대숲으로 숨어들어가 살았습니다. 후에 그 자손이 세상에 퍼져 이리 많아졌다고 합니다. 토끼가 간을 가져오기를 기다리던 용왕은 병이 깊어져 죽고 말았습니다.

③ 토끼는 자신의 목숨을 빼앗으려 한 용왕의 행동이 분했지만 용왕 역시 목숨이 위태로운 것을 생각하고 다른 처방을 내려줍니다. 아픈 아이들에게 어머니들이 토끼똥을 주워다 먹이는 것을 보았노라며 그 아이들과 용왕의 증상이 비슷하니 자신의 똥을 가져다 용왕에게 간이라 하고 먹이라고 합니다. 용왕은 그것을 먹고 병이 나았다고 하네요.

④ 토끼에게 속은 것을 안 자라가 벼랑에서 떨어져 죽음으로 용왕에게 진 죄를 대신하려 하니, 갑자기 구름 속에서 한 도사가 자신을 화타(중국의 명의)라 칭하며 홀연히 나타납니다. 그리고 자라의 충성심에 매우 감복했다고 하면서 자라에게 선약을 주어 용왕의 병을 고치라 고합니다. 자라는 매우 감사드리며 그 약을 용왕에게 바쳤고, 용왕의 병은 말끔히 나았습니다.

⑤ 여러분의 소망을 넣어 새로운 결말을 만들어 보세요.

토끼전을 읽는 재미, 우화와 풍자를 알자!

'토끼와 거북이', '여우와 신포도', '사자와 늑대와 사슴' …….
이솝의 우화는 하나같이 동물들이 등장하고 우리에게 교훈을 전해 주지요. 이처럼 우화란 사람이 아닌 동물들이나 사물이 등장하는 이야기 형식입니다.
그런데 작품에서 동물들을 등장시켜 무엇을 말하려고 하는 것일까요? 이렇게 인간의 모습에 빗댄 동물들의 행동을 통해 재미와 교훈을 전달하려는 목적이 숨겨져 있어요. 이런 표현을 바로 '풍자'라고 합니다. 우리가 요즘 패러디라고 표현하는 것 역시 이런 풍자의 한 종류랍니다. 이것을 알면 작품에 담겨 있는 생각들을 재미있게 읽을 수 있지요.

* 활동하기 1

토끼전에 나오는 주인공들은 모두 동물들이고 그 모습이 어떤 사람들의 특성과 닮았나요? 가만 들여다보면 겉으로 보이는 모습과 또 다른 모습을 볼 수 있습니다.

자라는 임금께 충성스런 신하이다. 자신의 목숨이 위태로울 수 있음에도 토끼의 간을 얻고자 육지로 향한다. 하지만 토끼를 데려오기 위해 거짓말로 속이는 모습에서

토끼는 꾀가 많아 목숨이 위태로운 상황에서 살아나올 수 있었다. 하지만 자라가 용궁에서 부귀영화를 준다는 약속에 쉽게 넘어가는 모습을 보면,

용왕은 바닷속을 다스리는 자로 신하들과 백성들에게 존엄한 존재이다. 용왕은 자신의 병을 낫게 하고자 토끼의 목숨을 요구하는 모습을 보면,

풍자하고 싶은 우리 주변의 주제를 정해 봅시다. 그 주제를 나타낼 내용을 만들어 보세요. 그림으로 그려 보고 친구들에게 설명해 보세요.

흥부전

"네가 누구냐?"

"형님, 무슨 말씀입니까. 저는 흥부 아닙니까. 하나뿐인 동생도 못
알아보십니까?"

"왜 왔는지나 말해라."

"먹을 것이 없어 자식들이 굶고 있습니다. 그래서 먹을 것을 좀 얻으러 왔습니
다. 제게 양식을 좀 나눠 주시면 품을 팔아서라도 꼭 갚겠습니다."

충청도와 전라도, 경상도가 맞닿은 어느 마을에 연 생원이라는 사람이 살았습니다. 그는 아들 둘이 있었는데, 큰아들은 '놀부' 작은아들은 '흥부'였습니다. 이 형제는 같은 어머니의 뱃속에서 나왔으면서도 서로 너무나 달랐습니다. 착한 흥부는 부모님을 공경하고 이웃과 사이좋게 지냈습니다. 그러나 놀부는 자기밖에 모르는 욕심쟁이였습니다. 부모님께 불효하고 늘 제멋대로였습니다.

술 많이 마시고, 욕 잘 하고, 싸움질 잘 하고……. 그뿐만이 아닙니다. 초상집에 가서 춤추고, 불난 집에 부채질하고, 우는 아이에게 똥을 먹이고, 아무 잘못 없는 사람의 뺨을 때리고, 애호박에 말뚝을 박아 넣고, 곱사등이를 엎어 놓고 짓밟고, 목욕하는 사람한테 흙을 뿌리고, 눈병을 앓는 사람 눈에 고춧가루를 뿌리고, 비 오는 날 장독 뚜껑을 열어 놓고…….

부모님이 돌아가시자 놀부는 많은 재산을 독차지했습니다. 흥부에게는 부지깽이(아궁이에 불을 땔 때 쓰는 막대기) 하나 주지 않았습니다. 그런데도 흥부는 불평 없이 형의 말을 잘 들으며 살았습니다. 놀부는 그렇게 착한 동생 흥부를 내쫓기로 했습니다. 흥부네 식구들이 없으면, 양식도 덜 들고 돈도 덜 들 테니까요.

놀부는 흥부를 불렀습니다.

"형제란 어려서는 같이 살아도, 각자 가정을 이룬 다음에는 따로 살아야 한다. 그러니 너는 식구들을 데리고 나가 살아라."

"그게 무슨 말씀입니까? 이 세상에 형님과 나 둘뿐인데 떨어져 살다니요."

"나가라면 나갈 것이지 말이 많구나. 언제까지 내게 붙어살려 하려느냐. 어서 나가라."

흥부는 방으로 돌아와 부인에게 이 말을 전했습니다. 부인도 눈물을 흘리며 말했습니다.

"어린 자식들을 데리고 대체 어디로 가야 하나요?"

흥부 부부는 걱정 때문에 잠을 이루지 못했습니다.

이튿날 아침, 방 밖에서 놀부의 호통 소리가 들렸습니다.

"나가지 않고 아직까지 뭘 하고 있느냐? 당장 나가지 않으면 매질로 내쫓겠다."

흥부는 할 수 없이 식구들을 데리고 집을 나왔습니다. 하지만 갈 곳이 없었습니다. 생각다 못해 산으로 올라가 움(땅을 파고 위에

거적 따위를 얹어 비바람이나 추위를 막아 겨울에 화초나 채소를 넣어 두는 곳)을 파고 모여 앉아 밤을 새웠습니다. 흥부는 이 곳에 집을 지을 수밖에 없겠다고 생각했습니다.

이튿날, 흥부는 나무를 베고 수숫대를 베어다가 집을 지었습니다. 집이 얼마나 좁은지, 발을 뻗으면 벽 밖으로 나갈 듯했습니다. 천장도 낮아서 앉았다가 일어나면 머리가 지붕 밖으로 나갈 듯했습니다.

비좁은 집에, 살림은 가난한데 아이들은 해마다 태어났습니다. 옷은커녕 밥도 제대로 먹이지 못하는 날들이 이어졌습니다. 아이들은 눈만 뜨면 맛있는 음식을 먹는 타령이었습니다.

"쌀밥이 먹고 싶어."

"고깃국이 먹고 싶어."

"콩떡이 먹고 싶어."

아직 말을 못 하는 아기는 배가 고파 울기만 했습니다. 부인은 생각다 못해 흥부에게 말했습니다.

"여보, 형님 댁에 가서 먹을 것 좀 얻어 오세요."

흥부는 형님 댁을 찾아갔으나 들어가지 못하고 머뭇거렸습니다. 그러다 굶고 있는 자식들 생각에 용기를 내어 안으로 들어갔습니다. 놀부의 집에는 쌀가마가 높이 쌓여 있었습니다. 흥부는 공손히 절하며 놀부에게 인사를 했습니다. 하지만 놀부는 본 체

도 하지 않았습니다. 그러다가
한참 만에 물었습니다.

"네가 누구냐?"

"형님, 무슨 말씀입니까. 저
는 흥부 아닙니까. 하나뿐인 동생도 못 알아보십니까?"

"왜 왔는지나 말해라."

"먹을 것이 없어 자식들이 굶고 있습니다. 그래서 먹을 것을 좀
얻으러 왔습니다. 제게 양식을 좀 나눠 주시면 품을 팔아서라도
꼭 갚겠습니다."

"네놈은 참으로 염치가 없구나. 사람이란 제가 먹을 것은 타고 나는 법이다. 네 복이 없어 가난한 걸 왜 나한테 와서 도와달라고 하느냐? 여러 말 듣기 싫으니 썩 나가거라."

"형님, 부탁입니다. 어린 자식들이 굶어 죽게 생겼습니다. 도와 주십시오."

"너에게 줄 양식이 어디 있느냐? 우리 집 개한테 먹일 것도 없다."

흥부는 울며 부탁했지만 놀부는 화를 버럭 내며 하인을 불렀습니다.

"마당쇠야! 뒤꼍 광에 가면 보리 쌓아 놓은 것이 있지?"

흥부는 놀부가 보리를 주시려나 보다 하고 기뻐했습니다. 하지만 놀부는 마당쇠에게 이렇게 말했습니다.

"거기 보리가마니 뒤에서 도끼 자루 하나 가져와라."

마당쇠가 오자 놀부는 도끼 자루로 흥부를 마구 때리기 시작했습니다.

"이놈! 내 눈앞에서 썩 꺼져라!"

그러고는 방 안으로 들어가 버렸습니다.

흥부는 매도 맞고 서러워 집으로 돌아갈 힘조차 없었습니다. 하지만 형수나 한 번 보고 가려고 기다시피 해서 부엌으로 갔습니다. 밥을 푸고 있는 형수가 보였습니다. 벌써 며칠 째 굶은 흥부는 밥을 보자 환장(마음이 전보다 막되게 변함)할 것 같았습니다.

"아이고, 형수님. 부디 제게 밥 한 술만 주세요."

"어딜 들어와요!"

놀부 부인은 밥주걱으로 흥부의 뺨을 철썩 때렸습니다. 흥부는 얼얼한 한쪽 뺨을 만졌습니다. 그런데 밥알이 붙어 있는 게 아닙니까. 뺨에 붙은 밥알을 떼어 먹으며 흥부가 부탁했습니다.

"형수님, 이쪽 뺨도 쳐주시오."

그러나 놀부 부인은 밥주걱 대신 부지깽이로 흥부를 마구 때렸습니다. 흥부는 아프다는 소리도 못 하고 울며 집으로 돌아왔습니다.

이때, 집에서는 식구들이 모여 앉아 흥부가 먹을 것을 가져오기만을 기다리고 있었습니다.

"너희 아버지가 큰아버지 댁에 가셨으니 돈이든 쌀이든 얻어 오실 것이다. 그러면 밥도 짓고 국도 끓여 맛있게 먹자꾸나. 그러니 울지들 말거라."

마침내 흥부가 돌아왔습니다. 그러나 매를 맞아 비틀거리며 돌아온 흥부 손에는 아무것도 들려 있지 않았습니다. 식구들이 모두 흥부만 바라보았습니다. 흥부는 매를 맞고 쫓겨났다는 말은 차마 할 수 없었습니다.

"여보, 형님이 고생이 많다며 돈 닷 냥과 쌀 서 말을 주셨어. 그

런데 고개를 넘어오다가 도둑놈들을 만나 다 빼앗기고 매만 맞고 왔소."

흥부는 그만 눈물을 쏟았습니다. 부인도 온몸이 멍든 흥부를 보고 소리 내어 울었습니다.

"여보, 울지 말아요. 이제 어쩌겠소. 우리 부부 열심히 일해 자식들 키우며 살아 봅시다."

흥부와 부인은 매일매일 열심히 일했습니다. 부인은 남의 집 방아를 찧어 주고, 초상 난 집의 상복을 지었습니다. 제사 지내는 집이 있으면 그릇을 닦아 주고, 굿 하는 집이 있으면 떡을 만들어 주었습니다. 봄이면 나물을 캐러 다니느라 바빴습니다.

흥부도 무슨 일이든 열심히 했지만 살림은 나아지지 않았습니다. 여전히 굶기를 밥 먹듯했습니다. 흥부는 생각다 못해 환곡(나라에서 꾸어 주는 곡식)을 얻어 오기로 하고 읍내로 갔습니다. 읍내에 다다라 길청(아전이 일을 보는 곳)을 찾아 갔더니 이방이 윗자리에 앉아 있었습니다. 흥부는 가난해도 양반인지라 반말로 말했습니다.

"이방, 요사이 별 일 없었는가? 사또께서도 안녕하시고? 내가 삼십 리 길을 걸어왔더니 다리가 아프군. 내 여기 앉겠네."

"무슨 일로 왔소?"

"환곡을 얻으려고 왔는데 어떨지?"

"쉽지 않을 텐데."

흥부는 눈앞이 캄캄했습니다. 환곡조차 얻지 못하면 식구들은 모두 굶어 죽을 판이었습니다. 실망하는 흥부를 보고 이방이 슬쩍 물었습니다.

"혹시 볼기를 맞아본 일이 있소?"

"그런 말 하지 말고 환곡이나 얻게 해주게. 은혜는 꼭 갚겠네."

"매를 맞는 편이 더 쉬울 거요. 이 마을 김 부자가 영문(군대가 머물고 있는 집)에 잡혀 있소. 그런데 병이 나서 대신 매 맞아줄 사람을 찾는데, 아마 삼십 냥은 줄 거요."

"몇 대나 맞아야 하나?"

"한 삼십 대쯤."

"삼십 대를 맞으면 삼십 냥은 전부 나를 주는 건가?"

"그렇고말고. 매 한 대에 한 냥인 셈이지."

흥부는 귀가 솔깃해져 그렇게 하겠다고 대답했습니다. 이방이 노자로 돈 닷 냥을 주자 흥부는 고마워서 안 하던 존댓말까지 했습니다.

"이방님, 내가 다녀오겠습니다."

흥부는 콧노래를 부르며 집으로 돌아왔습니다. 삼십 리 길이 멀지도 않게 느껴졌습니다. 집 가까이에 이르자 큰 소리로 부인을 부르기까지 했습니다.

"여보, 마누라. 돈 삼십 냥이 생겼소!"

남편의 목소리에 부인은 얼른 뛰어나왔습니다.

"돈을요? 어디서 빌렸소?"

"돈을 왜 빌린단 말이오?"

"그러면 길에서 주웠구려. 잃어버린 사람이 얼마나 속상하겠소? 여보, 돈을 길에 도로 갖다 놓고 와요."

"여보, 마누라. 그게 아니오. 내가 김 부자 대신 볼기 삼십 대를 맞아 주기로 했소. 그러면 삼십 냥을 준다 하오."

"대신 매를 맞다니, 그게 무슨 말이오? 김 부자가 남의 재물을 빼앗았는지, 남을 때렸는지 어찌 아오? 게다가 며칠을 굶은 몸으로 곤장을 맞으면 죽게 될지도 모르는데…… 가지 말아요. 가려거든 나를 땅에 묻고 가요. 그 전에는 절대로 안 됩니다."

"삼십 냥이 생기는데 어떻게 안 간단 말이오. 열 냥은 매 맞은 몸 회복하는 데 쓰고, 또 열 냥은 쌀을 사서 식구들 배불리 먹고, 남은 열 냥은 소 한 마리를 사서 잘 키웁시다. 그 소를 팔아서 맏아들 장가들이는 데 씁시다."

그러나 부인은 한사코 말렸습니다. 결국 흥부는 가지 않겠다고 말했습니다. 하지만 부인을 안심시키기 위해서였지, 정말로 그렇게 생각한 것은 아니었습니다. 흥부는 아내 몰래 집을 나섰습니다. 마차를 타고 가는 돈도 아까워서 그 먼 길을 걸어갔습니다. 마침내 영문에 다다르니, 가슴이 마구 떨렸습니다.

'마누라 말을 들을 걸. 죽으려고 내가 여기에 왔나?'

후회가 되었지만, 이미 온 길이었습니다. 흥부는 이를 앙다물고 마음을 다잡았습니다. 흥부는 매 맞으러 온 사연을 말하고 안으로 들어가려 했습니다. 그러자 사령(군대를 지휘하는 사람) 하나가 말했습니다.

"방금 살인 죄인만 빼고 모두 놓아 주라는 명령이 왔소."

"아니, 그게 무슨 말이오?"

"이번에 나라에 큰 경사가 있어 죄인들을 풀어주는 것이라 하오."

김 부자가 풀려나게 되자 흥부도 매를 맞을 수 없었습니다. 흥부는 몹시 실망한 채 집으로 돌아왔습니다.

돌아온 흥부를 보고 부인은 맨발로 뛰어나가 반갑게 맞았습니다. 흥부가 매를 맞고 오지 않아서 부인은 몹시 기뻤습니다. 기뻐하는 부인을 보고 흥부는 기가 막혔습니다. 오늘 저녁도 굶어야 할 어린 자식들을 생각하니 눈물이 앞을 가렸습니다.

어느덧 계절이 바뀌어 따뜻한 봄이 왔습니다. 입춘(봄이 시작되

는 때)이 지난 어느 날이었습니다. 제비 한 쌍이 흥부의 집에 날아 들었습니다.

'강남 갔던 제비가 돌아왔구나.'

흥부는 제비가 반가우면서도, 자신의 집에 둥지를 틀까 봐 걱정이 되었습니다. 장마라도 지면 작고 허름한 흥부네 집은 무너질 것이었습니다. 제비가 넓고 튼튼한 집에 둥지를 틀기를 바랐습니다. 그러나 제비는 다 쓰러져 가는 흥부네 처마 밑에 둥지를 틀었습니다. 알도 낳아 새끼도 쳤습니다.

어미 제비는 부지런히 먹이를 물어와 새끼들 입에 넣어 주었습니다. 새끼들은 하루가 다르게 무럭무럭 자랐습니다. 그러던 어느 날이었습니다. 커다란 구렁이 한 마리가 나타나더니 제비 둥지 속으로 머리를 넣었습니다. 그러고는 재빠르게 달려들어 새끼 제비들을 잡아먹었습니다.

흥부가 깜짝 놀라 소리쳤습니다.

"이 흉악한 짐승아! 불쌍한 새끼들을 왜 잡아먹느냐?"

그때 흥부의 눈에 땅으로 떨어진 새끼 한 마리가 보였습니다. 구렁이에게 잡아먹히지 않고 떨어져 피를 흘리고 있었습니다. 흥부는 두 손으로 새끼제비를 조심스레 들어 올렸습니다. 다리는 부러졌지만 죽은 것은 아니었습니다. 흥부는 실로 부러진 다리를 정성스레 감아주었습니다. 그런 다음 둥지에 곱게 넣어 주었습니다.

흥부네 식구들은 새끼 제비
의 다리가 낫기만을 빌었습니다.

하루가 지나고, 일주일이 지나고, 열흘째 되는 날이었습니다. 새
끼 제비의 다리가 다 나아 식구들이 모두 기뻐했습니다.

어느덧 가을이 되어 제비들은 다시 강남으로 돌아갔습니다. 다
리를 다쳤던 새끼 제비도 수천 리를 훨훨 날아갈 수 있었습니다.
강남에 도착하니 제비의 왕이 물었습니다.

"너는 왜 다리를 저느냐?"

"저희는 흥부네 집에 살았습니다. 그런데 구렁이 한 마리가 제 형제들을 잡아먹었습니다. 그때 저는 잡아먹히지 않았지만 다리가 부러져 죽을 뻔했습니다. 흥부가 아니었으면 저는 살아 돌아오지 못했을 것입니다. 언젠가 그 은혜를 꼭 갚고 싶습니다."

“흥부는 참으로 어진 사람이구나. 그 은혜를 어떻게 갚지 않겠
는가. 내가 박씨 하나를 줄 테니 가지고 가서 은혜를 갚거라.”

다음해 봄, 제비는 박씨를 물고 다시 흥부네 집을 찾았습니다.
흥부의 부인이 제일 먼저 제비를 보았습니다.

“여보, 작년에 왔던 제비가 다시 왔어요. 입에 무얼 물고 맴도
니 어서 나와서 봐요.”

흥부가 나와 보니 제비가 입에 물었던 것을 발밑에 떨어뜨렸습
니다.

“무슨 씨앗인가 본데.”

흥부는 씨앗을 들어 자세히 들여다보았습니다. 가운데 ‘보은(은
혜를 갚음) 박’이라고 씌어 있었습니다.

“박씨 같구려. 다리를 고쳐 준 은혜를 갚으려고 물어왔나 보오.”

흥부는 울타리 밑에 박씨를 심었습니다. 그랬더니 사흘 만
에 싹이 나고 꽃이 피었습니다. 그리고 네 통의 박이 열렸습니
다. 박은 하루가 다르게 쑥쑥 자라 항아리만큼이나 커졌습니
다. 흥부는 박 속을 지져 먹으려고 박을 땄습니다. 부인은 이
웃에서 톱을 빌려왔습니다. 부부는 양쪽에서 톱을 잡고 박을
타기 시작했습니다.

슬근슬근 톱질하세

당기어라 톱질하세

가난하다 슬퍼 마오

슬퍼한들 소용없소

한참 톱질을 하니 박이 쩍 갈라졌습니다. 그런데 박 속에서 웬 사내아이가 나오는 게 아니겠습니까? 흥부는 깜짝 놀라 뒤로 자빠질 뻔했습니다. 부인도 눈이 휘둥그레져서 아무 말도 못 했습니다. 사내아이는 은으로 만든 병을 내놓으며 말했습니다.

"이 병에는 약이 들어 있습니다. 죽은 사람이 살아나고, 장님이 눈을 뜨고, 귀머거리가 소리를 듣게 되는 신기한 약이지요. 팔면 큰돈이 될 것입니다."

흥부가 기뻐서 고맙다고 인사를 하려고 보니, 사내아이는 온데간데없었습니다.

흥부 부부는 박 한 통을 더 땄습니다.

슬근슬근 톱질하세

당기어라 톱질하세

가난한 우리 집

부자가 되었으니

얼씨구나 경사났네

흥부 부부는 신이 나서 톱질을 했습니다. 마침내 두 번째 박도 쩍하고 갈라졌습니다. 이번에는 온갖 물건들이 나왔습니다. 자개 장롱, 반닫이, 뒤주, 책상, 촛대……. 구름같이 고운 비단이불이 며 원앙금침(원앙을 수놓은 이불과 베개)도 나왔습니다. 책상 위에는 갖가지 귀한 문방구가 쌓여 있었습니다. 책도 많았습니다. 〈논어〉 〈맹자〉 〈대학〉 〈중용〉 등등……. 붉은 비단, 푸른 비단, 갖가지 색 깔의 비단도 나왔습니다. 흥부는 저고리와 치마, 고쟁이(여자 속옷의 한 가지), 버선까지 모두 비단으로 해서 입자고 말하며 웃었습니다.

"여보, 마누라. 한 통 더 따서 타 봅시다."

이번에도 부부는 신나게 박을 탔습니다.

슬근슬근 톱질하세

당기어라 톱질하세

복덩어리 박이로다

흥부 집에 경사났네

세 번째 박이 쩍 갈라졌습니다. 그러자 금덩어리가 쏟아졌습니 다. 흥부는 부자가 되었습니다. 더 이상 춥고 배고프게 살지 않아 도 좋았습니다. 마지막 박에서는 무엇이 나올까? 흥부는 가슴이 두근거렸습니다.

"이제 마지막 박을 타 봅시다."

슬근슬근 톱질하세
당기어라 톱질하세
하루아침 부자가 되었으니
어찌 즐겁지 않으리오

네 번째 박에서는 온갖 곡식과 목수들이 나왔습니다. 목수들은 좋은 땅에 터를 닦고 집을 지었습니다. 흥부네 대식구가 살기에도 넓고 멋진 집이었습니다. 앞뜰과 뒤뜰에는 아름다운 꽃과 귀한 나무를 심고, 광마다 곡식을 가득 채웠습니다. 곳간에는 비단과 금은보화를 쌓아두었습니다. 하인도 수십 명이나 되었습니다.

꼭 꿈만 같았습니다. 평생 가난에서 벗어날 수 없을 것 같았는데 하루아침에 부자가 된 것입니다. 그 동안은 먹는 날보다 굶는 날이 더 많았지만, 이제부터 굶는 일은 없을 것입니다. 흥부네 식구들은 기쁜 나머지 덩실덩실 춤을 추었습니다.

흥부가 부자가 되었다는 소문이 널리 퍼졌습니다. 놀부도 소문

을 듣고 이상하게 여겼습니다.

'이놈이 남의 돈을 훔쳤나? 어떻게 부자가 되었지? 가서 알아
봐야겠다.'

흥부의 집에 도착했을 때, 놀부는 대궐 같은 집을 보고 깜짝 놀
랐습니다. 자신보다 잘 사는 게 심술이 난 놀부는 안으로 들어서
며 큰소리를 쳤습니다.

"이놈 흥부야, 바른대로 말하거라! 누구 돈을 훔쳤기에 이렇게
부자가 되었느냐?"

흥부가 뛰어나와 반갑게 놀부를 맞았습니다.

"아이고, 형님. 어서 오십시오."

마음씨 착한 흥부는 심술궂은 놀부의 말에도 화를 내지 않았습니다. 대신 상다리가 휘어지도록 푸짐한 음식을 차려 대접했습니다. 부자가 된 사연을 자세히 들려주기도 했습니다. 놀부는 더욱 배가 아파 심술궂게 물었습니다.

"이놈 흥부야, 저기 휘황찬란한 것은 대체 무엇이냐?"

처음 보는 귀한 가구였습니다.

"화초장(꽃그림이 그려진 화려한 옷장)입니다."

화초장에 욕심이 난 놀부는 마치 자기 물건인 듯 짊어지고 집으로 돌아왔습니다. 부인이 놀라 물었습니다.

"아니, 화초장 아니오? 이 귀한 것이 어디서 났소?"

"흥부네 집에서 가져왔지."

"부자 되었다는 소리가 정말인가 보네."

놀부 부인은 놀부만큼이나 욕심이 많아서 배가 아팠습니다. 놀부가 말했습니다.

"우리도 흥부처럼 벼락부자가 될 수 있다오."

"어떻게요?"

놀부는 부인에게 흥부가 부자가 된 사연을 말해 주었습니다.

그날부터 놀부 부부는 제비가 오기만을 목이 빠지게 기다렸습니다. 마침내 봄이 되자, 놀부는 급한 마음에 제비를 찾으러 다녔습니다.

"제비야, 제비야. 어서 우리 집으로 오너라."

놀부의 심보를 알 리 없는 제비 한 쌍이 놀부네 집으로 날아들었습니다. 제비 한 쌍은 둥지를 틀고 알을 낳았습니다. 놀부는 밤낮으로 제비 둥지를 들여다보고 만져 보았습니다. 그 바람에 성한 알은 하나뿐이었습니다. 그렇게도 기다리던 새끼 제비가 깨어났습니다.

놀부는 이제 구렁이가 나타나기만을 기다렸습니다. 하지만 구렁이는 나타나지 않았고, 놀부는 기다리다 지쳐 화가 날 지경이었습니다. 결국 놀부는 일부러 제비 다리를 부러뜨렸습니다. 그러고는 거짓으로 안타까워했습니다.

"몹쓸 구렁이가 네 다리를 부러뜨렸구나. 불쌍해서 어쩌나."

놀부는 부러뜨린 다리를 헝겊으로 동여맸습니다. 그 제비는 간신히 살아 가을에 강남으로 떠났습니다. 제비 왕이 물었습니다.

"네가 다리를 저는 까닭이 무엇이냐?"

"놀부가 부러뜨려 놓았습니다. 이 원수를 갚아주소서."

"이 박씨를 갖다 주어라. 그러면 원수를 갚을 수 있느니라."

박씨에는 '보수(원수를 갚는다는 뜻) 박'이라는 글자가 씌어 있었습니다.

이듬해 봄, 제비는 박씨를 물고 놀부 집으로 찾아갔습니다. 놀부가 제비를 보고 몹시 기뻐했습니다.

"이제나 저제나 너 오기만을 기다렸더니 잊지 않고 왔구나."

제비는 놀부 머리 위를 맴돌다가 박씨 하나를 떨어뜨렸습니다. 놀부가 좋아서 보니 박씨 한가운데 '보수 박'이라고 씌어 있었습니다. 하지만 무식한 놀부는 좋아서 어쩔 줄을 몰랐습니다.

박씨는 며칠 만에 싹을 틔우더니 넝쿨이 무성해졌습니다. 유난히 꽃이 많이 피었고, 박도 열 통이 열렸습니다. 바위만 한 박이 주렁주렁 열리자 놀부의 입이 귀에 걸렸습니다.

"흥부네는 네 통밖에 열리지 않았는데 우리는 열 통이나 열렸구나. 나는 이 세상에서 제일가는 부자가 되겠구나."

놀부는 박이 굳기를 손꼽아 기다렸습니다. 여름이 그렇게 길게 느껴질 수가 없었습니다. 가을이 되자 박 열 통이 하나같이 단단하게 굳었습니다. 놀부는 가장 큰 박을 따, 사람을 시켜 톱질을 하게 했습니다.

슬근슬근 톱질하세
복덩어리 톱질하세
금덩어리 나오너라

드디어 박이 쩍 하고 둘로 쪼개졌습니다.

놀부는 과연 무엇이 나올지 잔뜩 기대하고 있었습니다. 그런데 박 속에서 나온 것은 금덩어리도 은덩어리도 아니었습니다. 한 명, 두 명, 세 명, 네 명……. 도둑들이 끝도 없이 나오는 것이었습니다.

"네 이놈, 놀부야! 부모가 물려준 재물을 동생에게는 한 푼도 주지 않고 내쫓아 버렸으렷다! 그러니 너희 집 재물은 우리가 가져가겠다."

도둑들은 집에 있는 재물을 전부 다 가져가 버렸습니다. 놀부는 기가 막혔습니다. 하지만 다른 박이 여러 개 남았기 때문에 기대를 버리지 않았습니다. 놀부는 두 번째 박을 타게 했습니다. 그런데 이번에는 톱질을 다 하기도 전에 저절로 박이 갈라졌습니다. 놀부는 생각했습니다.

'이번에는 금은보화가 나오겠지.'

하지만 두 번째 박에서 나온 것은 수많은 거지들이었습니다.

"이놈, 놀부야! 밥 구경 한 지가 얼마인지도 모르겠다. 배고파 죽겠으니 어서 밥을 내놓아라."

그 많은 거지들이 밥을 해 먹고 사라졌습니다. 집 안에는 쌀 한 톨 남지 않았습니다. 머리끝까지 화가 난 놀부는 다른 박을 골라 직접 타기 시작했습니다.

슬근슬근 톱질하세

금덩어리 나오너라

은덩어리 나오너라

드디어 박이 갈라졌습니다. 이번에는 흉측한 도깨비들이 튀어 나왔습니다.

"이놈, 놀부야! 네 죄를 네가 알렷다!"

도깨비들은 몽둥이로 놀부를 때리기 시작했습니다.

"아이쿠! 으악! 살려 주십시오! 제발 한 번만 용서해 주십시오!"

하지만 도깨비들은 사정을 봐 주지 않았습니다.

그렇게 맞고서도 놀부는 욕심을 버리지 못했습니다. 박 하나를 더 따서 톱질을 했습니다.

이윽고 박 속에 누르스름한 것이 보였습니다. 이번에는 정말로 금일 거라 생각한 놀부는 신이 나서 톱질을 재촉했습니다. 하지만 누런 것은 금이 아니었습니다. 바로 똥물이었습니다. 갈라진 박 속에서 누런 똥물이 끝없이 쏟아져 나와 놀부네 집은 똥물에 잠기고 말았습니다. 놀부가 울부짖었습니다.

"아이구, 여보. 재물을 얻으려다가 오히려 재물을 다 잃었구려. 이제는 똥물까지 뒤집어쓰게 되었으니 이 일을 어쩐단 말이오."

놀부는 알거지가 되고 말았습니다.

한편 흥부는 놀부의 소식을 듣고 놀라 달려갔습니다. 형님 부부와 조카들을 데리고 오기 위해서였습니다. 흥부는 자신의 집처럼 크고 아름다운 집을 지어 놀부네 식구들을 살도록 했습니다. 재산도 절반을 나누어 주었습니다.

흥부의 착한 마음에 크게 감동한 놀부는 자신의 잘못을 깨닫고 새사람이 되었습니다. 그 후 형제는 서로 사이좋게 지냈습니다.

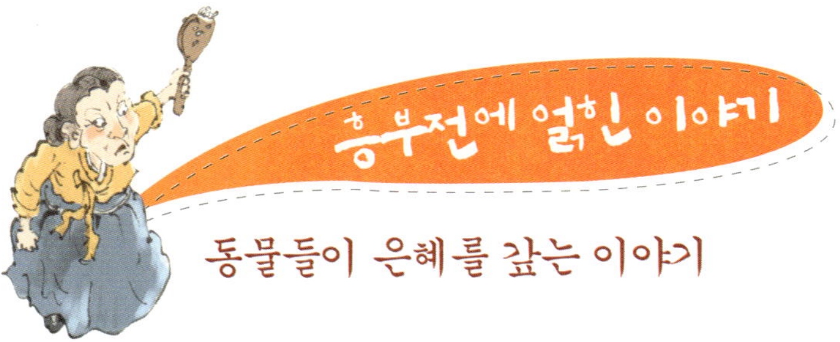

동물들이 은혜를 갚는 이야기

흥부전에서 가장 재미있고 극적인 대목은, 흥부의 보살핌을 받은 제비가 물어준 박씨 하나가 흥부에게 놀라운 행운을 안겨다주는 장면이 아닐까요?
흥부전의 제비는 철새과에 속한 새로서 여름철 우리나라에 번식한다고 해요. 지붕 아래 집을 짓고 사람들과 함께 살았던 친근한 새이기도 합니다. 날씨가 추워지면 동남아 등지에서 겨울을 나고 다시 우리나라에 돌아옵니다. 이런 의미에서 중국 양쯔강 이남인 강남지역을 제비가 머물고 가는 이상적인 공간으로 생각합니다.

은혜에 보답하는 동물의 이야기는 여러 가지가 있어요.
① 집에서 기르는 동물
② 어떤 위기에 처했다가 사람 손에 구출된 동물
③ 집에서 기르는 동물은 아니지만 우연한 기회에 친해진 동물로 나뉘어집니다.

①의 대표적인 동물, 개 이야기는 의견총(의로운 개의 무덤) 설화로 전해집니다. 낮잠을 자는 주인 곁에 산불이 일어나자, 개는 멀리 떨어진 골짜기에서 몸을 적셔 와 불을 끄고 주인을 구한 뒤 자신은 죽어 버렸다는 이야기가 있어요.
②의 경우는 호랑이 · 뱀 · 잉어 · 제비 · 까치 등 사람을 잡아먹은 호랑이가 여인의 비녀가 목에 걸려 신음 중인 것을 지나던 사람이 빼어 주자 그를 등에 업고 달리어 보물을 발견하게 한 호랑이의 이야기, 아이들에게 잡혀 거의 죽게 되었을 때 지나가던 사람에게 구출되어 살아난 후, 다시 나타나 은인을 용

궁으로 인도하여 보물로 은혜를 갚은 잉어의 이야기, 제비의 부러진 다리를 고쳐 주고 이듬해 그 제비가 물어다 준 박씨를 심어 열린 박 속에서 금은보화가 나와 부자가 된 이야기, 나그네가 까치 새끼를 위협하는 구렁이를 죽이고 까치를 살려 주었는데, 훗날 그 구렁이의 암놈에게 거의 죽게 되었을 때 까치가 종을 울려 은혜를 갚았다는 이야기 등이 이에 속해요.

③의 경우는 두꺼비와 개·닭 등이 포함됩니다. 자기 집 부엌 근처에 살고 있던 두꺼비에게 끼니마다 먹을 것을 던져 주던 처녀가 마을의 당신(堂神)인 지네에게 제물이 되었을 때, 은혜를 입은 두꺼비가 독기를 뿜어 지네를 죽이고 자기도 죽었다는 이야기가 있어요.

이처럼 동물이 은혜를 갚은 이야기들은 우리 민족이 동물들을 얼마나 친근하게 여기고 있는지를 보여 줍니다. 더불어 동물이 등장하는 이야기를 통해 이러한 미물들조차도 은혜를 갚는데, 사람으로 태어났으면 당연히 은혜를 알고 신의를 지켜야 함을 강조하는 것이지요.

형제가 사는 게 이리도 다를 수가!

"부모님이 돌아가시자 놀부는 많은 재산을 독차지했습니다. 흥부에게는 부지깽이 하나 주지 않았습니다."

흥부와 놀부는 형제이면서도 성격이나 재산, 자식의 숫자 등에서 차이가 너무 나는데 어떻게 이런 일이 가능할까요?

그 이유는 바로 놀부가 장자이기 때문이에요. 조선 시대는 장손이 조상들의 제사를 모신다는 이유로 재산 상속에서 다른 형제보다 더 많은 것을 물려받을 수 있었어요.
조선 전기까지만 해도 공평했던 상속제도가 조선 후기에 들어서면 장자 위주로 상속되는 기준이 자리잡아 갑니다. 딸은 아들의 3분의 1로 재산을 상속받았고 조상의 제사가 강조될수록 종손의 역할이 커져 갔어요.

흥부 아내의 하소연을 들어보세요.
"어떤 사람은 장손으로 태어나서 조상 제사 모신다고 팔자가 저리 좋은데 누구는 버둥대도 이리 살기 어려울까. 차라리 나가서 콱 죽고 싶소."

이렇듯 놀부는 장자라는 이유로 부모의 재산을 떳떳이 독차지 했고 성미까지 못되어 흥부에게 부지깽이 하나 주지 않고 내쫓습니다.
당시에 땅 한 마지기 없다는 것은 소작농으로 빌어가거나 그것마저 어려운 경우에는 온갖 노동으로 날품팔이를 해야한다는 것을 의미합니다.
이렇게 들여다보니 형제판 이야기를 넘어서 흥부전은 17세기 조선 사회를 보여 줍니다. 흥부는 가난한 농민의 대표이고 놀부는 새로 등장한 부자를 대표한다고 볼 수 있겠네요.
조선 후기는 새로운 모내기 보급으로 대단위 땅을 경작하는 부자 농민이 생겨났고 상업이 발달하여 부유한 상인들도 등장하였어요.
그런데 문제는 이런 부가 한곳에 집중되고 가난한 농민은 오히려 더욱 가난해져 그나마 조금 가지고 있던 토지마저 잃고 여기저기를 떠도는 신세가 되었다는 사실이에요.
놀부가 부자여서 나쁜 게 아니라 흥부에게 돌아갈 몫을 가로채고, 전혀 도와주지 않는 인색한 부자여서 나쁘다는 서민들의 생각이 이야기 곳곳에 드러나는 걸 볼 수 있습니다.

우리 가장 매품팔이 웬말인고

흥부와 아내는 품팔이를 하면서 근근히 살아갑니다. 판소리 흥부가를 보면 부부의 생활이 얼마나 고단하지를 잘 알 수 있습니다.

흥부 아내는 방아 찧고 키질하기, 술 거르기, 초상집에서 제복 짓기, 제삿집 그릇 닦기, 떡 만들기, 나물 뜯기……. 흥부는 가래질하기, 무논 갈기, 면화 갈기, 이엉 엮기, 말짐 싣기……. 이렇게 온갖 일을 다해도 굶기를 밥 먹듯이 하여 살길이 없던 흥부는 곡식이나 꾸러 관청에 갑니다. 그리고는 김부자를 대신해서 돈 삼십 냥에 매를 대신 맞기로 하지요.

그런데 그것마저도 죄를 사해준다는 명이 내려 헛수고가 되고 맙니다.

이런 모습을 보아 하니, 부자들은 돈을 주고서 자신의 죄를 피할 길이 있었나 봅니다. 돈을 주고 양반을 사기도 하고 돈을 주고 벌을 대신 받게도 한 걸 보면요. 이러니 농민들의 처지는 날로 어려워만 갔겠지요.

박을 보니 서민들의 마음이 보이네

흥부의 박에서 처음 나온 물건은 '죽은 사람이 살아나고 장님이 눈을 뜨고 귀머거리가 소리를 듣게 되는 신기한 약' 입니다. 흥부전의 다른 본을 보면 이를 보고 실망하는 흥부의 모습이 나옵니다. 왜일까요? 흥부에게는 당장 약보다 밥이 절실했기 때문입니다.

두 번째 물건은 각종 세간과 책이 나옵니다. 비단옷과 아름다운 세간도 그렇지만 책은 왜 중요한 물건으로 나왔던 걸까요? 아마도 당시 농민들의 마음

속에는 열심히 공부해서 신분을 상승시키고 싶은 열망이 있었을 거예요.
세 번째 물건은 금덩어리가, 네 번째 물건은 목수와 온갖 곡식들이 나옵니다.
흥부네 가족이 가장 기뻐했으리라 상상할 수 있는 장면입니다. 가난한 농민
에게 가장 큰 부는 차곡차곡 쌓인 곡식 그리고 비단, 금은보화, 번쩍이는 세
간과 기와집의 순서였을 거예요.
놀부의 박에서는 뭐가 나왔나요? 도둑, 거지, 도깨비가 나와 놀부를 혼내주
고 마지막엔 똥물로 놀부의 집이 잠기네요. 욕심 많은 놀부를 혼내주고 싶은
서민들의 마음이 그대로 담겨있는 대목입니다. 이 글을 읽었을 당시의 백성
들은 무척이나 통쾌했겠지요?

＊활동하기 1

생각해 봅시다!

이 시대에 흥부와 놀부 누가 바람직할까요?

흥부는 착한 사람이고 놀부는 나쁜 사람이라는 생각이 현대에 이르러선 다르
게 해석되기도 해요. 놀부는 적극적이고 자신의 노력으로 부를 얻는 사람인
반면 흥부는 능력이 없고 자신의 노력보다 형이나 주변에 의존하는 사람으로
평가하는 경우도 있어요.
그런가 하면 이기적이고 욕심 많은 놀부보다 자신의 부를 주변 사람과 나눠
가질 줄 알고, 위험에 처한 생명을 불쌍히 여길 줄 아는 흥부가 더 바람직하다
고 보는 견해도 있습니다.

흥부와 놀부에 대해 다시 생각해 보세요. 여러분이 두 인물을 평가해 본다면
그들에게 어떤 점수를 주겠어요?

(10점 만점/ 빈칸에 새로운 항목을 정해 보세요.)

구분	성실함	도전정신	이해심	아이디어	신용	
놀부						
흥부						

여러분은 흥부와 놀부 중 어떤 사람이 우리 사회에 더 필요한 사람이라고 생각하나요? 그 이유는?

박 속에 (   )이 나왔으면…….

여러분에게 제비가 박씨를 물어다 주었어요. 여러분은 그 박 속에서 무엇이 나왔으면 좋겠나요?

돈이나 보석같은 물건 말고 여러분이 살아가면서 꼭 지녀야할 생각이나 능력에 대해 적어 보세요.

　예) 나는 박속에서 '자신감' 이 나왔으면…….

심청전

"가려거든 날 죽이고 가라. 이렇게는 못 간다. 날 데리고 가거라.
너 혼자는 못 간다."
"아버지, 이제 저는 생각하지 마세요. 눈을 뜨고 새 삶을 사세요.
자식은 또 낳으면 되지 않겠어요."
심청은 마을 사람들에게 아버지를 붙들게 하고, 울며 부탁했습니다.
"어른들, 우리 아버지를 잘 보살펴 주세요. 마을 어른들만 믿고 제가 떠납
니다."

옛날, 도화촌이라는 마을에 심학규라는 선비가 살았습니다. 심학규는 가난하지만 깨끗한 선비였고, 부인도 양반 집 딸로 마음 씨가 곱고 얼굴이 예뻤습니다. 부부는 서로 아끼고 사랑하며 살았습니다. 그러나 자식이 없어서 부인은 자식을 갖게 해달라고 정성을 다해 불공을 드리곤 했습니다.

그러던 어느 날, 부인은 이상한 꿈을 꾸었습니다. 하늘에 오색 구름이 피더니 선녀 같은 소녀가 나타나 말하는 것이었습니다.

"저는 옥황상제께 드릴 복숭아를 가지고 가다가 늑장을 부려 미움을 받고 말았습니다. 그래서 하늘에서 쫓겨나 갈 곳이 없어 어쩔 줄 몰라 하는데, 부처님이 부인 댁으로 가라 하시더군요. 부디 저를 받아주세요."

말을 마친 소녀가 부인의 품속으로 들어왔습니다. 깜짝 놀란 부인이 깨어 보니 꿈이었습니다.

그 꿈을 꾼 후, 그토록 간절히 원하던 아기가 생겼습니다. 부인은 몹시 기뻐하며 뱃속의 아기를 위해 몸가짐을 조심했습니다. 그렇게 열 달이 지난 후, 어여쁜 여자아이가 태어났습니다. 부부는 딸에게 '청'이라는 이름을 지어주고, 하늘이 내려준 딸을 귀하게 여겼습니다.

그러나 기쁨도 잠깐, 부인은 그만 병을 얻고 말았습니다. 심학규는 의원을 찾아가 약을 지어왔지만 병은 더욱 깊어만 갔습니다. 결국 부인은 세상을 떠나고 말았습니다. 아기를 낳은 지 채 일주일도 지나지 않아서였습니다. 심학규는 어린 딸을 안고 목 놓아 울었습니다.

"여보, 어린 자식 남겨 두고 먼저 가면 어떻게 하오. 우리 세 식구 오래 오래 행복하게 살자더니 이게 무슨 일이오. 가면 다시 못 올 곳을 어쩌자고 이렇게 빨리 간단 말이오."

부인을 떠나보낸 후 심학규는 깊은 슬픔에 빠졌습니다. 어린 청이도 어머니를 잃은 것을 아는지 밤낮으로 애처롭게 울었습니다. 부인을 잃은 남편과 어머니를 잃은 딸의 모습은 차마 볼 수 없을 만큼 불쌍했습니다. 심학규는 슬픔에 겨운 나머지 병이 들어 자리에 눕고 말았습니다. 그렇게 몇 달을 앓고 났더니 앞이 보이지 않았습니다. 봉사가 되어버린 것입니다.

워낙 없던 살림에 눈까지 머니 집안은 더욱 어려워졌습니다. 굶기를 밥 먹듯하는 날들이 이어졌습니다. 그러나 심 봉사는 어린

딸만은 굶길 수가 없어 이 집 저 집으로 젖 동냥을 다녔습니다.

"댁의 아기가 먹고 남은 젖이 있거든 이 아이도 좀 먹여 주오."

심 봉사의 딱한 처지를 아는 마을 아낙들은 가엾은 마음에 아기에게 젖을 먹여 주었습니다.

심청은 그렇게 마을 아낙들의 젖을 얻어 먹으며 무럭무럭 자랐습니다. 얼굴은 더욱 예뻐졌고 아버지를 생각하는 마음도 깊어졌습니다. 일곱 살에 벌써 아버지의 식사를 챙겨 드리고 어머니의 제사도 지낼 줄 알았습니다. 그러나 집안 형편은 여전히 어려웠습니다. 저녁만 되면 이 마을 저 마을로 밥을 얻으러 다니시는 아버지에게 효심 깊은 심청이가 하루는 이렇게 말했습니다.

"아버지, 이제 밥 얻으러 나가지 마세요. 앞도 안 보이시는데 넘어지기라도 하시면 어떻게 해요. 오늘부터는 제가 나가서 밥을 얻어올게요."

딸의 마음이 기특하기 짝이 없었지만 심 봉사는 차마 그렇게 하라고 대답할 수가 없었습니다.

"애야, 고맙구나. 하지만 아직 어린 너를 내보내고 내 마음이 편하겠느냐? 그런 말 다시 하지 말거라."

하지만 심청은 뜻을 굽히지 않았습니다. 그날부터 심청은 추운 날이나 더운 날이나 밥을 얻으러 집을 나섰습니다. 마을 사람들도 심청의 효심을 기특해하며 기꺼이 먹을 것을 나누어 주었습니다.

그렇게 세월은 흘러 심청은 어느덧 열다섯 살이 되었습니다. 이미 이웃에는 효심 깊은 심청의 소문이 자자했습니다. 그러던 어느 날이었습니다. 지체 높은 양반집 부인이 하인을 시켜 심청을 부르러 왔습니다. 하인을 따라 앞마을에 다다르니 크고 아름다운 집 한 채가 보였습니다. 집 안으로 들어가자 단정한 부인이 심청의 손을 잡는 것이었습니다.

"네가 심청이냐? 소문처럼 예쁘구나."

"네, 부인. 그런데 어쩐 일로……."

"자식들 다 키워 품안에서 떠나보내니 하루하루가 쓸쓸하구나. 우리 집에 수양딸로 오지 않으련? 공부도 시켜주고 친딸처럼 곁에 두고 싶구나."

"부인의 말씀대로 하면 저는 편하겠지만 앞 못 보시는 아버지가 걱정입니다. 제가 없으면 누가 아버지를 돌봐 드리겠어요? 저는 언제까지나 아버지 곁에 있고 싶습니다."

심청은 절을 한 후 그곳을 물러나왔습니다.

그때 심 봉사는 심청을 기다리고 있었습니다.

"돌아올 때가 된 것 같은데……. 무슨 일이 있나?"

심 봉사는 걱정이 되어 지팡이를 짚고 집을 나섰습니다. 더듬더듬 길을 찾아가다 발을 헛디뎠는데, 그만 개천에 빠지고 말았습니다.

“사람 살려! 사람 살려! 거기 누구 없소?”

심 봉사는 온몸을 버둥거리며 있는 힘을 다해 소리쳤습니다. 마침 지나가던 늙은 중이 있었기에 심 봉사는 개천에서 빠져나올 수 있었습니다. 늙은 중이 물었습니다.

“이런, 앞 못 보는 분이구려. 어쩌다가 이런 일을 당하셨습니까?”

"그렇소. 난 눈이 멀었다오. 해가 저물도록 돌아오지 않는 자식이 걱정되어 앞도 못 보면서 길에 나왔다가 이 꼴이 됐답니다. 스님께서 구해 주지 않았으면 나는 벌써 죽은 목숨이오. 정말 고맙소."

"저런, 참 안됐습니다. 우리 절에 공양미(부처님 앞에 올리는 쌀) 삼백 석을 바치면 눈을 뜨게 될 텐데."

심 봉사는 앞을 볼 수 있다는 말에 귀가 번쩍 뜨였습니다. 그러고는 얼떨결에 공양미 삼백 석을 시주(중에게나 절에 물건을 베풀어줌)하겠다는 약속을 하고 말았습니다.

집으로 돌아온 심 봉사는 지키지도 못할 약속을 한 일에 눈물을 흘리며 뉘우쳤습니다.

"동냥으로 근근이 살아가는 처지에 공양미 삼백 석이라니. 내가 왜 그런 약속을 했던가. 부처님께 한 약속을 어기면 큰 벌을 받을 텐데. 아, 이 일을 어쩌나."

그때 심청이 돌아왔습니다. 울고 있는 심 봉사를 보고 심청은 깜짝 놀라 물었습니다.

"아버지, 늦어서 죄송합니다. 그런데 어쩐 일이세요? 제가 늦게 와서 화가 나신 건가요? 아니면. 어디가 편찮으세요?"

"아니다. 넌 몰라도 된다."

"그게 무슨 말씀이세요? 부모의 슬픔을 자식이 몰라도 된다니요. 아버지, 말씀을 해 주세요.”

“네가 안 오기에 하도 갑갑해서 너를 찾아 집을 나섰구나. 그러다가 개천에 빠져 죽게 생겼는데 지나가던 늙은 중이 나를 건져 주었단다. 그런데 중이 하는 말이 공양미 삼백 석을 시주하면 눈을 뜰 수 있다는 것이다. 내가 무엇에 홀렸는지 그러겠노라 약속을 했으니 이 일을 어쩐단 말이냐. 쌀 한 톨, 돈 한 푼 없는 처지에 부처님께 큰 죄를 짓게 되었구나.”

“아버지 슬퍼 마세요. 정성이 지극하면 부처님도 알아주신다고 하잖아요. 무슨 방법이 있을 거예요.”

심청은 아버지를 위로하고는 저녁상을 차려 드렸습니다. 그러나 심 봉사는 깊은 한숨을 쉬며 눈물만 흘릴 뿐, 밥 한 그릇을 제대로 비우지 못했습니다. 그런 아버지의 모습에 심청의 마음이 몹시 아팠습니다.

그 날 이후로 심청은 고요한 밤이면 뒤꼍에 나가 기도를 올렸습니다. 맑은 물 한 사발을 떠 놓고 그 앞에 무릎을 꿇었습니다.

“하늘에 해와 달이 없으면 이 세상은 얼마나 어둡겠습니까? 사람에게 눈은 이 해와 달 같은 것입니다. 캄캄한 어둠 속에 사시는 제 아버지에게 빛을 주옵소서. 아버지가 눈만 뜰 수 있다면 저는 죽어도 좋습니다. 부디 도와주소서.”

마을이 소란스럽던 어느 날이었습니다. 마을 아낙 하나가 잰 걸음으로 다가오더니 이렇게 말했습니다.

"낯선 사람들이 마을을 돌아다니면서 열다섯 살 먹은 처녀를 사겠다고 하네. 참 이상한 일도 다 있지?"

"정말이에요? 아주머니, 그 사람들 중 한 명을 제게 데려다 주세요."

얼마 지나지 않아 아낙이 남자 한 명을 데리고 왔습니다. 심청이는 그 남자에게 처녀를 사려는 까닭을 물었습니다.

"우리는 뱃사람이오. 물건을 잔뜩 실은 배를 타고 바다를 오가며 장사를 하고 있소이다. 그 바닷길에 인당수란 곳이 있는데, 그 곳에 열다섯 살 처녀를 해마다 제물로 바치고 나면 넓은 바다를 무사히 건널 수 있다오."

심청은 반가운 마음이 들어 말했습니다.

"우리 아버지가 앞을 못 보시는데, 공양미 삼백 석을 시주하면 눈을 뜰 수 있다고 합니다. 하지만 쌀 삼백 석을 구할 길이 없었지요. 그러니 저를 사는 게 어떻겠습니까? 마침 제 나이 열다섯입니다."

심청의 이야기를 들은 뱃사람은 마음이 아팠습니다. 아버지를 생각하는 마음은 기특했지만, 이토록 아리따운 처녀에게 닥칠 일을 생각하니 아무 말도 할 수 없었습니다. 그러나 바다에 제물 바치는 일을 그만둘 수는 없었습니다.

"그렇게 하지요."

"배는 언제 떠나나요?"

"다음 달 십오 일이오."

두 사람은 다음 달 십오 일에 만나기로 약속을 했고, 뱃사람들은 쌀 삼백 석을 절에 갖다 주었습니다.

그날, 심청은 아버지께 공양미 삼백 석을 시주했다고 말했습니다.

"그 말이 정말이냐? 어디서 그 많은 쌀을 구했느냐?"

심청은 어쩔 수 없이 거짓말을 했습니다.

"저를 수양딸 삼고 싶어 하시는 부인이 있습니다. 그 집 수양딸로 들어가기로 하고 쌀 삼백 석을 받았어요. 다음 달 십오 일에 그 댁으로 들어가게 되었습니다."

심 봉사는 다행이라는 생각이 들었습니다. 그러나 딸과 헤어져 살 생각을 하니 가슴이 미어졌습니다.

'청아, 나 혼자 누구를 의지하고 살란 말이냐?'

시간은 잘도 갔습니다. 죽을 날도 며칠 남지 않은 것입니다. 심청은 창자가 끊어지는 듯한 슬픔을 느꼈습니다.

'내가 죽으면 우리 아버지는 누가 보살펴 드리지? 아, 너무나

슬프구나!'

드디어 그날이 왔습니다. 심청은 아침 일찍 일어나 부엌으로 갔습니다. 이것이 아버지에게 마지막으로 차려 드리는 밥상이 될 테니 더욱 정성을 담아 밥을 지었습니다. 심청이 밥을 짓는데 문밖에 사람들 소리가 들렸습니다.

"서두르시오. 배 떠날 때가 가까웠습니다."

심청은 정신이 아득해졌습니다. 그러나 아버지께 마지막 밥상을 올리게 해달라고 부탁하고 방으로 들어갔습니다. 밥상 앞에 앉아 아버지에게 생선도 발라 드리고 쌈도 싸서 입에 넣어 드렸습니다. 사정을 알 리 없는 심 봉사가 말했습니다.

"애야, 오늘은 반찬이 좋구나."

아무것도 모르고 맛있게 밥을 먹는 아버지의 모습에 심청은 가슴이 찢어졌습니다. 아버지가 눈치 챌세라 소리 죽여 흐느끼는데, 심 봉사가 물었습니다.

"애야, 왜 우느냐?"

심청이 아무 말도 못하고 계속 흐느끼기만 하자 심 봉사는 또다시 물었습니다.

"대체 무슨 일이냐? 어디가 아픈 것이냐?"

"아버지, 사실은…… 공양미 삼백 석에 몸을 팔았어요. 뱃사람들이 저를 사서 바다에 제물로 바칠 거예요. 오늘이 바로 떠나

는 날입니다. 아버지……."

"뭐라고? 못 간다, 못 간다! 내가 너를 어떻게 키웠는데…… 어미 없는 불쌍한 것 동냥 젖 먹여 가며…… 너를 잃고 내가 어찌 산단 말이냐. 자식 죽여 눈을 뜬들 무슨 소용이란 말이냐. 안 된다, 절대로 안 된다."

심 봉사는 가슴을 치며 목놓아 울었습니다. 심청도 아버지를 껴안고 슬피 울었습니다. 마을 사람들이 하나둘 모여들어 눈시울을 붉혔습니다. 심청을 데려가려고 온 뱃사람들도 눈물을 훔쳤습니다.

선장은 심청의 효심에 감동받아 심 봉사가 얼마간 살아갈 수 있도록 적지 않은 쌀과 돈을 주기로 했습니다. 마을 사람들도 심 봉사를 돕기로 했습니다. 너무도 슬픈 이별이었지만 심청은 가야만 했습니다. 심청은 아버지를 위로하고 발걸음을 옮겼습니다. 그러나 심 봉사는 심청의 목을 껴안고 쫓아오며 울었습니다.

"가려거든 날 죽이고 가라. 이렇게는 못 간다. 날 데리고 가거라. 너 혼자는 못 간다."

"아버지, 이제 저는 생각하지 마세요. 눈을 뜨고 새 삶을 사세요. 자식은 또 낳으면 되지 않겠어요."

심청은 마을 사람들에게 아버지를 붙들게 하고, 울며 부탁했습니다.

"어른들, 우리 아버지를 잘 보살펴 주세요. 마을 어르신들만 믿고 제가 떠납니다."

심청은 떼어지지 않는 걸음을 겨우 걸어 뱃사람들을 따라갔습니다.

심청은 겨우 집을 떠나 배에 올랐습니다. 망망한 바다를 얼마나 지났을까, 뱃사람들이 닻을 내렸습니다. 바로 인당수였습니다. 거친 바람이 일었고, 파도는 드세었습니다. 파도 치는 바다 위로 안개비가 내렸습니다. 주위는 어둑하고 고요했습니다.

뱃사람들이 바삐 움직이기 시작했습니다. 고사를 지내기 위해 밥을 짓고, 술을 내고, 육지에서 잡아온 돼지 한 마리를 삶았습니다. 상 위에는 밥과 술, 고기와 과일이 그득 차려졌습니다. 그러고는 흰 옷으로 갈아입힌 심청을 상머리에 앉혔습니다. 북이 둥둥 울리더니 고사가 시작되었습니다.

"인당수 용왕님께 아뢰옵니다. 도화촌에 사는 열다섯 살 처녀 심청을 제물로 드리오니 용왕님은 고이 받으소서. 저희가 먼 바닷길을 안전하게 건널 수 있도록 굽어 살펴 주옵소서."

둥둥, 북소리가 더욱 커졌습니다.

"심청은 어서 물에 들어가라."

심청은 일어나서 두 손 모아 하늘에 빌었습니다.

"비나이다, 비나이다. 심학규의 딸, 청이 하느님께 비나이다. 소녀, 죽는 것은 서럽지 않습니다. 다만 눈먼 아버지가 걱정될 뿐입니다. 부디 아버지의 눈을 뜨게 해 주소서."

심청은 뱃머리에 섰습니다. 그러고는 치마폭을 뒤집어쓰고 푸른 물속으로 뛰어들었습니다. 꽃 같은 몸이 파도에 휩쓸려가더니 이윽고 심청의 모습은 사라졌습니다. 뱃사람들은 모두 눈물을 흘렸습니다.

심청이 정신을 차렸을 때, 그녀는 자신이 죽었다고 생각했습니다. 하지만 향긋한 바람이 일더니 맑은 피리 소리가 들렸습니다. 주위를 둘러보니 선녀들이 자신을 둘러싸고 있었습니다. 심청은 깜짝 놀라 물었습니다.

"선녀께서 물에 빠진 저를 구해 주셨나요?"

"우리는 용왕의 시녀들입니다. 아가씨를 모셔오라는 용왕의 분부가 있어, 아가씨가 물에 뛰어들기를 기다리고 있었습니다. 어서 이 가마를 타시고 용궁으로 가시지요."

심청은 정신을 가다듬고 가마에 올라탔습니다. 여덟 명의 선녀가 가마를 메고, 여섯 마리의 용이 가마를 호위했습니다. 심청은 바닷속 길을 따라 용궁에 도착했습니다. 값진 보석으로 치장한 용궁은 매우 아름다웠고, 인간 세상과는 다른 별천지였습니다.

그 날부터 용궁 생활이 시작되었습니다. 여러 시녀들이 아침저녁으로 시중을 들었고, 며칠 간격으로 잔치가 열렸습니다. 인간 세상에서는 경험하지 못한 편안하고 화려한 생활이었습니다.

그 무렵, 효심 지극한 심청을 어여삐 여기는 옥황상제는 용왕에게 명을 내렸습니다.

"이제 심청을 돌려보내야 할 것이야. 연꽃송이 속에 고이 모셔 인당수로 올려 보내라. 꽃다운 나이가 다 가기 전에 뭍으로 돌아가 혼인도 해야 하지 않겠느냐?"

용왕은 옥황상제의 명을 받들어 커다란 연꽃송이를 준비했습니다. 그 안에 심청이 먹을 음식과 비단, 온갖 보물을 넣고 마지막으로 심청을 타게 했습니다. 용왕과 작별 인사를 나눈 심청은 연꽃송이를 타고 바다 위로 올라갔습니다.

한편, 공양미 삼백 석에 심청을 샀던 뱃사람들이 고국으로 돌아오고 있었습니다. 마침 인당수를 지나는데 바다 위에 커다란 연꽃이 떠 있는 게 아니겠습니까. 뱃사람들이 놀라 서로 말을 주고받았습니다.

"바다 위에 저 난데없는 꽃은 무엇이지?"

"아무래도 이 세상 꽃은 아닌 듯하오."

"여기가 바로 효녀 심청이 빠졌던 자리 아니오. 심 소저의 영혼이 꽃이 되어 떴나 보오."

바로 이때였습니다. 흰 구름이 자욱하게 피어오르더니 학 한 마리가 나타났습니다. 학 위에는 푸른 옷을 입은 선관이 타고 있었습니다.

"이 꽃은 하늘의 귀한 꽃이니라. 그러니 각별히 조심해서 고이 모셔다 임금께 바치도록 하라."

뱃사람들은 놀라움과 두려움 속에서 선관의 말을 따랐습니다. 조심스레 연꽃을 건져 올려 배에 싣고 서울까지 고이 모셨습니다. 그리고 대궐에 가 임금님께 연꽃을 바쳤습니다. 이때 임금은 왕비를 잃고 쓸쓸한 나날을 보내고 있었습니다. 슬픔에 빠져 있던 임금은 뱃사람들이 바친 꽃을 보고 매우 기뻐했습니다. 해와 달이 빛나는 듯한 찬란한 빛깔, 아름답고 그윽한 향기, 그리고 세상의 꽃 같지 않은 커다란 크기……. 곁에 두고 보는 것만으로도 큰 즐거움이었습니다. 그러나 오색구름으로 싸여 있는 꽃 속을 자세히 볼 수는 없었습니다.

어느 날 밤이었습니다. 임금이 뜰을 거니는데 바람결에 꽃봉오리가 흔들렸습니다. 그러더니 꽃잎이 벌어지며 무언가가 나오는 것이었습니다. 얼른 몸을 숨기고 가만히 살펴보니, 꽃 속에서 아름다운 처녀가 걸어 나오는 것이 아니겠습니까. 임금은 처녀의 아름다움에 넋을 잃고 말았습니다. 고운 살결과 반듯한 이목구비, 복스러운 몸가짐이 이 세상 제일가는 미인이라 할 만했습니

다. 임금은 황홀해서 한참을 바라보다 정신을 가다듬고 다가갔습니다,

"당신은 누구요? 선녀요? 사람이오?"

심청은 깜짝 놀랐지만 차분하게 대답했습니다.

"저는 선녀가 아닙니다. 사람의 딸인데 하늘의 뜻으로 꽃 속에 몸을 감추고 있었습니다."

‘하늘이 내려주신 인연이로구나.’

임금은 마음속으로 이 처녀를 왕비로 맞겠다고 결심했습니다.

다음 날, 임금은 신하들에게 연꽃 속에서 나온 처녀 이야기를 했습니다. 그러자 모든 신하들이 신기하고 기쁘게 여기며, 혼례 올리기를 아뢰었습니다.

마침내 혼례일이 되어 성대하게 식을 올렸습니다. 이제 심청은 한 나라의 국모가 된 것입니다. 백성들도 모두 기뻐했습니다.

심청이 왕비가 된 후 봄이 가고 가을이 갔습니다. 어질고 덕이 높은 왕비는 임금뿐 아니라 신하와 백성들 모두의 사랑을 받았습니다. 그러나 심청은 아버지 걱정으로 한숨 쉬는 날이 많았습니다.

하루는 임금과 함께 봄 경치를 구경하고 있었습니다. 흐드러지게 핀 꽃들과 초록 잎 무성한 나무들이 아름다웠습니다. 그러나 아름다운 경치를 보고도 왕비의 얼굴은 근심으로 가득 차 있었습니다. 임금이 이상히 여겨 그 까닭을 묻자 심청이 눈물을 흘리며 대답했습니다.

“이렇게 좋은 경치를 볼 수 없는 사람들은 얼마나 답답하겠습니까?”

“무슨 말씀이오?”

“눈먼 사람들은 아무리 좋은 것도 볼 수 없지요. 제 아버지도 소경(시각 장애인을 낮잡아 이르는 말)이었습니다. 지금은 어떻게 지내시는지……. 공양미 삼백 석을 시주하면 눈을 뜰 수 있다기에 쌀 삼백 석을 받고 인당수에 몸을 던졌었지요. 그 이후로 아버지를 한 번도 만나지 못했습니다. 아버지가 그립고 걱정이 되어 이 좋은 경치도 눈에 들어오지 않습니다."

"그대의 효심이 지극하오."

"그런데 한 가지 소원이 있습니다."

"말씀해 보구려."

"온 나라의 소경을 불러 잔치를 열어 주시면 어떨까 합니다. 맛있는 음식을 베풀어 그들의 마음을 위로하고 싶습니다."

"어렵지 않은 일이니 걱정하지 마오."

이튿날, 왕은 명령을 내려 온 나라의 소경을 잔치에 참여하도록 했습니다.

한편 심 봉사는 눈물로 하루하루를 보내고 있었습니다. 잃어버린 딸을 그리워하며 사는 즐거움을 모르고 지냈습니다. 게다가 공양미 삼백 석에도 여전히 앞을 보지 못하고 있었습니다.

그동안 심 봉사는 고생이 이만저만이 아니었습니다. 뱃사람들이 준 돈과 쌀로 형편은 좋아졌지만, 그것도 거덜이 나고 말았습니다. 뺑덕 어멈이 부인으로 들어오고부터였습니다. 뺑덕 어멈은 성미가 고약하고 씀씀이가 헤퍼서, 얼마 지나지 않아 쌀도 돈도 다 떨어지고 말았습니다. 자신의 처지가 서러워서 심 봉사는 강가에 앉아 울곤 했습니다.

"청아, 내 딸 청아, 인당수 깊은 물에 빠져 황천(저승)으로 간 청아. 나도 데리고 가거라. 가서 네 어머니와 너를 만나 살고 싶구나."

이렇듯 눈물로 지내던 어느 날이었습니다. 관아에서 사람이 나와 심 봉사를 찾았습니다.

"심 봉사, 어서 관아로 갑시다."

"나는 아무 죄가 없소."

"그게 아니라 서울에서 맹인 잔치를 한다니 어서 갑시다."

"입고 갈 옷도 없고, 노자도 없으니 난 못 가겠소."

"관아에서 다 준다 합니다."

심 봉사는 관아에 가 옷과 노자를 받아 집으로 돌아왔습니다. 그리고 뺑덕 어멈에게 서울 가게 된 일을 말했습니다. 다음 날 아침 일찍 떠나기로 하고 두 사람은 잠자리에 들었습니다.

이튿날 아침, 심 봉사는 일찍부터 일어나 서울 갈 채비를 했습니다. 그런데 뺑덕 어멈이 없는 것이었습니다. 게다가 옷과 노자도 사라졌습니다.

"뺑덕 어멈이 밤도망을 친 게로구나!"

심 봉사는 기가 막혀 울음도 나오지 않았습니다. 온몸에 힘이 빠져 길을 나설 생각도 들지 않았습니다. 그러나 임금의 명령이라니 가지 않을 수도 없었습니다. 심 봉사는 노자도 없이 터덜터덜 먼 길을 나섰습니다.

앞을 보지 못하는지라 심 봉사의 걸음은 더디기만 했습니다. 배가 고프면 밥을 빌어먹고, 목이 마르면 아무 집에 들어가 물을 청했습니다. 그렇게 얼마나 걸었는지, 어느덧 서울이 가까워 오고 있었습니다.

한편 궁궐에서는 성대한 잔치가 벌어지고 있었습니다. 넓은 뜰에 자리를 마련하고 맛있는 음식과 향기로운 술을 넉넉히 대접했습니다. 아름다운 음악도 들려주었습니다. 온 나라에서 모여든 수많은 소경들이 마음껏 먹고 마셨습니다. 춤을 추고 노래를 부르며 즐거워했습니다. 돌아갈 때는 임금에게 금, 은과 비단을 받았습니다. 모든 소경이 임금의 은혜에 감동하고 고마워했습니다.

잔치는 이렇게 사흘 동안 계속되었습니다. 하지만 심 봉사는 나타나지 않았습니다. 심청은 소리 죽여 울며 생각했습니다.

'불쌍하신 우리 아버지, 어떻게 되신 걸까? 살아는 계신 걸까, 세상을 떠나셨나? 그동안 눈을 뜨셔서 맹인 잔치에 안 오신 건가? 아니면 병이 들어 못 오시나? 먼 길 오시다가 무슨 일을 당하셨나?'

잔치 마지막 날이었습니다. 소경들이 차례로 들어오고, 맨 마지막으로 들어온 소경도 끝자리에 와 앉았습니다. 너덜너덜 헤진 옷, 환자처럼 안색 나쁜 얼굴, 기운 없어 보이는 몸짓……. 걸음도 잘 걷지 못해 지팡이를 짚고 겨우 자리에 앉는 것이었습니다. 그 소경은 음식이 가득 차려진 상을 앞에 놓고도 제대로 먹지 못했습니다. 그저 흑흑 흐느낄 다름이었습니다. 누각에서 그 모습을 바라보고 있던 심청의 가슴이 쿵쿵 뛰었습니다.

'아버지!'

살이 빠져 뼈만 남은 얼굴이었지만 틀림없는 아버지였습니다.

심청은 시녀들에게 아버지를 모셔 오게 했습니다.

"아버지!"

심 봉사는 깜짝 놀랐습니다.

"뭐라고?"

"제가 인당수에 빠졌던 청이에요!"

"네가 정말 내 딸 청이냐? 죽은 내 딸이 살아왔단 말이냐? 어디 보자. 내 딸 청아!"

그때, 기적 같은 일이 일어났습니다. 심 봉사의 두 눈이 번쩍 뜨였던 것입니다.

"아, 청아! 정말 내 딸 청이로구나!"

"아버지!"

아버지와 딸은 서로 부둥켜안고 기쁨의 눈물을 흘렸습니다.

그 날, 임금은 별당에 왕비의 아버지를 모시도록 했습니다. 심학규는 임금의 은혜에 감사를 드렸습니다.

"우리 부녀가 헤어졌다가 다시 만난 것은 모두 임금님의 은혜이옵니다."

임금은 그동안 심학규의 고생을 위로하며 벼슬을 내리고 많은 재물을 주었습니다. 아름답고 마음씨 고운 부인도 맞게 해주었습니다. 심청도 왕자와 공주를 낳고 행복하게 잘 살았습니다. 그 후로도 오랫동안 효심 깊은 심청의 이름은 길이길이 전해졌습니다.

효녀 심청이의 또 다른 이름들

입에서 입으로 이야기가 전해지고, 글로 기록되는 과정 속에서 여러 이야기가 작품 하나에 섞여 들기도 합니다. 다음의 이야기들을 보면서 어느 대목이 심청전과 닮았는지 찾아 보세요.

■ 효녀 지은 설화

효녀 지은(知恩)은 연권의 딸로 일찍이 아버지가 돌아가시고 어머니를 모시느라 32세가 되도록 시집을 가지 못했어요. 그는 품팔이뿐만 아니라 동냥 노릇도 하면서 정성을 다해 어머니를 섬겼어요. 그러던 어느 해 큰 흉년이 들어 동냥도 할 수 없게 되자 지은이는 곡식 30석을 받고 남의 집 종으로 가게 되었어요.

종으로 가야 할 날이 얼마 안 남았을 무렵, 그날도 여느 때와 같이 밥을 얻어다가 어머니를 드렸어요.

"지난 날에는 먹는 것이 맛나더니 오늘은 비록 밥은 좋으나 맛은 좋은 것 같지 않고 내 속을 칼로 찌르는 것과 같으니 이것이 어찌 된 까닭이냐?"

이 말을 들은 지은은 종이 된 사실을 고백하였습니다. 그리고 모녀는 서로를 붙들어 안고 엉엉 울었어요.

마침 화랑 효종랑(孝宗郎)이 집 앞을 지나다가 이 소리를 듣고는 조 100석과 의복을 보내 주고, 또 효녀 지은이 종살이 하게 될 주인에게 곡물을 대신 줌으로써 어머니 곁에 남을 수 있었어요. 후에 진성왕(眞聖王)이 알고 다시 조 500석과 집 한 채를 하사하고, 곡물이 많아서 나쁜 도적이 있을

까 하여 군사를 보내어 주었습니다. 그리고 그 동리를 표창하여 효양리(孝
養里)라 하였다고 전해지네요.
···› 효성이 지극하여 홀로된 부모님을 봉양하는 이야기가 닮았군요. 품팔이하
　　는 모습이나 종살이로 팔려가는 과정도 비슷합니다.

■ 거타지 설화

진성여왕 때 당나라로 가던 양피 일행이 풍랑을 만납니다. 거타지만이 섬
에 남았는데 중으로 변신한 여우가 노인을 죽이려던 찰나 화살로 맞혀 구
해냅니다. 노인이 고마움의 표시로 딸을 꽃으로 변하게 하여 거타지 품에
안아 가도록합니다. 돌아와 그 꽃을 꺼내니 여자로 변하였고 모든 사람이
이 일을 기이하게 여겼다고 하네요.
···› 바닷속 인물(용왕)을 만나게 되는 장면과 꽃이 변하여 사람이 되는 장면이
　　심청전과 비슷한 부분이네요.

■ 관음사적기

충청도 대흥에 사는 원량은 맹인이었어요. 딸 홍장과 함께 살았는데, 하루
는 스님이 찾아와 시주를 부탁했습니다. 재산이 없던 원량은 딸을 시주하
였고 홍장은 스님과 함께 떠나게 되었지요. 어느 날 진나라 배가 와서 홍
장에게 황후가 되어줄 것을 간청하였고, 이리하여 진나라 황후가 된 홍장
은 조국을 그리워하며 불상을 만들어 백제에 보냈어요. 이 불상을 안치한
절을 성덕산 관음사라고 이름지었고, 아버지 원량은 눈물을 흘리다가 갑
자기 눈을 뜨게 되었다고 해요.
···› 맹인 아버지가 등장하네요. 그뿐 아니라 딸이 다른 나라의 황후가 된 일,
　　그리고 맹인 아버지가 딸의 마음에 감동받은 듯 눈을 뜨게 되는 장면이 영
　　락없이 심청전이군요.

이처럼 모든 이야기는 서로 넘나든다고 합니다. 심청전은 사람들의 입에서 입으로 전해지면서 이미 알고 있던 여러 가지의 이야기들이 하나가 되어가는 것을 잘 볼 수 있지요.

조선 시대, 효녀 심청이가 많은 까닭은?

조선은 철저한 유교사회로 당시에 가장 강조하던 덕목은 충과 효였습니다. 세종대부터 '삼강행실도' 라는 책을 통해 백성들에게 충과 효를 가르쳤어요. 그래서 충신과 효자에 대해서는 정부에서 대대적으로 상을 내렸습니다. 효성이 특별한 효녀가 있으면 수령은 위에 보고를 하였고 예조에서 시상을 내렸습니다. 부상은 쌀을 비롯한 물건 혹은 벼슬을 주거나 노역같은 일을 면제해 주었어요.

정부의 이런 정책으로 조선 시대에는 효녀 이야기들이 많이 등장하게 됩니다. 어머니를 물고가는 호랑이를 끝까지 잡고 늘어져 어머니를 살린 지윤분이나 호랑이가 어머니를 물어뜯자 어미를 끌어안고 고함을 쳐서 시신을 보존한 수양대가 있어요.

그 외에도 세종 때 평안도의 손면시는 미친병에 산 사람고기가 특효라는 말을 듣고 기꺼이 자신의 손가락을 잘랐으며 함경도의 노비 연이 역시 부모를 살리기 위해 자신의 손가락을 잘랐다는 이야기가 전해지고 있어요.

하지만 뭐니뭐니해도 효성은 심청이가 최고네요. 맹인인 심봉사 곁을 한시도 떠나지 않고 돌보았고 훗날 자신의 목숨까지 희생했으니 말이예요.

이렇게 효녀로 추천이 되면 중앙정부에 보고되어 집 앞에는 효녀 집안임을 알리는 붉은 칠을 한 정문을 세워 주었어요.

조선 시대 맹인들은 어떻게 살았을까?

조선 시대 김홍도의 맹인 그림

맹인으로 태어난 이상 어느 시대이든 힘든 처지에 놓이게 됩니다. 앞을 보지 못하니 과거에 급제하는 것도 불가능했고 논이나 밭을 갈기도 힘들었을 뿐더러 수공업은 더욱 생각조차 할 수 없었죠.

조선 시대에 맹인들은 주로 점치는 일을 하였다고 해요. 사람들은 맹인의 경우 나쁜 것을 보지 않기 때문에 마음이 깨끗할 것이라고 믿었어요. 그만큼 미래를 잘 볼 수 있다고 생각했지요.

그런가 하면 어떤 맹인들은 악기를 연주하기도 했어요. 조선 시대 맹인들은 음악을 맡는 관청에 소속되어 악공으로 일하기도 했어요. 세종 때 박연은 이들에게 관직까지 주어 음악활동을 장려했습니다.

그런데 심봉사는 대대로 벼슬을 하던 집안 출신인데다 십 대까지만 해도 정상인이었어요. 실명을 한 이후 어떤 기술을 배우기보다 다른 사람에게 의지하며 살아간 그는 부인이 죽고 난 뒤 어린 심청이를 키우게 되었으니 살아갈 길이 막막했겠지요. 동냥젖으로 심청이를 키우며 구걸로 하루하루를 살아가는 비참한 처지가 된 것입니다.

조선 시대는 맹인들을 위해 아무런 도움도 안 주었을까요? 조선 시대에도
불충분하지만 가난하고 어려운 형편의 이들을 도와주었다고 해요. 춘궁기가
되면 굶는 사람들을 활인원(조선 시대, 서울에서 의료에 관한 일을 맡아 보던 관아)에서
머무르게 했는데 맹인들은 더 오래 그곳에 머무르도록 했어요.
또한 왕은 수시로 맹인들에게 쌀을 내리도록 명하였다고 해요.
하지만 심봉사의 살림은 나아질 수가 없었답니다. 무료로 나눠 주는 음식은
기근이 심했을 때만 해당되었으니까요. 결국 심봉사는 사람들의 도움으로 심
청이를 키우고 심청이가 자라자 딸에게 의지하며 살아갈 수밖에 없었어요.

✳ 활동하기 1

생각해 봅시다!

주제 : 심청이는 효녀인가? 심청이의 효도 방법은 옳은가?
　　　다음의 찬반 의견 중 하나를 선택해 자기 의견을 채워 보세요.

저는 심청이가 효녀라고 생각합니다.

심청이는 결과적으로 효녀가 아니었다고 생각합니다.

다음 기사를 보고 '현대판 심청이'를 알리는 글을 써 보세요.

목포 인성특수학교 행정실에 근무하는 윤혜정 씨(24세)는 지난 달 8일 서울 현대아산병원에서 강진군 청자박물관 연구실장으로 재직 중인 아버지 윤태영씨(55세)에게 간을 이식해 줬다. 윤 실장은 지난해 12월 몸에 자주 피곤한 증상이 나타나 전남대학병원에서 종합 진찰을 받은 결과, 간암판정을 받아 서울 삼성의료원에서 1차 간암수술을 받았다.

이후 수술경과가 좋지 않아 2차 수술을 받았고 잠시 호전되는 듯했으나 수술부위의 이상 징후로 서울 아산현대병원에 입원, 진찰 결과 간 이식 외에는 가망이 없다는 판정을 받고 절망에 빠졌다. 병원 측의 설명에 아버지를 살리겠다는 둘째 딸(혜정)이 간 이식을 결정했고, 검사 결과 둘의 조직이 다행스럽게도 일치했다. 딸의 사랑과 신속한 이식수술 덕분에 아버지 윤씨는 목숨을 건질 수 있었다.

장•화•홍•련•전

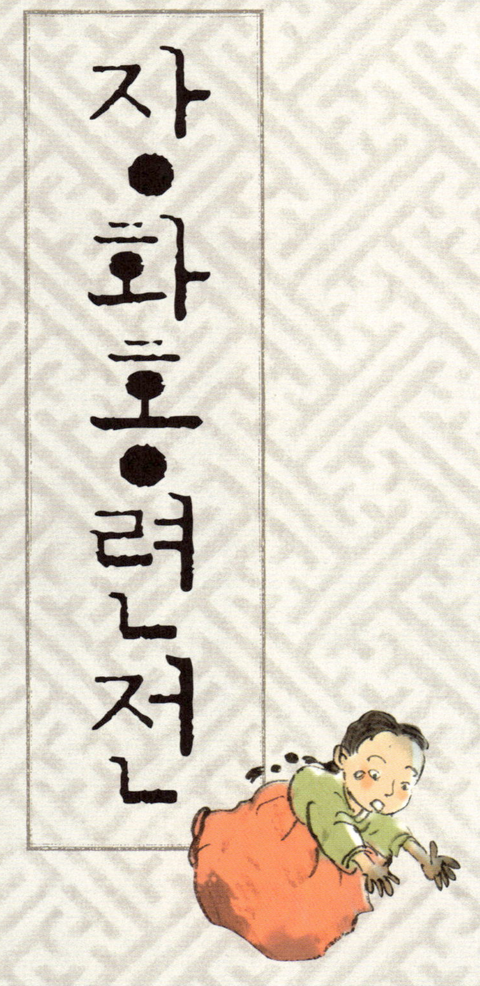

“날 두고 어디를 가는 거예요? 언니, 가지 말아요.”
장화는 울며 매달리는 홍련을 달랬습니다.
“홍련아, 금방 올 테니 울지 말고 있어.”
그러나 홍련은 언니를 따라 나오며 치마폭을 놓지 않았습니다. 이 모습을 본
하인들 가운데 눈물을 흘리지 않는 이가 없었습니다.

조선 시대, 평안도 철산에 배무룡이라는 사람이 살았습니다. 배무룡은 인정 많은 사람으로, 좌수(향청의 우두머리)를 지냈습니다. 재물도 많았습니다. 자식이 없다는 점만 빼면 남부러울 것 없는 사람이었습니다.

그러던 어느 날이었습니다. 배무룡의 부인이 아기를 갖게 되었습니다. 열 달 후, 옥 같은 딸이 태어났습니다. 부부는 딸의 이름을 '장화'라고 짓고 금이야 옥이야 귀하게 키웠습니다. 이 년 후에는 둘째 딸이 태어나 '홍련'이라는 이름을 지어주었습니다.

장화와 홍련은 어여삐 자랐습니다. 자매 모두 얼굴이 아름답고 효심이 깊으며, 재주가 뛰어났습니다. 부부는 두 딸을 몹시 사랑했습니다.

그러던 어느 날이었습니다. 부인이 병으로 자리에 눕게 되었는데 일어날 기미가 보이지 않았습니다. 좋다는 약은 모두 써 보고 정성으로 간호했지만 조금도 나아지지 않았습니다. 장화와 홍련은 너무도 슬펐습니다. 어머니의 병을 낫게 해달라고 밤낮으로 빌었지만, 소용이 없었습니다.

부인도 자신의 병이 심상치 않다는 것을 알았는지, 남편과 두 딸을 불렀습니다. 부인이 남편에게 말했습니다.

"저는 오래 살지 못할 것 같아요. 내가 죽는 건 슬프지 않지만, 장화와 홍련을 남겨두고 가려니 차마 눈을 못 감겠습니다. 제가 죽으면 당신은 다른 사람을 아내를 맞을 게 아닙니까? 그러면 당신 마음도 변할지 모릅니다. 마지막으로 부탁드립니다. 이 두 딸아이를 잘 키워서 좋은 집안에 시집을 보내 주십시오. 그러면 저승에서라도 당신에게 고마워하겠습니다."

말을 마치고 난 부인은 이내 숨을 거두었습니다.

"어머니! 어머니!"

장화와 홍련은 죽은 어머니를 붙들고 서럽게 울었습니다. 그 가련한 모습은 차마 보지 못할 정도였습니다. 배무룡도 뜨거운 눈물을 흘렸습니다.

어머니를 장사 지낸 후, 장화와 홍련은 제사상에 아침 저녁으로 음식을 올렸습니다. 정성을 다해 어머니의 넋을 기렸습니다.

그렇게 삼 년이 지났습니다. 평생 혼자 살 수는 없어서 배무룡은 새 부인을 맞아들이기로 했습니다. 여러 군데 알아보았으나 마땅한 신붓감을 찾지 못해, 할 수 없이 허씨라는 여인과 혼례를 올

렸습니다. 그런데 허씨는 생김새부터가 고약했습니다. 긴 얼굴에 눈은 툭 튀어나오고, 입은 메기 같고, 머리카락은 돼지털 같았습니다. 마음씨는 더 고약해 남에게 못할 짓만 골라가며 했습니다.

허씨는 혼례를 치른 그 달에 아기를 가져, 아들 장쇠를 낳았습니다. 그러나 배무룡은 그다지 기쁘지가 않았습니다. 죽은 부인의 유언이 생각나서 마음이 편하지 않았습니다. 죽은 부인이 잘 키워 달라고 부탁한 두 딸을 잠시라도 보지 못하면 아버지는 안절부절 못했습니다. 집으로 돌아오면 제일 먼저 딸들의 방에 들어갔습니다. 그리고 손을 잡고 눈물을 흘리며 말했습니다.

"너희가 집 안에만 있으면서 세상 떠난 어머니를 그리워하고 있다는 것 다 안다. 늙은 이 아버지도 몹시 슬프구나."

허씨는 남편이 딸들만 아끼는 것 같아서 질투가 났습니다. 질투 심은 날이 갈수록 심해져, 장화와 홍련을 해칠 생각까지 하게 되 었습니다. 그러나 배무룡은 이를 알지 못했습니다. 다만 허씨가 딸들을 너무 질투한다고 생각해서 조용히 말했습니다.

"여보, 우리가 원래는 가난하게 살았다오. 이렇게 걱정 없이 살 고 있는 것은 죽은 처의 재산이 많았기 때문이오. 지금 당신이 풍족하게 지낼 수 있는 것도 다 죽은 그 사람 덕분이니 그 은혜 를 생각해서라도 저 아이들을 미워하지 말고 자기 자식처럼 잘 돌봐 주시오."

그러나 허씨는 반성하기는커녕 장화와 홍련을 더욱 못살게 굴 었습니다. 그리고 어떻게 하면 자매를 죽일 수 있을까 하는 생각 만 했습니다.

그러던 어느 날이었습니다. 배무룡이 딸들의 방으로 가 보니,

장화와 홍련이 서로 손을 잡고 울고 있었습니다. 배무룡도 딸들이 가엾어 눈물이 났습니다.

"어미가 그리워 슬퍼하고 있구나. 새어머니의 구박이 심해서 너희들의 힘들다는 것 내가 다 안다. 또다시 너희를 괴롭히면 당장 내보내겠다."

이때 허씨는 창 틈으로 이야기를 모두 엿듣고 있었습니다. 허씨는 화가 나서 어쩔 줄을 몰랐습니다. 그러다가 문득 꾀 하나가 떠올라, 아들 장쇠를 불러 쥐를 잡아 오게 했습니다. 허씨는 장쇠가 잡아 온 쥐의 껍질을 벗기고 피를 칠한 다음 딸들의 방으로 몰래 들어갔습니다. 허씨는 장화의 이불 밑에 쥐를 넣어 놓고 방을 나왔습니다.

이윽고 사랑채에 있던 배무룡이 들어왔습니다. 남편이 오기만을 기다리던 허씨는 정색을 하며 혀를 찼습니다. 이상하게 여긴 배무룡이 그 까닭을 물었습니다.

"집안에 좋지 않은 일이 있지만, 당신이 제 말을 믿지 않을 것 같아 말을 못 했었습니다. 당신은 딸들을 지나치게 사랑해서 자식의 잘못을 모르고 계십니다. 저도 친어미가 아니라서 짐작만 하고 있었지요. 그런데 오늘은 장화가 밖으로 나오지 않기에 몸이 아픈가 보다 했습니다. 그래서 방으로 들어갔더니, 짐작대로 장화가 낙태를 하고는 누워 있는 게 아니겠습니까?"

"뭐라구요?"

배무룡은 가슴이 철렁 내려앉았습니다. 그러고는 허씨를 이끌고 딸들의 방으로 들어갔습니다. 딸들은 곤히 잠들어 있었습니다. 배무룡이 장화의 이불을 들춰 보았습니다. 허씨는 피묻은 쥐를 꺼내 보이며, 이것이 낙태의 증거라고 소곤거렸습니다.

안방으로 돌아온 허씨가 입을 열었습니다.

"이 일이 소문이라도 나면, 대대로 양반인 우리 집안은 어떻게 되겠습니까?"

배무룡은 깊은 한숨을 쉬었습니다.

"휴우, 이 일을 어찌하면 좋겠소?"

"제일 좋은 방법은……."

"그래, 무엇이 제일 좋은 방법이오?"

"남들 모르게 장화를 없애면 소문이 나지 않을 것입니다. 하지만 남들은 이런 사정도 모르고 제가 이유 없이 의붓딸을 죽였다고 할 것입니다. 그러니 차라리 제가 스스로 죽겠습니다."

허씨는 당장이라도 목숨을 끊을 것처럼 행동했습니다. 배무룡은 깜짝 놀라 허씨를 붙들고 말렸습니다.

"그런 소리 마시오. 죄 없는 당신이 죽어서야 되겠소. 내가 장화를 없애버리리다."

배무룡은 스스로의 말이 하도 끔찍하고 기가 막혀 울음을 터뜨렸습니다. 그토록 사랑하는 장화가 낙태를 하다니……. 그리고 내 딸을 죽여야 하다니…….

허씨는 속으로는 웃고, 겉으로는 슬퍼하며 말했습니다.

"당신이 말리시니 목숨을 끊지는 않겠습니다. 하지만 장화를 죽이지 않으면 앞으로 집안이 망할 것입니다. 그러니 남들 모르게 빨리 없애 버려야 합니다."

"그래, 어떤 방법이 좋겠소?"

"장화를 깨워 장쇠와 함께 외가에 다녀오라 합시다. 장쇠에게는 외삼촌 댁 가는 길의 연못에 장화를 밀어 빠뜨리게 하고요."

죽은 부인의 유언이 생각나 가슴이 찢어졌지만, 배무룡은 허씨의 말대로 장화를 깨웠습니다. 아버지의 부름에 밖으로 나온 장화는, 외가에 다녀오라는 말에 깜짝 놀랐습니다.

"아버지, 저는 지금까지 집 밖을 나간 적이 없습니다. 그런데 이 깊은 밤에 왜 외가에 다녀오라고 하시나요?"

"그래서 장쇠와 함께 가라 하지 않느냐. 아버지의 말을 거스르지 말거라."

장화는 이 말을 듣고 목놓아 울었습니다.

"아버지가 죽으라고 하시면 죽었지, 제가 어떻게 아버지 말씀을 거스르겠어요? 하지만 밤도 깊었으니 날이 새거든 가게 해 주십시오."

서럽게 우는 딸의 모습을 보자 배무룡은 마음이 흔들렸습니다. 배무룡이 망설이며 대답을 못하고 있자, 갑자기 허씨가 문을 박차고 나왔습니다.

"넌 어째서 아버지 말씀을 순순히 듣지 않느냐?"

허씨의 호통에 장화는 더욱 서러웠습니다. 하지만 어쩔 수 없어 눈물을 흘리며 말했습니다.

"예, 아버지 말씀을 따르겠습니다. 다녀오겠습니다."

장화는 방으로 들어가 곤하게 자는 홍련을 깨웠습니다.

"홍련아! 아버지가 이 깊은 밤에 외가에 다녀오라고 하신다. 아버지가 왜 그러시는지 모르겠어. 아무래도 좋지 않은 일이 생길 것 같다. 어머니가 세상을 떠나신 후로 우리 둘은 서로 의지하며 살았지. 한시도 떨어져 본 적이 없었고……. 널 두고 가려니 가슴이 터질 듯이 슬프구나."

장화와 홍련은 붙잡은 손을 놓지 못하고 하염없이 눈물만 흘렸습니다. 붙잡고 울었습니다.

이때 허씨는 장쇠를 불러 말했습니다.

"누나를 데리고 어서 외가에 다녀오라고 하지 않았느냐? 냉큼 갔다 오너라!"

돼지 같은 장쇠는 누나들의 방으로 가 벼락처럼 소리를 질렀습니다.

"누님, 빨리 나와요! 괜히 나만 혼났잖아요!"

장화가 어쩔 수 없이 홍련의 손을 놓고 일어섰습니다. 그러자 홍련이 언니의 옷자락을 붙들고 울었습니다.

"날 두고 어디를 가는 거예요? 언니, 가지 말아요."

장화는 울며 매달리는 홍련을 달랬습니다.

"홍련아, 금방 올 테니 울지 말고 있어."

그러나 홍련은 언니를 따라 나오며 치마폭을 놓지 않았습니다. 이 모습을 본 하인들 가운데 눈물을 흘리지 않는 이가 없었습니다. 이때 허씨가 나타나더니 홍련의 손을 뿌리쳤습니다.

"언니가 외가에 다녀온다는데 웬 호들갑이냐?"

허씨가 무섭게 꾸짖자 홍련은 물러설 수밖에 없었습니다.

장화는 아버지께 인사를 하고 말에 올라탔습니다. 장쇠는 말을 급하게 몰아 산골짜기로 들어갔습니다. 소나무, 잣나무가 울창하고 고요한 산속이었습니다. 달빛은 휘영청 밝고, 두견새 소리는 구슬펐습니다. 소나무 숲 가운데에는 깊이를 알 수 없는 큰 연못이 있었습니다. 보는 것만으로도 정신이 아득했습니다. 그때, 장쇠가 말했습니다.

"여기서 내려요."

"내리라니?"

"누님의 잘못을 생각해 보세요. 우리 어머니가 착해서 모르는 체했지만, 다 알고 계세요. 낙태한 일이 세상에 알려지면 안 되니, 누님을 이 연못에 밀어 넣으라고 하셨어요. 그러니 어서 연못 속으로 들어가요."

말을 마친 장쇠는 말에서 장화를 끌어 내렸습니다. 청천벽력(맑은 하늘에 치는 벼락. 뜻 밖에 당한 큰 변을 이르는 말) 같은 말에 장화는 넋을 잃다시피 했습니다.

"하늘이 야속합니다. 억울한 누명을 쓰고 연못에 빠져 죽게 되다니 하늘도 무심하십니다."

장화는 울다가 정신을 잃기까지 했지만, 장쇠는 눈 하나 깜짝하지 않았습니다.

"어차피 죽을 것, 빨리 연못에 뛰어 들라니까요!"

장화는 정신을 가다듬었습니다.

"장쇠야, 우리는 어머니가 다르지만 아버지는 같아. 우리는 남매가 아니냐. 그러니 이 누나의 부탁을 좀 들어다오. 영영 저승으로 갈 몸, 잠시 시간을 주겠니? 돌아가신 어머니 무덤에 마지막 인사를 하고 싶다. 그런 다음 바로 연못으로 뛰어들겠다."

그러나 장쇠는 이번에도 눈도 꿈쩍 하지 않았습니다. 장화는 더욱 슬퍼져 하늘을 쳐다보며 울었습니다.

"하늘이시여, 저는 일곱 살에 어머니를 잃은 후 눈물만 흘리고 지냈습니다. 새어머니는 저희 자매를 몹시 구박했고, 저희는 돌아가신 어머니를 그리워하며 울었습니다. 그렇게 살다가 이제 물에 빠져 죽게 되었습니다. 이 억울함을 바로잡아 주소서. 동생 홍련을 불쌍히 여기시어 저와 같은 삶을 살지 않게 해 주소서."

기도를 마친 장화는 신발을 벗고 연못 속으로 뛰어 들었습니다. 그러자 물결이 하늘로 치솟고 찬바람이 일더니, 커다란 호랑이 한 마리가 나타났습니다. 호랑이는 장쇠에게 달려들며 꾸짖었습니다.

"네 어미는 누명을 씌워 죄 없는 자식을 죽였구나. 하늘이 가만히 있지 않을 것이다."

장쇠의 두 귀, 팔 하나, 다리 하나를 떼어 먹은 뒤 호랑이는 온 데간데없이 사라졌습니다. 장쇠는 정신을 잃고 그 자리에 쓰러졌습니다. 장화가 타고 온 말이 놀라 집으로 달려갔습니다.

한편 허씨는 장쇠가 돌아오지 않아 걱정을 하고 있었습니다. 그때, 밖에서 소리가 나서 내다보았더니, 말이 저 혼자 돌아온 것 아닙니까? 깜짝 놀란 허씨는 하인에게 장쇠를 찾아오도록 했습니다. 얼마 후 하인이 장쇠를 찾아 업고 왔습니다. 두 귀와 팔, 다리 한 쪽씩을 잃은 장쇠를 보고 허씨는 몹시 놀랐습니다.

"아이구, 장쇠야! 이게 웬 일이냐!"

허씨는 즉시 약을 먹이고 상처를 치료하게 했습니다. 그러자 장쇠가 정신을 차렸습니다. 아들이 죽을까봐 걱정했던 허씨는 몹시 기뻐했습니다. 그리고 어떻게 된 일이냐고 물었습니다. 장쇠가 모든 일을 다 말하자 허씨는 장화가 원망스러웠습니다. 그래서 홍련마저 죽이려고 마음먹었습니다.

그날 밤, 울다 지쳐 잠이 든 홍련은 이상한 꿈을 꾸었습니다. 장화가 용을 타고 물에서 나와 하늘을 날고 있었습니다. 홍련이 반가워서 쫓아갔지만 장화는 본 체도 하지 않는 것이었습니다.

홍련이 울며 물었습니다.

"언니는 나를 본 체도 안 하고 어딜 가는 거예요?"

그제야 장화가 눈물을 흘리며 대답했습니다.

"내 몸은 이제 이 세상의 몸이 아니야. 나는 지금 옥황상제의 명령으로 약초를 캐러 간다. 갈 길이 바빠 더 이야기를 나눌 수는 없지만 난 잘못이 없단다. 그리고 내가 곧 너를 데려갈게."

그러자 장화가 탄 용이 소리를 질렀습니다. 이 소리에 놀라 홍련이 꿈에서 깨어났습니다. 온몸에 땀이 나고 정신이 아득했습니다. 홍련은 아버지께 꿈 이야기를 하며 울었습니다.

"아버지, 언니가 무슨 일을 당한 것 같습니다."

배무룡은 홍련의 가슴이 너무 아플까봐 아무 말도 못했습니다. 그저 눈물만 흘릴 뿐이었습니다. 그러나 옆에 있던 허씨는 벌컥 화를 냈습니다.

"어린 것이 왜 쓸데없는 말로 어른의 마음을 아프게 하느냐?"

홍련은 허씨의 손에 등이 떠밀려 밖으로 나왔습니다.

'내가 꿈 이야기를 하니까 새어머니 얼굴빛이 변했어. 화까지 내는 것을 보니 분명 무슨 이유가 있을 거야.'

며칠 후, 허씨가 밖에 나가고 없는 사이 홍련은 장쇠를 불렀습니다. 어르고 달래 언니의 일을 물어 보니, 장쇠는 그대로 말해 주었습니다. 언니의 죽음을 알게 된 홍련은 정신을 잃고 쓰러졌습니다. 그러다가 정신을 차리고는 소리 내어 울었습니다.

"가엾은 우리 언니! 흉악한 새어머니 때문에 꽃다운 나이에 죽고 말았어. 이 원한을 어떻게 풀 수 있을까. 다섯 살에 어머니를 잃고 언니를 의지하며 살았는데 이제 나는 어떻게 해. 나도 언니처럼 되지 말라는 법 없잖아. 차라리 스스로 목숨을 끊겠어. 언니를 따라 가겠어."

홍련은 언니가 죽은 곳을 찾아가기로 했습니다. 아버지께 편지를 써서, 언니의 억울함을 밝히고 마지막 인사를 올렸습니다. 편지를 다 쓰자 새벽이었습니다. 홍련은 길을 떠났습니다. 얼마나 걸었을까 깊은 산속에 커다란 연못이 나타났습니다. 물 위에 오색 구름이 자욱했는데, 문득 슬픈 울음소리가 나는 것이었습니다.

"홍련아!"

홍련은 자신을 부르는 언니의 목소리에 깜짝 놀랐습니다.

"홍련아, 귀한 목숨을 왜 버리려고 하니. 어서 집으로 돌아가거라. 너라도 잘 살아야 해. 돌아가신 어머니를 위해서라도."

"언니, 언니!"

홍련은 소리쳐 장화를 불렀지만, 연못 속에서는 아무 소리도 들리지 않았습니다. 홍련은 언니 없이는 더 살고 싶은 마음이 없었습니다. 홍련이 치마를 뒤집어쓰고 연못으로 몸을 날렸습니다.

장화와 홍련이 죽은 후, 마을에는 이상한 일이 일어났습니다. 새로 오는 사또마다 죽음을 맞는 것이었습니다. 귀신이 나온다는 소문도 파다했습니다. 게다가 해마다 흉년이 들어 마을은 텅 비게 되었습니다. 이런 마을에 사또로 가려는 사람이 아무도 없어 임금의 걱정은 날로 커져갔습니다.

그러던 어느 날, 정동우라는 사람이 철산으로 가겠다고 나섰습니다. 임금은 반가워하며 그를 사또로 임명했고 철산에 가서 백성들을 잘 다스리라고 명령했습니다.

철산에 도착한 정동우는 이방을 불러 물었습니다.

"이 마을에 사또가 오기만 하면 죽는다는데, 그게 사실이냐?"

"사실입니다. 밤만 되면 비명을 지르다가……. 그러나 그 까닭을 모르겠습니다."

사또는 모두에게 명령을 내렸습니다.

"오늘 밤은 자지 말고 무슨 일이 일어나는지 잘 살펴라."

어느덧 밤이 깊었습니다. 사또가 책을 읽고 있는데 갑자기 찬바람이 일었습니다. 그러더니 아름다운 여인이 방으로 들어와 절을 하는 것이었습니다. 바로 홍련이었습니다. 사또가 정신을 잃지 않으려 애쓰며 물었습니다.

“너는 누구냐? 이 깊은 밤에 왜 나를 찾아왔느냐?”

홍련은 자신과 언니가 죽게 된 사연을 말하며, 억울함을 풀어달라고 부탁했습니다. 이야기를 들은 사또가 다시 물었습니다.

“그런데 사또들은 왜 죽이는 것이냐?”

“그것이 아니오라 억울함을 풀어달라고 찾아올 때마다 사또들이 모두 놀라 죽은 것입니다."

말을 끝낸 홍련은 온데간데없이 사라졌습니다.

이튿날, 사또는 아침 일찍 이방을 불러 배무룡 부부를 잡아들이라 했습니다. 이방은 죽지 않고 살아 있는 사또를 보고 깜짝 놀랐습니다.

얼마 지나지 않아 배무룡 부부가 잡혀 왔습니다. 사또가 물었습니다.

"듣자 하니 두 딸이 죽었다고 하는데 그러냐?"

"예. 벼, 병들어 죽었사옵니다."

"무슨 병으로 죽었는가? 바른 대로 말하지 않으면 볼기를 맞고 죽을 줄 것이야."

배무룡은 얼굴이 흙빛이 되어 아무 말도 못했습니다. 허씨가 놀라며 말했습니다.

"사실대로 말하겠습니다. 맏딸은 아이를 낙태한 후 연못에 빠져 스스로 죽었습니다. 또 동생도 제 언니를 닮아 행실이 나빠서, 어느 날 밤 집을 나간 후 소식이 없습니다."

"네 말이 사실이라면, 낙태한 것을 가져오라. 그러면 믿겠다."

그러자 허씨가 품속에서 무언가를 꺼내 보였습니다.

"이런 일을 당할 줄 알고 보관해 두고 있었습니다."

사또가 보니 낙태한 것이 분명해, 그들은 곧 풀려났습니다.

그날 밤이었습니다. 이번에는 장화와 홍련이 나란히 사또 앞에 나타났습니다.

"사또께서는 허씨의 말에 속으셨습니다. 낙태한 것의 배를 갈라보면 거짓말임을 알게 될 것입니다. 사또, 부디 저희의 억울함을 밝혀 주세요."

사또는 날이 밝자마자 낙태한 것의 배를 갈라 보게 했습니다. 그랬더니 그 안에 쥐똥이 가득 들어 있는 것이었습니다. 사또는 허씨를 엄하게 꾸짖었습니다.

"그렇게 큰 죄를 짓고도 하늘이 무섭지 않느냐? 어서 딸을 죽인 이유를 대라."

모든 일이 밝혀졌지만 허씨는 죄를 고백하지 않았습니다. 사또는 허씨가 잘못을 인정할 때까지 매를 쳤습니다. 그제야 허씨는 그동안 있었던 일을 낱낱이 말했습니다. 사또는 허씨와 장쇠에게 벌을 내리고, 연못에서 장화와 홍련의 시체를 찾아냈습니다. 시간이 꽤 흘렀지만 두 처녀는 마치 자고 있는 듯했습니다. 얼굴도 살아 있을 때처럼 아름다웠습니다. 사또는 장화와 홍련을 땅에 묻고, 무덤 앞에 비를 세워 주었습니다.

얼마 후, 사또는 앞에 장화와 홍련이 다시 나타났습니다.

"이 은혜, 정말 고맙습니다. 앞으로 사또께서는 관직이 높아질 것입니다."

부사가 놀라 눈을 뜨니 꿈이었습니다. 그날 이후 사또는 점점 관직이 높아져 통제사(군대의 최고 우두머리)까지 되었습니다. 부사는 그것이 장화 홍련의 도움임을 알았습니다.

한편 배무룡은 두 딸 생각에 슬퍼하며 하루하루를 보냈습니다. 그러다가 병까지 얻고, 어서 딸들이 있는 곳으로 가고만 싶었습니다. 그러나 목숨은 마음대로 안 되는 것, 세월이 흘러 새로 부인을 맞게 되었습니다. 얼굴이 곱고 성격이 부드러운 여인이었습니다.

착한 부인을 만나 기쁜 나날을 보내고 있던 어느 날이었습니다. 딸들을 생각하며 잠 못 이루고 이리저리 뒤척이는데, 꿈에도 그리던 장화와 홍련이 나타난 것이었습니다.

"아버지, 너무 그립습니다. 다시 아버지 곁에 있고 싶은데 그러지 못해 슬퍼하고 있답니다. 그래서 저희 마음을 옥황상제께 아뢰었지요. 그랬더니 '아버지도 너희를 생각하며 슬퍼하니, 그의 딸로 다시 태어나거라.' 하셨습니다."

장화와 홍련은 배무룡의 손을 잡고 기쁨의 눈물을 흘렸습니다.

그때 첫닭이 울었습니다. 그 소리에 놀라 깨어 보니 꿈이었습니다. 배무룡은 현실이 아니어서 몹시 서운했습니다.

그런데 새 부인도 꿈을 꾸었습니다. 구름을 타고 하늘에서 내려온 선녀가 연꽃 두 송이를 주는 꿈이었습니다.

"이 꽃은 다름 아니라 장화와 홍련이오. 옥황상제께서 불쌍히 여기시어 부인께 드립니다. 그러니 고이 잘 기르시오."

꿈을 깨어 보니 손에 연꽃 두 송이가 쥐어져 있었습니다. 연꽃 향기가 방 안에 가득 퍼졌습니다. 새 부인은 꿈이 하도 이상해 남편에게 꿈 이야기를 했습니다.

배무룡은 처음으로 죽은 두 딸 이야기를 들려주었습니다. 그리고 새 부인에게 말했습니다.

"나도 어제 꿈을 꾸었소. 아마 두 딸이 다시 태어날 모양이오."

배무룡은 옥으로 만든 아름다운 병에 연꽃을 넣고 장롱에 고이 두었습니다.

과연 새 부인에게 아기가 생겼습니다. 쌍둥이 여자아이였습니다. 두 딸은 마치 연꽃처럼 복스럽고 고왔습니다. 배무룡은 장롱 속에 넣어 둔 연꽃을 찾았습니다. 그러나 옥으로 만든 병 속에는 아무것도 없었습니다.

"연꽃이 딸로 변했단 말인가? 참으로 이상한 일이다."

배무룡은 쌍둥이 딸들의 이름을 장화와 홍련이라 지어 주었습니다. 예전처럼 아끼고 사랑하며 장화와 홍련을 잘 길렀습니다.

세월이 흘러 장화와 홍련은 어느덧 열다섯 살이 되었습니다. 아름다운 얼굴에 재주가 뛰어났습니다. 배무룡은 두 딸을 시집보내야 할 때라는 생각이 들었습니다. 하지만 좋은 자리가 없었습니다. 마땅한 신랑감이 없어 걱정을 하고 있는데, 사람들이 말하기를 평양에 뛰어난 사람들이 많다는 것이었습니다. 그래서 그는 평양으로 중매쟁이를 보냈습니다.

이때 평양에는 재산이 아주 많은 이연호라는 사람이 있었는데 그에게는 늦게 본 아들 쌍둥이가 있었습니다. 쌍둥이 아들들의 이름은 윤필과 윤석이었습니다. 두 아들은 잘생기고 똑똑해서 모르는 사람이 없을 정도였습니다. 딸을 둔 부모들은 모두 중매쟁이를 보내 청혼을 했습니다. 그러나 이연호의 마음에 드는 며느릿감은 좀처럼 나타나지 않았습니다.

그러던 중 배무룡에게 똑똑한 두 딸이 있다는 말을 들었습니다. 이연호는 중매쟁이를 보내 청혼을 했고, 배무룡은 그 청혼을 받아들여 장화 홍련과 윤필 윤석의 혼례식을 구월 보름에 올리기로 했습니다.

이 무렵, 나라에 과거가 있었는데 윤필과 윤석은 과거 시험에 장원 급제를 했습니다. 임금은 그들의 뛰어난 재주를 알고 벼슬을 내렸습니다. 형제는 많은 사람들의 칭송을 들으며 집으로 돌아왔습니다. 그리고 장화와 홍련을 아내로 맞아들였습니다. 혼례식

날, 두 쌍의 부부는 백옥처럼 아름다웠습니다. 부모들은 그 모습을 보고 매우 기뻐했습니다.

이들 부부는 부모를 공경하고 이웃을 사랑하며 행복하게 잘 살았습니다.

장화홍련전이 실화였다니!

'이 이야기는 실화를 바탕으로 재구성한 것입니다.'
한번쯤 영화의 처음 혹은 마지막에 이런 자막이 뜨는 걸 본 적이 있었을 거예요. 이 말을 대하는 순간 여러분은 어느 때보다 영화를 진지하게 보았을 것입니다. 실제 일어났던 일이라는 생각을 하면서……

우리에게 많이 알려진 장화홍련전은 효종 때 전동흘이 철산 부사로 재직하던 중 겪은 일로 그의 문집인 〈가재집〉에 실려 있다고 합니다.

사건의 배경이 된 당시 철산현은 원귀(원한이 맺혀 죽은 사람의 귀신) 때문에 매년 가뭄이 들고 수령들이 죽거나 교체되기 일쑤여서 거의 마을이 없어질 정도였다고 해요. 실제로 효종 연간(1649~1659)에는 거의 매년 가뭄이 들다시피했다는 기록이 남아 있어요.
이로 인해 조정에서는 적당한 수령을 물색하고 있었는데 전동흘이 수령직을 감당할 만하다고 판단하여 그를 파견했어요. 철산부사로 파견된 전동흘은 장화와 홍련의 죽음에 얽힌 사건을 해결하였고 그런 연유로 마을 사람들은 그를 신명철인(神明鐵人)이라 부르고 공덕비를 세웠다고 합니다.
그러니까 '장화홍련전'은 전동흘이 밝혀낸 실제 사건을 바탕으로 엮은 이야기일 거라 추측할 수 있습니다.

'어, 귀신이 나오는데 진짜라구?'

물론 귀신이 나와 자기의 한을 말하더라는 부분은 사람들이 지어낸 이야기지요. 당시 가뭄에다 마을에 퍼진 원귀에 대한 소문이 소설로 전해지면서 더 흥미롭게 이야기를 만들어 간 것입니다.

특히 실록과 소설은 아버지 '배무룡'에 대한 표현의 차이가 큽니다. 실록은 배좌수가 계모와 함께 장화 자매를 살해한 인물로 그려졌어요. 그런데 소설 속에선 장화 홍련에 대한 배무룡의 사랑이 자세하게 그려져 있고 마치 사랑으로 장화 자매의 죽음을 내버려둔 것처럼 표현하고 있습니다.

장화 자매의 죽음 뒤에는 나쁜 계모의 소행이 모든 원인을 제공한 것처럼 이야기가 진행됩니다. 딸의 죽음을 계모와 함께 모의하였다는 사실 자체가 당시 사람들에게는 받아들이기 어려운 일이었을 것입니다. 그런 이유로 실제와 다르게 배무룡은 새로 부인을 맞고, 다시 쌍둥이로 태어난 장화 자매를 잘 키워 좋은 사위들까지 맞이하는 것으로 이야기가 마무리되었으리라 짐작할 수 있습니다.

식지 않는 장화홍련의 인기, 그 비결은?

장화홍련전은 조선 시대 사람들에게 널리 유행한 이야기였다고 해요. 그 이본만도 30편에 이르렀다고 하니 그 인기를 짐작할 만하지요.

그뿐 아니라 현대에 이르러서도 여러 편의 영화로 만들어지기까지 했어요. 1924년 처음 영화로 만들어진 후 지금까지 여섯 차례 영화화되었어요.

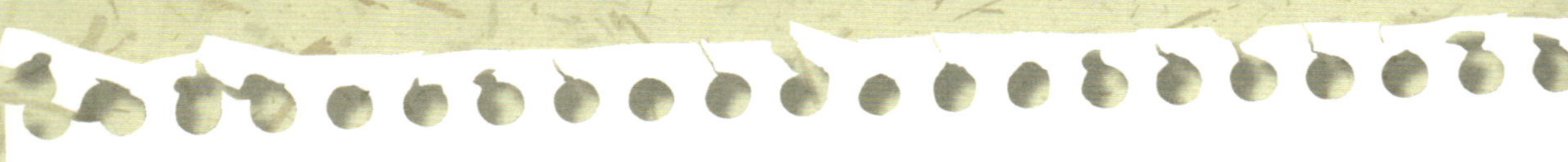

1937년 홍개명 감독의
〈장화홍련전〉

2003년 김지운 감독의
〈장화, 홍련〉

장화홍련전의 인기는 왜 이렇게 식지 않을까요?

옛이야기에서 많이 다루고 있는 계모 이야기는 사람들의 흥미를 쉽게 불러일으킵니다. 우리가 알고 있는 콩쥐팥쥐 이야기나 신데렐라 이야기를 보면 이해가 잘되지요. 계모와 전처의 자식들 사이에서 일어나는 갈등과 불쌍한 자식들에 대한 안타까운 마음은 우리에게 익숙합니다.

장화홍련전은 이런 갈등에다 살인사건이라는 소재를 더해 긴장감을 불어넣고 있습니다. 스릴러라고 말하는 소설이나 영화를 보면 살인사건을 추적하고 범인을 잡을 때까지 손에 땀을 쥐며 결말을 추리해 보는 경험을 해본 적 있을 거예요. 장화홍련 역시 첫 장면부터 첫날을 못 버티고 죽어나가는 사또들의 모습에서 무시무시한 느낌을 받게 됩니다.

거기에다 귀신들의 이야기는 더욱 긴장감을 주게 되지요. 물속에 빠져 죽었던 장화와 홍련이 밤이면 연못에서 울음소리를 냈다든지 사또의 방에 나타나 하소연을 하려는 장면이라든지 생각만 해도 오싹해지는 장면입니다. 이러니 장화홍련전 이야기를 듣게 된 많은 사람들은 무서움에 떨다가 자매의 사연에 안타까워하다가 사건이 해결되면 통쾌해하며 이야기에 빠져들어 갔겠지요.

또 다른 귀신 이야기가 있었을까?

조선의 성리학자 성호 이익(1681~1763)은 귀신도 사람처럼 기뻐하고 노여워한다고 적었어요. 특히 조상과 그 후손은 서로 통한다고 보기도 했어요. 그런가 하면 귀신이 사람을 속이고 놀리기를 좋아해서 이상한 일도 부린다며 옛날 중국 엄주에 살던 반씨라는 사람 이야기를 적어 놓았습니다. 반씨는 머리가 없었지만 음식을 먹고 짚신도 삼고 하였는데 이는 귀신이 반씨 몸에 의지하여 살기 때문이라고 주장하였어요.

전해오는 귀신 이야기 중 흥미로운 이야기는 '설공찬전' 입니다. 〈조선왕조실록〉에도 여섯 번이나 등장할 정도로 말이 많았고 결국 백성들을 어지럽게 한다하여 금서(보지 못하도록 정한 책)로 정해졌다고 해요.

이렇게 말 많은 '설공찬전' 은 어떤 이야기일까요?

전라도 순창에 사는 설충수네 식구들이 둘러앉아 밥을 먹고 있었어요. 이때 갑자기 설충수의 아들 공침이 숟가락을 오른손에서 왼손으로 옮겨 쥐고 밥을 게걸스럽게 퍼먹기 시작했어요.

이를 보고 아버지가 그 까닭을 묻자 공침은

"5년 전에 죽은 조카 공찬을 기억하느냐? 내가 바로 그 공찬이다. 저승에서는 이렇게 왼손으로 밥을 먹는다."라고 대꾸를 했어요.

그 후로도 공찬의 혼령이 공침의 몸에 들어올 때마다 공침은 계속 왼손으로 밥을 먹었고 날마다 얼굴이 야위어져갔어요.

설충수가 귀신 쫓는 김석산을 불렀으나 오히려 이를 계기로 공찬은 공침을 더욱 괴롭힙니다. 마침내 설충수가 다시는 그렇게 하지 않겠노라 빌자 설공찬은 공침을 원래의 모습으로 돌아가게 해줍니다. 그리곤 가끔 주변 사람들에게 공침의 입을 빌어 저승 소식을 전해 주었어요.

저승 이야기를 들어보면 왕에게 충성스런 말을 하다가 억울하게 죽었지만 저승에서는 대접받는 사람, 비록 이승에서 임금을 하였더라도 주전충 같은 반역자는 다 지옥에 들어갔다는 이야기, 평범한 여인이었지만 글을 잘한다는 이유로 저승에서 대접을 받는다는 여성의 이야기가 들어 있습니다.

설공찬전을 지은 작가는 채수라는 성리학자입니다. 성리학자였음에도 귀신 이야기에 관심을 가졌고, 그가 지어낸 저승 이야기를 들어보면 상당히 사회를 비판하는 예리한 시선을 느낄 수 있어요. 이런 점 때문에 조선 시대에는 '금서'로 정해져 많은 사람들이 읽을 수 없었답니다.

아무튼 귀신 이야기는 조상 때부터 지금에 이르기까지 아주 흥미로운 이야깃거리임에는 틀림없네요.

계모는 왜 못되게 나올까?

조선 시대 계모는 친모와 동일한 지위를 주었고 실제 〈경국대전〉을 보면 친모나 계모가 죽었을 때 모두 자손이 3년상을 지내도록 정해 놓았다고 해요. 그러나 계모와 전처 자식들 사이에는 이야기에서 나오듯 갈등이 많이 생기곤 해요. 이런 갈등은 왕의 야사에서부터 크고 작은 기록들이 잘 보여주고 있습니다.

자주 등장하는 갈등은 무엇보다 전처의 자식들과 재산분배하는 일이었는데, 자기가 낳은 자식들이 재산을 많이 차지하도록 전처의 자식들에게 온갖 나쁜 일을 계획하기도 했습니다. 장화홍련 역시 혼사비를 걱정해서 살인을 계획하였다는 이야기가 나오기도 하고요. 이런 이야기는 현대판 영화나 드라마에서도 종종 볼 수 있는 줄거리이기도하지요.

"허씨는 남편이 딸들만 아끼는 것 같아서 질투가 났습니다."

이 대목에서처럼 전처의 자식들에게 쏠리는 남편의 사랑을 차지하기 위해 크나큰 범죄를 저지른 것입니다.
그런데 재미있는 것은 자식들이 계모를 쫓아내거나 못되게 구는 경우도 종종 있었다고 하네요. 광해군 때 김진원이란 인물은 계모를 어머니로 받아들이지 않고 자기 집에 발을 들이지 못하게 하였는가 하면 서헌문은 계모를 살해하기까지 합니다. 계모를 존중하지 않는 자식들은 국가에서도 엄벌에 처했다고 합니다.

✳ 활동하기 1

장화홍련 모의 법정

각자 역할을 맡고 장화홍련의 모의 재판을 진행해 봅니다.
그 후 장화홍련 사건에 대한 판결문도 만들어 봅시다.

> 피고 : 계모 허씨, 아들 장쇠
> 증인 : 아버지 배무룡
> 죄목 : 계모와 장쇠는 배무룡을 속이고, 장화를 모함하여 궁지에 몰아넣은 뒤, 살인을 계획하고 실행에 옮겼으므로 살인죄 및 살인방조죄의 혐의로 기소합니다.

이때 아버지 배무룡에게는 어떤 죄가 있는지도 살펴보세요. 아버지는 아무 죄도 없었을까요?

✳ 활동하기 2

장화홍련전의 비극을 다르게 써 봅시다.
　예) 장화홍련이 자신의 누명을 스스로 밝혀내고 살아났다는 이야기

양반전

이 문서는 곡식을 갚아 주고 양반을 샀다는 증거이다. 이제 양반이 되었으니 부자는 양반답게 행동해야 한다.

양반이란 그 이름이 여러 가지이다. 글을 읽는 양반은 '선비'라 하고, 정치를 하는 양반은 '대부'라 한다. 또한 덕이 있는 양반은 '군자'라고 한다.

양반이 되면 나쁜 일은 절대로 하지 말아야 한다. 늘 생각을 훌륭하게 가져야 한다.

옛날, 강원도 정선에 한 양반이 살고 있었습니다. 그는 마음이 어질고 책 읽기를 매우 좋아했습니다. 그래서 새로 오는 군수는 모두 그를 찾아가 예의를 표했습니다. 하지만 양반의 집은 몹시 가난해서 해마다 나라의 곡식을 꾸어다 먹었습니다. 그렇게 해가 거듭되다 보니 꾸어 먹은 곡식이 천 석에 이르렀지요.

어느 날이었습니다. 강원도 감사가 여러 마을을 살피며 다니다가 정선에 이르렀습니다. 그는 환곡(봄이면 백성들에게 곡식을 꾸어 주고, 가을에 그 곡식을 돌려받던 일) 장부를 보고는 몹시 화를 냈습니다.

"천 석이나 꾸어 가서는 아직도 안 갚았단 말인가? 도대체 어떻게 생겨먹은 양반이기에 이토록 곡식을 축냈단 말인가?"

강원도 감사는 정선 군수를 불러 양반을 잡아 가두도록 했습니다. 하지만 군수는 그렇다고 뾰족한 수가 없다는 사실을 알고 있었어요. 잡아 가둔다고 곡식을 갚을 수 있는 것도 아니었습니다. 군수는 양반을 딱하게 여겨 차마 잡아들이지 못했습니다. 하지만 그가 곡식을 갚지 못하면 옥에 가둘 수밖에 없었습니다.

이 소식을 들은 양반은 밤낮으로 울기만 했습니다. 아무리 생각해 보아도 곡식을 갚을 길이 없기 때문이었습니다. 부인도 기가 막혀서 푸념을 했습니다.

"당신은 글 읽기만 좋아하지 아무것도 할 줄 아는 게 없구려. 허구한 날 양반, 양반 하더니 양반이 무슨 소용이오. 쯧쯧, 한 푼어치의 값도 안 되는 것을."

부인의 말에 양반은 아무 말도 하지 못했습니다.

한편, 양반과 같은 마을에 사는 한 부자는 가족들과 의논을 하고 있었습니다.

"양반은 아무리 가난해도 존경을 받는데, 나는 부자라도 항상 비천한 처지란 말이야. 천한 신분이니 길을 가다 양반이라도 만나면 몸을 구부린 채 종종걸음을 쳐야 하지. 절을 할 때면 코가 땅에 닿도록 깊이 엎드려야 하고, 감히 얼굴을 쳐다보고 말을 건넬 수도 없어. 지금까지 이런 꼴로 살아왔다고. 그런데 이 마을 가난한 양반이 곡식을 갚지 못해 옥에 갇히게 되었다고 하는군. 그러니 우리가 대신 곡식을 갚아 주고 양반 자리를 달라고 하자꾸나."

가족들은 양반이 될 수 있다는 말에 모두 기뻐했습니다. 가족들의 동의를 얻은 부자는 다음 날 아침 양반을 찾아갔습니다. 양

반은 깊은 슬픔에 잠겨 있었습니다.

부자가 말했습니다.

"곡식을 갚지 못하면 옥에 갇히시게 된다는 소식 듣고 이렇게 찾아왔습니다. 저는 비록 천한 신분이지만 부자입니다. 곡식 천 석은 당장 마련할 수 있지요. 그러니 제가 대신 곡식을 갚아드리고 싶습니다."

곡식을 갚아 주겠다는 말에 양반의 두 눈이 커다래졌습니다.

"그게 정말인가?"

"예, 그렇습니다. 다만 조건이 있습니다."

"조건이라면?"

"저는 오래전부터 양반이 되고 싶었습니다. 제게 양반을 주십시오. 그러니까 제가 곡식 천 석에 양반을 사는 것입니다."

부자의 말에 양반은 크게 기뻐했습니다. 부인의 말대로 한 푼어치의 값도 없는 양반이었으니까요. 양반은 그러겠노라 했고 부자는 그 길로 관가에 달려갔습니다. 곡식을 대신 갚고 돌아오는 길, 부자는 벌써 양반걸음을 걷고 있었습니다.

양반이 곡식을 모두 갚았다는 소리를 들은 군수는 생각에 잠겼습니다.

'가난한 양반이 갑자기 천 석이나 되는 어마어마한 곡식을 어떻게 갚았을까?'

아무리 생각해도 이상한 일이라, 그는 양반을 찾아가 어떻게 된 일인지 물어 보기로 했습니다. 관가를 나선 군수가 양반의 집으로 가는데, 마침 저 앞에서 양반이 걸어오고 있었습니다. 그런데 군수를 보더니 길에 엎드리는 것이 아니겠어요. 머리에는 벙거지를 쓰고, 소매가 없는 짧은 옷을 입은 채 엎드린 양반을 보고 군수는 깜짝 놀랐습니다.

"아니, 왜 이러십니까? 어서 일어나시오."

하지만 양반은 감히 군수를 쳐다볼 생각도 못하는 것이었습니다. 양반은 고개를 숙인 채 말했습니다.

"소인은 그냥 엎드려 있겠습니다."

"일어나시라니까요. 드릴 말이 있어 그러잖아도 선비를 찾아가던 길이었습니다."

군수는 양반을 부축해 일으켰습니다. 그러나 양반은 다시 길에 엎드려 머리를 조아렸습니다. 군수가 물었습니다.

"선비께서 갑자기 자신을 낮추는 이유를 모르겠습니다. 도대체 왜 이러십니까?"

"소인은 이제 양반이 아닙니다. 부자에게 양반을 팔아서 곡식을 갚았으니, 이제 그 부자가 양반입니다. 그러니 소인이 어찌 감히 자신을 높이며 양반 행세를 하겠습니까?"

사정을 알게 된 군수는 고개를 크게 끄덕였습니다.

"오, 그 부자야말로 군자입니다. 그 사람이야말로 양반입니다. 부자이면서도 인색하지 않고, 남의 어려움을 자기 일처럼 여기고 도왔군요. 그것이 군자이며 양반이지 무엇입니까? 천한 것을 싫어해서 양반이 되고 싶어 했으니 지혜로운 일입니다. 이 사람이야말로 진짜 양반이라고 할 수 있습니다. 그런데 문서는 만들었습니까?"

"문서는 만들지 않았습니다."

"혹시 모르니 문서를 만들기로 하지요. 나중에 무슨 문제가 생길지 알 수 없는 일입니다. 그 부자가 이제부터 양반이라는 사실을 알려야 하지 않겠습니까? 제가 마을 사람들을 불러 모아 그들을 증인으로 세우고, 군수로서 문서를 만들고 서명을 하겠습니다."

군수는 관가로 돌아가 문서를 만들었습니다. 양반 문서의 내용은 다음과 같았습니다.

이 문서는 곡식을 갚아 주고 양반을 샀다는 증거이다. 이제 양반이 되었으니 부자는 양반답게 행동해야 한다.

양반이란 그 이름이 여러 가지이다. 글을 읽는 양반은 '선비'라 하고, 정치를 하는 양반은 '대부'라 한다. 또한 덕이 있는 양반은 '군자'라고 한다.

양반이 되면 나쁜 일은 절대로 하지 말아야 한다. 늘 생각을 훌륭하게 가져야 한다.

양반은 매일 공부를 해야 한다. 새벽 3시에서 5시 사이에는 잠자리에서 일어나야 한다. 등불을 밝힌 다음 눈은 코끝을 내려다보고, 발꿈치는 엉덩이에 모으고 앉아야 한다. 그렇게 앉아서 〈동래박의〉를 줄줄 외워야 한다.

또한 〈고문진보〉나 〈당시품휘〉를 깨알같이 베껴 써야 하는데, 작은 글씨로 한 줄에 백 글자씩 쓴다.

양반은 아무리 배가 고파도 참아야 하고, 아무리 추워도 참아야 한다. 자신이 가난하다는 말을 해서도 안 된다. 기침은 작은 소리로 해야 하고, 침은 뱉지 말고 삼켜야 한다.

또한 세수를 할 때는 얼굴을 세게 문지르지 말아야 하고, 양치질을 할 때도 소리를 요란하게 내서는 안 된다.

양반은 계집종을 부를 때 긴 목소리로 불러야 한다. 걸을 때는 신발을 땅에 끌며 느릿느릿 걸어야 한다. 양반은 손으로 돈을 집으면 안 되고, 쌀값을 물어서도 안 된다.

아무리 더운 날이라도 양반은 버선을 벗으면 안 된다. 식사를 할 때도 맨상투바람으로 밥상 앞에 앉으면 안 된다. 밥을 먹을 때는 국부터 마시면 안 되며, 음식을 씹을 때는 소리가 나지 않아야 한다.

또한 방아 찧듯이 젓가락질을 하면 안 된다. 양반은 파를 날것으로 먹어서도 안 된다.

양반은 술을 마실 때도 조심해야 한다. 수염에 술이 묻었다고 수염을 빨면 안 된다. 담배를 피울 때도 품위를 지켜야 한다. 볼우물이 파이도록 담배를 깊게 빨아서는 안 된다.

양반은 화가 난다고 아내를 때려서는 안 된다. 성이 난다고 그릇을 던져서도 안 된다. 아이들이 아무리 잘못해도 주먹질을 하면 안 된다. 종들이 잘못해도 야단쳐 죽여서는 안 된다. 소나 말을 꾸짖을 때도 그것을 판 주인을 욕해서는 안 된다.

양반은 아프다고 무당을 불러서는 안 된다. 제사를 지낼 때도 중을 불러서 하면 안 된다. 양반은 화로에 손을 쬐면 안 되며,

말을 할 때는 침이 튀지 않게 해야 한다.

양반은 소를 잡아서도 안 되고, 도박을 해서도 안 된다.

이러한 행동을 모두 지키지 않으면 양반 자리를 빼앗을 수 있다.

마침내 문서가 다 만들어졌습니다. 군수는 마을 사람들을 불러 모으고 부자도 불러 들였습니다. 그리고 그 문서를 읽었습니다.

문서 낭독이 모두 끝났는데도 부자는 멍하니 앉아 있기만 했습니다. 이윽고 그가 입을 열었습니다.

"양반이란 겨우 이런 것입니까? 제가 듣기로는 양반은 마치 신선과 같다던데요. 겨우 이 정도라면 괜히 곡식만 날린 것 같습니다. 그러니 양반의 좋은 점을 더 넣어 주십시오."
그래서 문서에는 다음과 같은 내용이 덧붙여졌습니다.

하늘이 백성을 만들 때 모두 넷으로 구분을 했다. 네 백성 가운데 가장 귀한 것은 선비이다. 그리고 선비는 곧 양반이다. 양반은 평생 많은 이익을 보며 살아간다. 양반은 밭을 갈지도 않고, 장사를 하지도 않는다.

양반은 글만 조금 알면 벼슬을 할 수도 있다. 과거에 급제하면 돈도 많이 생긴다. 양반은 기름진 음식을 먹어 자꾸 배가 불러온다. 양반은 집을 화려하게 꾸미고, 밖에 나가면 기생과 어울려 논다.

양반은 가난해서 시골에 살더라도 모든 것을 제 마음대로 할 수 있다. 이웃집 소를 몰아다가 자기 밭을 먼저 갈 수도 있다. 또한 마을 일꾼들을 불러다가 제 논에 김을 매어도 된다. 아무도 감히 뭐라고 할 수 없다.

양반은 상놈들 코에 잿물을 들이부어도 된다. 상놈의 상투를 잡아당기고 수염을 뽑는다 해도, 누가 감히 불평을 할까.

부자는 문서가 다 씌어지기도 전에 혀를 내둘렀습니다.

"그만두시오, 그만둬. 나를 도둑놈으로 만들 작정이오?"

부자는 말을 마치자마자 관가 밖으로 도망을 갔습니다. 그 이후로 그는 두 번 다시 양반이 되고 싶다는 말은 하지 않았다고 합니다.

박지원, 소설로 사회와 한판 겨뤄 볼까?

박지원은 당시 조선에서 권력을 쥔 노론 집안에서 태어났어요. 그런데 박지원은 양반들과 다른 점이 많았어요. 과거시험을 보고 관리가 되는 데는 별로 뜻이 없어서 공부를 미루다가 서른 네 살이란 늦은 나이에 겨우 과거를 보아 장원 급제를 했어요. 그런데 또 그마저도 포기하고 관직에 나가질 않았어요. 그는 양반들이 천하다고 무시하는 머슴, 장사꾼, 나무꾼들과도 스스럼없이 어울려 다녔어요. 그런가 하면 가족과 함께 한양을 떠나 황해도 금천의 연암 골짜기에 들어가 9년 동안 농사를 지으며 살기도 했어요. 그의 호 '연암' 은 그 골짜기 이름에서 따온 거랍니다.

박지원은 8촌형 박명원이 청나라 사신으로 가게 되자 그 일행에 끼어 청나라를 다녀옵니다. 박지원은 청나라의 놀라운 문물을 보고 감탄하며 우리 역시 청나라로부터 배울 것은 배워야한다고 생각하게 되었어요.
이런 생각을 적은 청나라 여행기가 '열하일기' 입니다. 청나라에서 열하로 갔다가 북경으로 돌아오기까지 약 2개월 동안 보고 듣고 겪은 일을 적은 것입니다. 이처럼 청나라를 배우자는 주장을 하는 사람들을 '북학파' 라고 불렀습니다.
또 박지원은 글 솜씨가 뛰어나기로 소문이 나 있었어요. 그가 쓴 소설에는 거드름만 피우면서 백성을 못살게 구는 양반들을 비꼬는 내용이 많았어요. 바로 '양반전' '호질' '허생전' 이 이런 내용을 담고 있습니다.
박지원은 신분이 낮아 멸시를 받으면서도 마음가짐이 바른 사람들을 주인공으로 삼았어요. 똥 치우는 사람을 칭찬한 '예덕선생전' 거지 광문의 정직함

을 칭찬한 '광문자전' 열녀가 될 것을 강요받아 힘겨운 과부 '열녀 함양 박씨
전' 이 그런 인물들이에요.
양반 신분에 이런 글을 쓰다 보니 박지원은 점잖지 못하다는 이유로 양반들
에게 손가락질을 받았고 정조의 '문체반정' 사건에 휘말려 하마터면 작품이
모두 불타버릴 위기에 놓이기도 했어요.
조선 시대의 뛰어난 작가이자 양반들의 사고를 뛰어넘는 사상가 박지원의 작
품은 현대에도 널리 읽히고 있답니다.

신분제가 뭐길래?

신분이란 부모로부터 물려받은 것으로 태어나면서 이미 정해져 있습니다. 아
무리 재주가 뛰어나도 노비는 자기 신분을 벗어날 수가 없었어요. 누구의 자
식으로 태어나느냐가 그 사람의 일생을 결정하다니 참으로 억울한 사람이 많
았겠지요.

조선은 사람의 신분을 양반, 중인, 상민, 천민의 넷으로 나누었어요.
양반은 문무 관리와 가족, 그 친척들을 말하고 중인은 통역을 하는 역관, 의
사인 의관, 법률가인 율사, 화가인 화원들을 말합니다. 상민의 대부분은 농민
이었고 천민은 노비와 백정, 광대들이었어요.

양반은 나라에 내는 세금을 면제받았어요. 노비도 세금을 내지 않았지만 그
건 노비가 주인의 소유물이었기 때문이었어요. 나라에 세금을 내는 사람은

바로 상민이었어요.
그뿐 아니라 양반은 나라의 공을 세우면 토지를 받고 벼슬길에 오르면 관직
을 맡아 나라가 주는 녹을 받았으니 양반 신분이 누릴 수 있는 특권은 어마어
마했습니다.

이에 비하면 상민들은 세금도 내야하고 군역(군인으로 나갈 의무)도 나가야 하니
조선 시대에 상민들이 느끼는 불만은 이만저만이 아니었을 거예요.
양반전에 나오는 부자는 양반의 지위에서 나오는 이런 혜택을 늘 부러워했던
거지요.

양반을 돈으로 사고 팔았다구요?

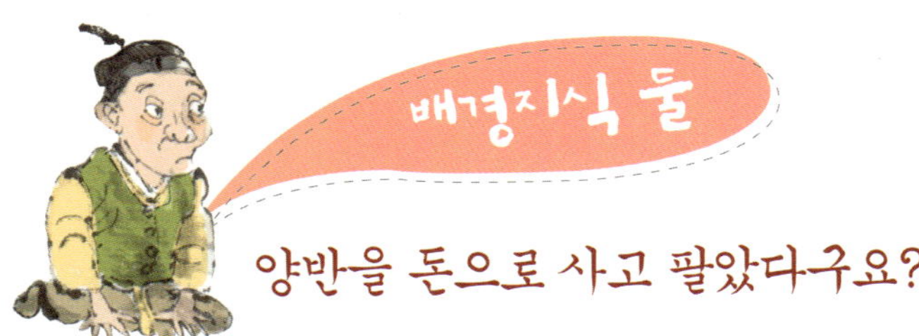

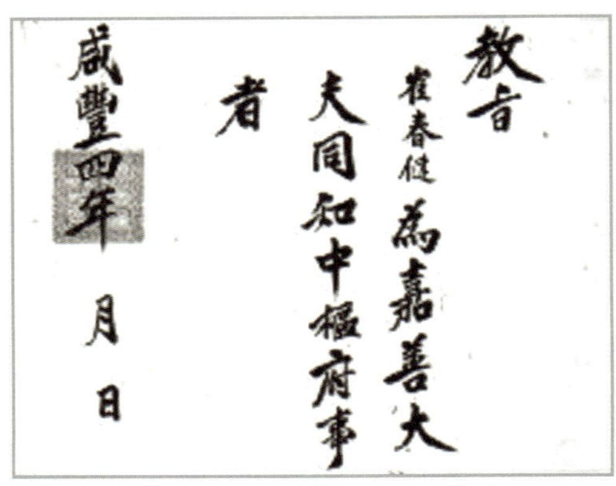

<공명첩>
날짜칸을
비워 두었음

조선 후기에 이르면 모내기법의 보급으로 토지를 많이 경작하면서 재산을 늘
려 간 부농과 무역을 통해 돈을 벌어들인 상인들이 생겨납니다.

그런데 이들에게 돈은 넉넉히 있었지만 타고난 신분은 농민이나 중인이었어요. 그래서 돈을 주고라도 그들은 양반이 되려고 했습니다. 천대받고 무시당하기 싫은 이유에다 양반은 세금을 내지 않아도 되기 때문에 이득이 많았거든요.
또 당시 나라에서는 돈이나 쌀을 받고 양반증서를 팔았어요. 나라 살림이 어려워지니까 이렇게 해서라도 채워 보려고 했던 모양이에요. 이렇게 사고 팔았던 양반증서를 '공명첩' 이라고 합니다.
이렇게 공명첩을 주고받고 심지어는 가짜 공명첩까지 돌아다녔으니 양반의 숫자는 전에 비해 부쩍 늘어났습니다.

그런가 하면 이름만 양반이고 별 볼 일 없는 몰락한 양반도 많이 늘었어요. 시골로 갈수록 이런 양반 사이의 격차는 더욱 심해졌습니다. 양반전에 나오는 정선지방의 양반이 바로 이런 경우이지요.
이러다 보니 양반의 권위는 땅에 떨어졌고, 거드름만 피울 뿐 양반으로서의 책임과 의무는 다하지 않는 양반답지 못한 양반을 사람들은 우습게 보게 되었어요.
박지원은 이런 양반의 모습을 대놓고 비웃으며 풍자하고 있습니다.

"배가 고파도 참아야 하고 추워도 참아야 하고, 더운 날이라고 버선을 벗어서도 안 되며 밥을 먹을 때면 국부터 마시면 안 되며……."

첫 번째 문서에는 양반들의 거드름만 피우고 어떤 노릇도 못하는 허울뿐인 양반을 비웃고 있네요.

"양반은 이웃집 소를 몰아다가 자기 밭을 먼저 갈수 있고…… 상놈들 목에 잿물을 들어부어도 되며 상놈의 상투를 잡아당겨도 되며……."

두 번째 문서에는 양반이라고 백성들을 자기 맘대로 지배하는 모습을 아예 '도둑놈' 으로 표현합니다.

다음 중 한 가지 주제를 정해 양반문서의 내용처럼 만들어 보세요.

- 조선사회, 여자란 이것을 지켜야 한다.

- 조선사회, 노비란 이것을 지켜야 한다.

- 조선사회, 내시(궁녀)란 이것을 지켜야 한다.

숙영낭자전

"무엄하구나! 내 두 귀로 직접 듣고, 또 내 두 눈으로 똑똑히 보았거
늘, 네가 끝내 속이려 들다니, 너는 죄를 더욱 무겁게 만들려고 하느
냐? 그놈의 이름을 대라!"
시아버지의 호령은 늦가을 서리만큼이나 차갑고 매서웠습니다.
그러나 죄가 없는 숙영 낭자는 안색이 조금도 변하지 않았습니다.

세종대왕 때였습니다. 경상도에 백상군이라는 선비가 살고 있었는데 늦게까지 자식이 없었습니다. 결혼한 지 20년이 되도록 자식이 없어 부부는 걱정이 이만저만 아니었습니다. 그러던 어느 날 그토록 기다리던 아들이 태어났습니다. 정성을 다해 기도를 드린 덕이었는지 아들은 건강했고, 자라면서는 더욱 아름다워졌으며 성품은 착하고 남다른 재주가 넘쳐흘렀습니다. 부부는 하늘이 내려주신 외아들 선군을 지극히 사랑했습니다.

어느덧 시간이 흘러 선군이 장가들 나이에 이르렀지만, 좀처럼 적당한 짝이 나타나지 않아 부모는 그게 늘 걱정이었습니다.

봄볕이 버들가지를 간질이는 좋은 계절, 선군은 서당에서 글을 읽다가 책상에 기댄 채 깜빡 잠이 들었습니다. 그런데 이상한 일이 벌어졌습니다. 연두저고리에 다홍치마를 입은 아름다운 선녀가 살며시 방문을 열고 들어오는 것이었습니다.

"도련님, 저를 모르시나요?"

"나, 낭자는 누, 누구신지요?"

"저는 숙영이라고 합니다. 도련님과 저는 천생연분이라 이렇게 찾아왔어요."

선군은 깜짝 놀라 물었습니다.

"나는 평범한 사람이지만 낭자는 하늘에서 온 선녀가 아니오? 그런데 어떻게 우리가 천생연분이 될 수 있겠소?"

"도련님은 원래 하늘에서 비를 내리는 분이었지요. 어느 날 비를 잘못 내린 죄로 인간 세상으로 귀양을 오게 된 것입니다. 도련님, 머지않아 우리는 다시 만나게 될 거예요. 그럼 이만."

숙영 낭자는 바람처럼 사라져 버렸습니다. 그러나 그 향기는 남아 선군의 마음을 흔들어 놓았습니다.

눈을 떴을 때, 선군은 그것이 꿈이었다는 사실을 깨달았지만 숙영 낭자의 모습을 잊을 수 없었습니다. 고운 얼굴이 눈앞에 아른거렸고, 맑은 목소리는 귓가에 쟁쟁했습니다. 급기야 선군은 숙영 낭자를 그리워하다 병까지 들고 말았습니다. 다시 볼 수 있기를 기대했지만 어떻게 해야 만날 수 있을지 몰랐습니다. 꿈에서라도 만날 수 있을까 싶어 일찍 잠자리에 들어도 숙영 낭자는 다시 나타나지 않았습니다. 선군은 하루하루 수척해 갔습니다. 몸도 마음도 아팠습니다. 나날이 몸이 약해지는 아들의 모습을 지켜보던 아버지가 몹시 걱정스러운 목소리로 물었습니다.

“너의 병이 심상치 않은 것 같다. 무슨 까닭인지 숨기지 말고 말해 보거라.”

그러나 선군은 아무 일 아니니 걱정 마시라고 말하고는 방으로 돌아왔습니다. 숙영 낭자 생각을 잊기 위해 가만히 누웠지만, 그럴수록 마음은 온통 숙영 낭자 생각뿐이었습니다. 글 읽기도 싫고 아무것도 하기 싫었습니다. 선군은 어떤 일에도 흥미가 없었습니다. 관심 있는 것은 오로지 숙영 낭자뿐이었습니다. 선군은 깊은 한숨을 쉬던 찰나 눈앞에 숙영 낭자가 나타났습니다. 구름처럼 소리도 없이 나타나서는 옆에 앉으며 선군을 위로하는 것이었습니다.

“나 때문에 병까지 얻으셨으니 내 마음도 아픕니다. 그래서 조금이라도 위로해 드리고 싶어 금으로 만든 동자상과 내 얼굴을 그린 그림 한 장을 가져왔어요. 이 그림을 보면서 울적한 마음을 달래 보세요.”

선군은 너무나 반가워 숙영 낭자의 고운 손을 꼭 잡았습니다. 그러나 그 순간 숙영 낭자는 감쪽같이 사라져 버렸습니다.

“낭자! 숙영 낭자!”

깜짝 놀라 깨어보니 꿈이었습니다. 하지만 그 앞에는 금동자상과 그림 한 장이 놓여 있었습니다. 선군은 신기해하면서 벽에 그림을 걸었습니다. 그러고는 밤낮으로 그림 곁을 떠나지 않았습니다.

이 소문은 곧 널리 퍼져 사람들이 몰려들기 시작했습니다.

“백선군의 집에 선녀가 갖다 준 신기한 보물이 있대.”

사람들은 비단을 가져와 금동자와 그림 앞에 바치고는 구경도 하고 복을 빌기도 해서, 선군의 집에는 값비싼 비단이 그득히 쌓이게 되었습니다. 숙영 낭자 덕에 부자가 되었지만 선군은 그런 것에는 도무지 관심이 없었습니다. 오직 숙영 낭자를 사모하는 마음뿐이었습니다. 마치 넋을 놓아버린 듯했습니다. 건강은 더욱 나빠져 몸에 좋다는 약을 모두 써 보았지만 아무 효과도 없었습니다. 밥도 넘어가지 않아 종일토록 굶은 채 자리에 누워 있는 날들이 늘어만 갔습니다. 그런 선군이 가여웠는지 숙영 낭자도 꿈에 자주 나타나기 시작했습니다.

“나를 잊지 못해 병까지 얻었으니 마음이 아프면서도 고마울 따름입니다. 하지만 우리가 만나기에는 아직 이릅니다. 그러니 때가 될 때까지 참고 기다려 주세요. 대신 시녀 매월이를 보낼 테니 나를 보듯 매월이를 보며 마음을 달래세요.”

이튿날 아침, 정말 매월이라는 시녀가 찾아왔습니다. 숙영 낭자의 말대로 매월이를 보며 얼마간 위로를 받았지만, 숙영 낭자에 대한 그리움은 여전히 선군을 괴롭혔습니다. 여전히 아픈 선군을 보며 숙영 낭자는 결심하지 않을 수 없었습니다.

‘도련님의 병이 저처럼 위독하니 할 수 없구나. 하늘이 정한 때는 아직 멀었지만, 더 두었다가는 큰일 나겠어.’

숙영 낭자는 선군의 꿈속으로 들어갔다.

"아직은 만날 때가 아니지만, 도련님이 그토록 괴로워하니 내 마음도 편치 않습니다. 그러니 나를 만나고 싶다면 옥연동으로 찾아오세요."

잠에서 깬 선군은 기뻐 어쩔 줄 몰라 하다가, 부모님께 말씀을 드렸습니다.

"경치 좋은 산에 가 울적한 마음을 달래보려 합니다. 아름답기로 이름난 옥연동에 며칠 다녀오겠습니다."

아들의 말을 들은 부모는 깜짝 놀라 말렸습니다.

"이제 정말 실성을 한 게로구나. 몸이 아파 집 밖에도 나가기 힘든 네가 그 험한 산엘 어떻게 간단 말이냐?"

하지만 선군은 끝까지 뜻을 굽히지 않았습니다. 아들이 너무도 가고 싶어 했기 때문에 부모도 결국은 승낙할 수밖에 없었습니다.

산길은 멀고 험했습니다. 게다가 산길에 밝지 못한 선군은 길을 잃고 헤매기 시작했습니다. 어느덧 날은 저물어 길 찾기는 더 어려워졌습니다. 선군은 하늘을 우러러 빌었습니다.

"밝으신 하늘이여, 저를 가련히 여기셔서 옥연동으로 인도해 주세요."

이제 주위는 캄캄해져 달빛 하나에 의지해 길을 더듬어나갔습니다. 얼마나 나아갔을까. 달빛이 환해지면서 아름다운 산세가 드러나기 시작했습니다.

천 개의 봉우리에 만 마리의 학이 나는 듯한 산, 계곡 물은 고요히 흘러 한 폭의 그림을 만들고 있었습니다. 못에는 부처의 마음을 담은 연꽃이 피어 있었으며, 깊은 골짜기에는 모란꽃이 학의 깃털처럼 날리고 있었습니다. 그 사이로 눈처럼 하얀 나비들이 한가로이 날아다니고, 꾀꼬리들이 지저귀는 소리는 맑고 고왔습니다. 선군은 그런 풍경을 지나치면서 보다 깊은 산속으로 들어갔습니다. 외로운 나그네의 마음은 금세 상쾌해졌고, 가벼워진 마음은 금방이라도 하늘을 날아오를 수 있을 것만 같았습니다.

선군은 계속 앞으로 나아갔습니다. 얼마 지나지 않아 단청(전통적인 건물에 여러 가지 빛깔로 그린 그림이나 무늬)도 고운 집이 구름 위에 두둥실 떠 있는 모습이 보였습니다. 비단 창문은 은은하게 빛났고, 금으로 쓴 현판(글씨나 그림을 새기거나 써서 문 위의 벽 같은 곳에 다는 널조각)이 걸려 있었는데, 바로 '옥연동'이라고 씌어 있었습니다.

'드디어 찾았구나! 이제 숙영 낭자를 만날 수 있겠지!'

너무나 기쁜 나머지 선군은 정신없이 안으로 들어섰습니다. 그때였습니다. 한 낭자가 앞을 막아서며 호통을 치는 것이었습니다.

"감히 신선이 사는 곳에!"

선군은 갑자기 나타난 낭자 때문에 깜짝 놀랐지만, 침착하고 공손하게 대답했습니다.

"아름다운 경치에 취해 돌아다니다가 길을 잃고 여기까지 오게
되었습니다. 신선이 계시는 곳인 줄도 모르고 무례를 범했으니
부디 용서해 주십시오."
그러나 낭자는 엄한 목소리로 말했습니다.
"목숨이 아깝거든 어서 이곳을 물러나라!"
하는 수 없이 밖으로 나왔지만 이대로 돌아갈 순 없었습니다.
어떻게 해서라도 숙영 낭자를 만나야 했습니다. 선군은 용기를 내
다시 안으로 들어갔습니다. 그리고는 호통 치던 낭자에게 말했습
니다.

226

“낭자께서는 왜 저를 이토록 괄시하십니까?”

그러나 낭자는 들은 체도 않고 방으로 들어간 뒤, 다시는 내다 보지도 않았습니다. 선군은 어찌해야 할지 몰라 그 자리에 붙박인 듯 서 있을 뿐이었습니다. 얼마나 시간이 지났을까. 선군은 포기하고 뒤돌아설 수밖에 없었습니다. 그때였습니다.

“도련님!”

꿈속에서 듣던 목소리, 숙영 낭자였습니다. 옥 같은 얼굴에 화사한 미소를 띤 채, 숙영 낭자는 나직한 목소리로 선군을 부르고 있었습니다.

“숙영 낭자!”

선군은 기쁨을 이기지 못해 숙영 낭자에게 다가갔습니다. 가까이서 보는 숙영 낭자는 더욱 아름다웠습니다.

꿈에서도 깨어서도 잊지 못한 그 모습, 그림 속의 바로 그 모습……. 얼굴은 구름 속의 보름달처럼 희고 고왔으며, 자태는 아침 이슬을 머금은 모란꽃 같았습니다. 두 눈동자는 맑은 물을 담은 듯 촉촉했고, 가는 허리는 봄바람에 나부끼는 버들가지 같아 바라보는 것만으로도 황홀했습니다.

“이렇게 직접 만났으니 이제 혼례를 올립시다. 오늘 하룻밤만 이라도 낭자와 함께할 수 있다면 죽어도 여한이 없겠습니다.”

“우리가 부부가 되려면 아직 삼 년이나 남았습니다. 이것은 하늘이 정해준 것으로, 오늘밤 혼례를 올린다면 벌을 받을 거예요. 천상에 갇혀 다시는 인간 세상으로 내려올 수 없을 텐데……. 그러니 삼 년 동안만 더 기다려 주세요.”

“삼 년이라고요? 지금까지도 참지 못해 병까지 얻었는데, 한 시간도 더는 못 견디겠소. 이대로 돌아간다면 난 죽고 말 거요. 내가 구천(죽은 뒤에 넋이 돌아가는 곳을 이르는 말)을 방황하는 원혼이 되면 좋겠소? 낭자, 간절한 내 마음을 살펴 주시오. 그물에 갇힌 고기를 살려 주시오.”

선군의 간절한 부탁에 숙영 낭자는 그만 마음이 흔들렸습니다. 이대로 돌려보내면 선군은 정말 죽을지도 몰랐습니다. 숙영 낭자는 희미한 미소를 지었고, 꽃 같은 얼굴에는 붉은 빛이 감돌았습니다. 두 사람은 사랑을 나누었습니다. 혼례를 올리자는 선군의 재촉에 머뭇거리던 숙영 낭자도 이제는 결심이 서서 조용히 입을 열었습니다.

“이제 낭군님을 따라 함께 가겠어요.”

선군은 숙영 낭자를 데리고 집으로 돌아왔습니다. 산으로 떠난 아들의 소식이 끊겨 마음을 졸이던 부모는 마치 죽은 아들이 살아

돌아오기라도 한 듯 기뻐했습니다.

"그동안 어디를 다녔느냐? 네가 돌아오지 않아 얼마나 찾아 헤맸는지 모른다. 늙은 우리는 매일같이 문에 기대어 서서 네가 돌아오기만을 기다렸단다."

선군은 그동안의 일을 낱낱이 말씀드린 후 밖에 있던 숙영 낭자를 안으로 들여 부모님을 뵙게 했습니다.

사뿐사뿐 걸어와 절을 하는 숙영 낭자는 인간이라고는 믿어지지 않을 만큼 아름다웠습니다.

꿈인가 생시인가. 아들이 장가를 못 들어 걱정이 이만저만이 아니었는데, 꽃같이 어여쁜 며느리를 데려왔으니 호박이 넝쿨째 들어온 듯했습니다. 부모는 며느리에게 별당(본채의 곁이나 뒤에 따로 떨어지게 지은 집)을 내주고 애지중지(매우 사랑하고 소중히 여김)했습니다. 숙영 낭자는 시부모의 사랑을 듬뿍 받았고, 선군과의 금실(부부 사이의 사랑)도 좋았습니다. 두 사람은 실과 바늘처럼, 물과 물고기처럼 결코 떨어질 줄 몰랐습니다.

선군은 뜰에 정자를 짓고, 꽃피는 아침과 달뜨는 저녁이면 숙영 낭자와 함께 정자에 올랐습니다. 숙영 낭자가 칠현금(고대 중국에서 사용하던 현악기의 하나. 일곱 줄을 매어 만든 일종의 거문고)을 타면 선군은 노래를 불렀고, 선군이 시를 읊으면 숙영 낭자도 시로 답하며 즐거운 시간을 보냈습니다.

공부와는 담을 쌓은 채 그렇게 세월이 흘렀고, 젊은 부부 사이에는 남매도 태어났습니다. 딸 춘앵이 일곱 살, 아들 동춘은 세 살이 되던 해였습니다. 공부에 뜻이 없는 아들 때문에 늘 걱정이던 아버지가 어느 날 선군을 불렀습니다.

"나라에서 이번에 과거를 실시한다 하니 너도 꼭 시험을 쳐봐라. 다행히 급제한다면 네 이름뿐 아니라 집안도 빛낼 수 있지 않겠느냐?"

아버지가 조용히 타이르자 선군이 말했습니다.

"이름을 빛내려고 과거를 보는 것은 헛된 욕심일 뿐입니다. 우리 집은 넓은 논밭이 있고, 수많은 종을 부리며 남부럽지 않게 살고 있습니다. 그런데 무슨 복이 또 부족해 벼슬아치가 되겠습니까? 게다가 과거를 보려고 집을 떠나면 숙영 낭자와 헤어지게 됩니다. 불효막심한 자식을 굽어 살펴 주십시오."

선군은 별당으로 돌아왔습니다. 그러고는 숙영 낭자에게 방금 있었던 일을 이야기했습니다. 숙영 낭자는 조용히 미소 지으며 사랑이 담긴 그윽한 눈길로 선군을 타일렀습니다.

"과거에 급제하는 것이 효도하는 길입니다. 나 때문에 과거를 포기한다면 그 욕이 내게 돌아올 뿐 아니라 부모님께도 불효를 행하는 것입니다. 그러니 어서 서울로 올라가도록 하세요."

숙영 낭자는 짐을 챙겨 주기 시작했습니다.

“다른 생각 말고 오직 과거시험 잘 볼 생각만 하세요. 꼭 급제해 돌아와야 해요.”

아버지한테도 들은 말이지만, 숙영 낭자에게서 들으니 또 달랐습니다. 과거에 급제해야겠다는 마음이 생긴 것입니다. 선군은 부모님께 인사를 올린 후 하인 한 명을 데리고 집 밖을 나섰습니다.

“내가 과거 급제해 돌아올 때까지 부모님 잘 모시고 편안한 마음으로 기다려요.”

작별인사는 담담했지만, 사랑하는 아내를 두고 떠나려니 발걸음이 떨어지지 않았습니다. 선군은 몇 걸음 걷다 멈춰서 뒤돌아보고, 또 몇 걸음 걷다 뒤돌아보며 어렵게 집을 떠났습니다. 숙영 낭자 역시 떠나는 남편을 보며 가까스로 슬픔을 참았습니다.

그날, 선군은 하루 종일 삼십 리밖에 걷지 못했습니다. 발걸음이 무거웠던 것입니다. 주막에 들어 저녁상을 받고서도 오직 숙영 낭자 생각뿐이었습니다. 음식조차 먹을 수 없었습니다. 보다 못한 하인이 말했습니다.

"식사를 안 하시면, 앞으로 천 리 길을 어떻게 가시려고요."

"아무리 먹으려 해도 밥이 목구멍으로 넘어가질 않는구나."

저녁상을 물리고 선군은 주막집 방에 가만히 앉아 있었습니다. 지난 8년 동안 한 번도 떨어져 본 적 없는 숙영 낭자가 마치 곁에 있는 듯했습니다. 밖에서 조그만 소리만 나도 숙영 낭자가 오는 소리인 것만 같았습니다. 그러나 숨을 멈추고 귀를 기울이면 바람 소리일 뿐이었습니다. 시간이 갈수록 선군은 마음이 허전했습니다. 금방이라도 쓰러질 것만 같았습니다.

결국 선군은 부랴부랴 주막을 나서 밤길을 나는 듯 걸었습니다. 집에 도착했을 때는 밤이 깊어 있었습니다. 담을 넘어 방으로 들어갔을 때, 누워 있던 숙영 낭자가 깜짝 놀라 일어났습니다.

"아니, 아침에 떠난 사람이 이 밤중에 무슨 일입니까? 어디 있다 다시 돌아왔나요?"

선군은 대답 대신 숙영 낭자의 고운 손을 끌어 잡았습니다. 두 사람은 잠자리에 들어 오순도순 이야기를 나누었습니다. 별당 밖에 아버지가 와 있는지도 모른 채.

아버지는 아들을 서울로 보내고 마음이 허전해 잠을 이루지 못했습니다. 그러다가 마당을 돌아다니며 문단속을 살피고 있었는데, 별당에서 다정하게 주고받는 말소리가 들렸습니다. 아들이 집을 비운 사이 며느리 방에서 웬 남자의 목소리가 들리니, 놀라지 않을 수 없었습니다.

“며느리 숙영이는 옥같이 맑은 마음과 소나무처럼 굳은 절개를 가진 아이다. 외간 남자를 끌어들였을 리가 없어. 하지만 세상 일이란 알 수가 없으니 한번 알아봐야겠구나.”

가만가만 별당 앞으로 다가 귀를 기울이고 안에서 들려오는 목소리를 엿들었습니다. 그때 며느리가 소리를 낮춰 말하는 것이었습니다.

“문 밖에 시아버님이 와 계신 듯해요. 당신은 이불 속에 몸을 숨기세요.”

하고는, 아이를 달래는 척 자장가를 불렀습니다.

“아가 아가 착한 아가, 어서 어서 자려무나. 아빠께서 장원 급제해 돌아오신다. 우리 아가, 착한 아가, 어서 어서 자려무나.”

숙영 낭자는 시아버지가 멀어져 가는 기척을 알아차리고 남편에게 충고했습니다.

“과거 보러 떠났다가 다시 돌아오는 건 도리가 아니에요. 만약 시부모님께서 이 사실을 아신다면 걱정하실 테니 날이 밝기 전에 어서 돌아가세요."

선군은 다시 옷을 주워 입고 담을 넘어 도망치듯 주막으로 달려 갔습니다.

날이 밝았습니다. 선군은 하인과 함께 다시 길을 떠났습니다. 그러나 숙영 낭자의 모습이 눈앞에 아른거려 발걸음은 더디기만 했습니다. 한 걸음 한 걸음 떼어놓는 발길이 천근같이 느껴지고, 숙영 낭자가 뒤에서 머리를 잡아당기는 것만 같았습니다. 하루 종일 겨우 십 리를 걷다가 해를 넘기고 말았습니다.

다시 주막에 들어 달빛이 은은한 창가에 홀로 앉았습니다. 숙영 낭자의 사랑스런 눈길과 붉은 입술이 눈앞에 어른거렸습니다. 잠도 오지 않았습니다. 이리 돌려 앉고 저리 뒤척여 앉으며 선군은 그리움을 잊어 보려 애썼습니다. 그러나 결국은 마음을 가라앉히지 못하고 또 다시 집으로 달려갔습니다. 이번에는 숙영 낭자도 화가 난 듯했습니다.

"어젯밤에 그토록 간절히 부탁드린 말씀을 잊으셨나요? 나를 애틋하게 생각해 주는 마음은 고맙지만, 이러다간 서울에 도착하기도 전에 지치겠어요. 지금 이 순간부터는 내 생각일랑 딱 잘라내고 과거 생각만 하세요. 어서 떠나서 과거 날에 늦지 않도록 하세요."

"난들 왜 모르겠소. 하지만 하룻밤만 낭자를 못 봐도 미칠 것 같고, 잠을 이룰 수 없으니 어쩌겠소. 과거를 치르지 못하면 못 했지 결코 낭자와 떨어져 지낼 수는 없소.”

“정말 딱하십니다. 그렇다고 계속 이럴 수도 없고……. 그러니 앞으로는 내가 당신을 찾아갈게요. 매일 밤 숙소로 찾아가 위로해 드릴 테니 다시는 돌아오지 마세요.”

“걸음도 느릴 텐데, 어떻게 점점 멀어져 가는 서울 길을 밤마다 찾아올 수 있겠소?”

“정말 딱하십니다. 아무튼 그건 내가 알아서 할 테니 염려 말고, 앞으로는 집으로 걸음을 돌리지 마세요. 이왕 먼 밤길을 오셨으니 오늘은 어쩔 수 없네요. 하지만 날이 밝기 전에 얼른 떠나야 해요.”

그러고는 한 장의 그림을 주었습니다.

“내 얼굴을 그린 그림이에요. 길을 가다 내가 보고 싶어지면 꺼내 보세요. 참, 만약 그림의 빛이 변하면 내 몸이 불편한 것이니 그렇게 알고 계시고요.”

숙영 낭자는 날이 밝기 전에 떠나보내려고 선군을 달래느라 밖에 시아버지가 와 있는 줄도 몰랐습니다. 어젯밤에 이어 오늘밤에도 외간 남자를 끌어들였나 싶어, 시아버지는 또 며느리의 방 밖에서 귀를 기울이고 있었습니다. 숙영의 음성이 나직이 들리다가 가끔씩 남자목소리가 가느다랗게 흘러나왔습니다.

‘이런 고얀 일이 있나? 이런 일이 우리 집에서 일어나다니! 효성이 지극하고 제 남편에게도 유달리 다정했는데, 사람의 마음이란 정말 알 수가 없구나.’

그는 이 일을 어찌할까 고민하다가 부인에게 사실을 털어놓았습니다.

“이 일이 밖으로 새어 나가기라도 한다면, 양반 가문의 체통이 뭐가 되겠소? 이 일을 어찌하면 좋을꼬?”

“설마……. 영감이 잘못 들었을 테지요. 우리 숙영이가 어떤 며느리인데 공연한 누명을 씌우려 해요? 그토록 의심이 가면 사정을 더 자세히 알아보시든지.”

“나도 믿고 싶지 않지만 내 귀로 똑똑히 들었소. 그것도 이틀 밤 계속. 아무래도 오늘은 숙영이를 불러 물어 봐야 할까보오.”

“같은 말을 묻더라도, 의심을 보이는 질문을 하지 말고 넌지시 떠보도록 조심하구려.”

얼마 후 부름을 받고 숙영이 건너왔습니다.

“춘앵 아비가 서울로 떠나니 집안이 적적하구나. 그래서 어젯밤에도 마당을 둘러봤지. 그런데 네 방에서 웬 남자 목소리가 들리니 도대체 어떻게 된 일이냐? 사실대로 말해다오.”

숙영은 얼굴빛이 변할 만큼 놀랐습니다. 그러나 곧 마음을 가라앉히고 태연히 대답했습니다.

"곁에 춘앵이와 동춘이를 재우고, 저는 매월이와 얘기를 나누
고 있었습니다. 그런데 어떻게 외간 남자가 제 방에 들어올 수
있겠습니까?"

더 이상 물을 수가 없어 며느리를 돌려보내고, 이번에는 매월이
를 불렀습니다.

"너는 어제 그제 이틀 밤 동안 아씨 방에서 시중을 들었느냐?"

"소녀의 몸이 약간 불편하여 이틀 동안은 밤중에 가 뵙지 못했
사옵니다."

매월의 대답을 듣고 보니 더욱 더 의심이 짙어졌습니다.

"그게 사실이렷다? 요즈음 해괴한 일이 있어서 아씨에게 물은
즉, 밤에는 너와 함께 있었다 하거늘 너는 아씨에게 간 적이 없
다 하니, 말이 서로 같지 않구나. 아씨가 외간 남자와 정을 통한
게 분명하다. 너는 앞으로 아씨를 잘 엿보다가 아씨 방에 드나
드는 놈을 붙잡아라. 만약 이 말이 아씨 귀에 들어간다면 너는
살지 못하리라."

매월은 밤낮으로 아씨 방을 지켰지만 외간 남자는 씨도 보이지
않았습니다. 없는 외간 남자를 잡을 수는 없었습니다.

사실 매월은 숙영 낭자에게 심한 질투를 느끼고 있었습니다. 숙
영 낭자가 이 집에 정식 부인으로 오기 전까지만 해도, 선군은 매
월을 아꼈습니다. 물론 꿈에도 잊지 못하는 숙영 낭자 대신이었지

만, 얼마쯤은 애정을 주었던 것입니다. 그러나 이제는 사정이 달랐습니다. 매월은 그저 이 집의 종일 뿐이었습니다. 이렇게 몇 년 동안 쌓인 질투를 풀 수 있는 기회가 매월에게 주어진 것입니다. 영감마님이 숙영 낭자를 의심하니, 바로 이때를 이용해서 숙영 낭자에게 죄를 덮어씌우면 그녀를 몰아낼 수 있지 않을까? 매월은 그렇게 생각했습니다. 그리고 독한 마음을 먹었습니다.

매월은 숙영 낭자 몰래 수천 냥을 훔쳤습니다. 그러고는 불량배

한 명에게 돈을 주며 부탁했습니다.

"내가 이 댁에서 아씨를 몰아내려 한다. 그러니 너는 내가 하라는 대로 해줘야 되겠어."

"누구 부탁인데 거절하겠니? 게다가 돈까지 많이 준다는데. 말만 해라. 무슨 일인들 못하겠어?"

그날 밤, 매월은 불량배를 불러 별당으로 통하는 뒷문을 열어 주었습니다.

"여기서 기다리고 있어. 내가 영감한테 가서 적당히 둘러대면 영감이 뛰쳐나올 거야. 그때 너는 영감이 볼 수 있도록 아씨의 방에서 나오는 체하고 뒷문을 열고 도망쳐. 실수하면 안 돼."

"염려 푹 놔라. 어서 행동 개시나 해."

"그럼 잘 부탁해."

매월은 곧장 영감에게 달려갔습니다.

"영감마님, 분부대로 밤마다 별당을 지켰습니다. 그런데 방금 어떤 놈이 아씨 방으로 몰래 들어갔습니다. 그래서 가만히 엿들으니 두 사람이 이렇게 말하는 게 아닙니까? 서방님이 돌아오면 죽여 버리고 돈을 훔쳐 같이 도망가 살자고 말입니다. 아씨가 그토록 마음이 변한 까닭을 알다가도 모르겠사옵니다. 하오나 영감마님께서 현명하셔서 저에게 증거를 잡으라고 분부하셨으니 천만다행이옵니다."

시아버지는 분해서 어쩔 줄 모르며 칼을 빼들고 별당으로 달려 갔습니다. 그러자 며느리의 방에서 나온 듯한 사내의 그림자가 보였습니다. 그러나 칼을 빼들었을 때 그림자는 높은 담장을 뛰어넘어 재빨리 도망쳤습니다. 뒤를 쫓았으나 비호같이 빠른 사내를 따라잡을 수가 없었습니다. 그는 사내를 놓친 후 다시 돌아와 집안 하인들을 모조리 불렀습니다.

"우리 집은 문단속이 엄해 바깥사람이 함부로 들어올 수 없다. 그런데 아씨 방에 수상한 놈이 드나들고 있으니, 너희들 중 어떤 놈이 감히 아씨와 통하는 게 아니냐? 사실대로 말한다면 목숨만은 살려 주겠다. 하지만 숨기려고 한다면 끝내 죽음을 면치 못하리라. 그러니 지금 당장 자백하라."

그러나 모두들 어리둥절할 뿐 꿀 먹은 벙어리처럼 아무 말들도 없었습니다.

"너희들은 냉큼 가서 아씨를 이리 잡아 오너라."

매월이 맨 먼저 신나게 뛰어가 숙영 낭자의 방문을 활짝 열어젖혔습니다.

"아씨, 무슨 잠을 그리 태평하게 자고 있소? 영감마님께서 아씨를 당장 잡아오랍니다. 어서 가보시오!"

깜짝 놀라 일어난 숙영 낭자가 방문 밖을 내다보았습니다. 밖에는 달려온 하인들이 기다리고 있었습니다.

"너희들은 무슨 일이냐?"

늙은 하인 한 명이 앞으로 쑥 나서면서 퉁명스럽게 쏘아댔습니다.

"아씨께서는 도대체 어떤 놈과 정을 통하는 거요? 아씨 때문에 죄 없는 우리들만 경을 치지 않았습니까? 우리를 더 이상 괴롭히지 마시고 어서 가서 바른대로 자백하시오."

하인한테 모욕을 당한 숙영 낭자는 넋이 빠진 듯했습니다. 그러나 하인들은 어이없어하는 숙영 낭자에게 달려들어 어서 가라고 재촉할 뿐이었습니다. 숙영 낭자는 옷맵시를 가다듬고 시부모에게 갔습니다. 그러고는 엎드리며 떨리는 음성으로 물었습니다.

"제가 무슨 죄를 지었기에 이런 밤중에 부르십니까?"

"그동안 증거를 잡지 못해 아무 소리 못하고 있었다만, 이제 증거가 있는데도 뻔뻔스럽게 시치미를 뗄 작정이냐?"

"제가 무얼 잘못했다고 종들에게까지 이런 봉변을 당하게 하십니까?"

억울한 나머지 숙영 낭자는 흐느껴 울었습니다.

"무엄하구나! 내 두 귀로 직접 듣고, 또 내 두 눈으로 똑똑히 보았거늘, 네가 끝내 속이려 들다니, 너는 죄를 더욱 무겁게 만들려고 하느냐? 그놈의 이름을 대라!"

시아버지의 호령은 늦가을 서리만큼이나 차갑고 매서웠습니다. 그러나 죄가 없는 숙영 낭자는 안색이 조금도 변하지 않았습니다.

"어이하여 그다지도 끔찍한 말씀을 하십니까? 억만 번을 죽는다 해도 사실이 아닌 일을 어찌 여쭈오리까?"

그러자 하인들이 일시에 달려들어 몸을 묶고 머리를 풀어헤치게 해 마당에 꿇어 앉혔습니다. 단정하고 우아한 숙영 낭자가 죄인으로 몰려 학대를 받는 광경은 차마 눈뜨고 보기 힘들었습니다.

"어서 그 놈이 누군지 대라!"

숙영 낭자는 대답 대신 흐느껴 울기만 했습니다. 시아버지는 하인을 시켜 사실대로 말할 때까지 매질을 하라고 호령했습니다. 백옥 같은 귀 밑으로 하염없이 눈물이 흘러내리고, 눈처럼 흰 살결은 핏물이 배어 붉게 변해갔습니다. 숙영 낭자는 정신을 잃어가는 가운데서도 고통을 참으며 이를 악물고 말했습니다.

"서방님이 저를 잊지 못해 집으로 몰래 돌아왔기에 타일러서 다시 돌려보낸 일은 있었습니다. 시부모님께 꾸중을 들을까봐 지금까지 말하지 않고 있었을 뿐입니다. 이제 와 늦은 변명같이 되었으나, 하늘은 사실을 아실 겁니다. 저의 누명을 벗겨 주옵소서."

그러나 눈과 귀로 확인한 일이어서 시아버지는 며느리의 말을 믿지 않았습니다. 숙영 낭자는 하늘을 우러러 호소했습니다.

"아아, 하늘은 죄 없는 이내 몸을 굽어 살피소서. 오월에 서리
가 내리고 십 년을 원망해야 할 이 원한을 어느 누가 풀어 주오
리까?"

말을 마친 후 숙영 낭자는 결국 실신하고 말았습니다. 이 모습
을 보다 못한 시어머니가 울면서 말했습니다.

"영감, 한 번 엎지른 물은 다시 그릇에 담을 수 없다 합니다.
만약 숙영의 죄가 없는 게 밝혀진다면, 그때 어쩌려고 이럽니
까?"

시어머니는 뜰 아래로 뛰어 내려가 며느리를 부여잡고 목 놓아
울었습니다.

"네가 그럴 리가 없다. 뭔가 잘못된 게야. 너는 얼마나 원통하
겠느냐?"

통곡 소리에 정신이 돌아온 숙영 낭자가 간신히 말했습니다.

"이런 누명을 쓰고는 못 삽니다. 차라리 죽어버리겠습니다."

시어머니가 끊임없이 위로했지만 숙영 낭자는 듣지 않았습니
다. 숙영 낭자는 옥비녀를 빼 들고 하늘을 우러러 절을 한 다음 이
렇게 빌었습니다.

"밝고 밝은 하늘이시여, 제가 만일 외간 남자와 정을 통했다면
이 옥비녀가 제 가슴팍에 꽂히게 해주소서. 그러나 이것이 억울

한 누명이거든 옥비녀가 저 섬돌(오르내리게 된 돌층계. 댓돌)에 박히도록 해주소서."

숙영 낭자는 옥비녀를 높이 던지고는 땅에 엎드렸습니다. 잠시 후, 옥비녀는 땅으로 떨어지는가 싶더니 섬돌에 깊이 꽂혔습니다.

하늘이 보여준 이 놀라운 기적에 모두들 입을 다물 줄 몰랐습니다. 시아버지는 얼굴이 창백해진 채 마당으로 뛰어 내려가 며느리의 손을 잡고 빌었습니다.

"이 못난 것이 망령이 들어 착한 며느리를 의심했구나. 내 잘못은 만 번 죽어도 싸다. 부디 이 늙은 것을 용서해 다오."

"차라리 죽으렵니다. 죽어서 억울한 누명 쓴 일을 잊고자 하니 말리지 마세요."

숙영 낭자는 울음을 그칠 줄 몰랐습니다. 진주 같은 눈물이 옷깃을 흥건하게 적시고 있었습니다. 시어머니의 부축으로 별당으로 돌아와서도 숙영 낭자는 슬픔을 잊지 못했습니다. 딸 춘앵이 다가앉으며 말했습니다.

"어머니, 아직은 죽지 마세요. 아버지가 돌아오시거든 억울한 사정이나 말씀드려야 하지 않겠어요? 어머니가 세상을 떠나시면 동춘이는 어떻게 하고, 나는 누굴 믿고 살아야 하나요?"

숙영 낭자는 말없이 딸의 머리를 쓰다듬었습니다. 그러고는 동춘에게 젖을 먹이고 하얀 비단옷을 꺼내 입었습니다.

숙영 낭자는 슬픔을 가누지 못한 채 춘앵에게 일렀습니다.

"엄마는 이제 죽을 몸이다. 사랑하는 내 딸 춘앵아, 이 부채는 세상에 하나뿐인 귀한 보물이란다. 추울 때 부치면 더운 바람이 나고 더울 때 부치면 서늘한 바람이 나오는 신기한 부채지. 엄마의 마지막 선물이니 잘 간직하렴. 아아, 슬프구나. 기쁨 뒤에는 슬픔이 있고, 괴로움이 다하면 즐거움이 오는 법. 가엾은 춘앵아, 그러니 내가 죽더라도 너무 슬퍼 말고 동생 잘 돌봐야 해."

구구절절이 눈물을 뿌리던 숙영 낭자는 그만 정신을 잃고 말았습니다. 춘앵은 어머니를 부여안고 흐느껴 울었습니다.

"어머니, 정신 차려요. 어머니!"

춘앵은 목 놓아 울다가 기운이 빠져 스르르 잠이 들어 버렸습니다.

얼마나 시간이 흘렀을까. 숙영 낭자가 정신을 차리고 일어나 보니, 어린 춘앵이 울다 지쳐 잠이 들어 있었습니다. 그 모양을 바라보고 있노라니 가슴이 미어질 것만 같았습니다. 숙영 낭자는 혹시 깰세라 딸의 얼굴을 가만히 쓰다듬었습니다.

"불쌍한 춘앵아, 내가 너희 남매를 두고 어찌 마음 편히 갈 수 있겠니? 내가 죽은 후에 너희는 엄마가 그리워 어찌 살겠니? 아아, 너희들을 두고 어떻게 내가……."

그러나 숙영 낭자의 결심은 단호했습니다. 눈물을 훔치고 단정히 앉아 칼을 잡았습니다. 가슴을 힘껏 찔렀습니다. 순간, 천둥소리가 하늘과 땅을 진동했습니다.

세상을 뒤흔드는 듯한 천둥소리에 춘앵은 잠을 깼습니다. 그런데 어머니가 이상했습니다. 가슴에 칼을 꽂은 채 엎드려 있었습니다. 소스라치게 놀란 춘앵은 떨리는 손으로 칼을 잡아 빼려했습니다. 그러나 칼은 도무지 빠지지 않았습니다.

춘앵은 어머니의 얼굴에 자기 얼굴을 비비며 목 놓아 울었습니다.

250

"어머니! 어머니! 우리를 두고 어디로 가신 가예요? 동춘이와 나는 어떡하라고요? 어머니, 왜 그런 짓을 하셨어요?"

누나의 울음소리에 동춘이 잠을 깼습니다. 어린 동춘은 젖을 먹으려고 엄마에게 다가가 가슴을 끌어안았습니다. 그러나 엄마는 움직이지 않았고 전처럼 따뜻하게 안아주지도 않았습니다. 동춘이 사무치게 울기 시작했습니다. 춘앵이 아무리 달래도 동춘은 울음을 그치지 않았습니다.

"가여운 내 동생 동춘아! 우리도 차라리 엄마를 따라가자."

춘앵은 동생을 끌어안고 통곡하고, 둘이 우는 소리에 놀란 할머니와 할아버지, 하인들이 별당으로 달려왔습니다. 피를 흘리고 엎드려 있는 숙영 낭자를 보고 모두 어쩔 줄을 몰랐습니다. 하인들이 칼을 잡아 빼려고 했지만 숙영 낭자의 가슴에 꽂힌 칼은 끝내 빠지지 않았습니다. 장사를 지내기 위해 시체를 옮기려 했으나 이 또한 조금도 움직이질 않았습니다. 여러 사람이 힘을 모아 움직여 보려고 무수히 애를 썼지만 그 자리에서 꼼짝달싹하지 않았습니다. 시아버지는 이것은 분명 하늘의 뜻이다 생각하며 괴로워할 뿐이었습니다.

한편, 선군은 아내에 대한 그리움을 가까스로 달래며 서울에 도착했습니다. 그는 여관을 잡아 숙소를 정하고 과거 날이 되기를 기다렸습니다. 마침내 과거 시험을 치르는 날이 돌아왔습니다. 선군은 하인과 함께 여관을 나섰습니다. 과거장 가는 길은 전국 곳곳에서 모여든 선비들로 발 디딜 틈이 없었습니다. 과거장을 향해 구름처럼 몰려가고 있는 수많은 사람들. 선군도 그들 틈에 끼여 시지(과거 시험에 쓰던 종이)를 옆구리에 끼고 시험장으로 들어섰습니다. 마침내 시험이 시작되었습니다. 문제를 보고 선군은 단숨에 글을 지어 맨 먼저 올렸습니다. 선군에 이어 많은 선비들이 글을 지어 바쳤습니다.

시험이 끝나고, 상감은 시관(과거 시험에 관계된 모든 관리를 통틀어 이르던 말)들과 함께 시지들을 읽어보다가 매우 훌륭한 글을 발견했습니다. 상감은 그 글을 칭찬하며 장원으로 뽑았습니다. 누구 글인지 알아보니 경상도 안동에 사는 백선군의 것이었습니다. 상감은 선군을 불러 곧장 벼슬을 내렸습니다.

선군은 하늘을 날 듯 기뻤습니다. 장원급제 소식에 기뻐하실 부모님, 특히 숙영 낭자가 좋아할 생각을 하니 한시라도 빨리 고향으로 내려가고 싶었습니다. 그러나 벼슬을 받아 할 일이 있었으므로 서울에 좀 더 머물러야 했습니다. 그는 우선 장원급제에 벼슬을 받은 사실을 편지로 써서 하인에게 주어 보냈습니다. 한 통은 아버지에게, 또 한 통은 숙영 낭자에게 보내는 편지였습니다.

하인이 편지를 가지고 도착한 것은 서울을 떠난 지 여러 날 만이었습니다. 선군의 아버지는 급히 편지를 뜯어보았습니다.

소자, 하늘이 도우셔서 과거에 장원급제하고 벼슬을 받았
으니 너무나 기쁩니다. 어서 고향에 돌아가 부모님을 뵙고
싶지만, 이달 보름께나 돌아갈 수 있으니 그리 아옵소서.

반가운 기별이었습니다. 그러나 숙영 낭자가 죽은 걸 알면 선군
은 얼마나 슬퍼할 것인가. 받아볼 사람이 이미 죽고 없는 편지, 숙
영 낭자 앞으로 온 편지는 시어머니가 받아 들었습니다. 그러고는
소리 내어 울면서 손주 딸 춘앵에게 건네주었습니다.

"에구, 가여운 춘앵아! 동춘아! 이 편지는 너희 아비가 너희 어
미에게 보낸 것이니 잘 간직하거라."

춘앵은 편지를 받아 들고 어머니의 빈소(관을 놓아두는 방)로 갔습
니다. 그대로 모셔둔 어머니의 시체를 흔들면서 편지를 펴들고 울
었습니다.

"어머니, 어서 일어나세요! 아버지가 장원급제해 이렇게 편지
를 보내셨어요. 모두가 기뻐하는데 왜 어머니만 기뻐하지 않으
시나요? 그동안 아버지 소식을 알지 못해 매일 걱정하시더니,
오늘 이 기쁜 편지가 왔는데도 왜 아무 말씀 없으신가요? 저는
아직 글을 몰라 어머니 앞에 이 편지를 읽어드리지도 못하니 답
답할 뿐이에요. 어머니, 어머니!"

한참을 울던 춘앵은 눈물을 훔치며 일어섰습니다. 그러고는 할

머니에게 가 손을 끌어 잡고 어머니의 빈소로 돌아왔습니다. 춘앵이 말했습니다.

"할머니, 어머니에게 이 편지를 읽어주세요. 그럼 어머니는 감동하실 거예요."

할머니는 어린 손녀의 말에 눈시울이 붉어졌습니다. 할머니는 눈물을 훔치면서 아들이 며느리에게 보낸 편지를 읽기 시작했습니다.

나 백선군은 이 한 장의 편지를 숙영 낭자에게 부칩니다. 그동안 두 분 부모님 모시고 편안히 잘 있는지요. 어린 춘앵이와 동춘이도 아무 탈 없이 잘 있는지요. 나는 다행히 장원급제하여 벼슬을 얻었습니다. 기쁜 마음 이루 말할 수 없소. 다만 이렇게 천 리 밖에 떨어져 있으니 당신이 그립기 짝이 없구려.

헤어져 보이지 않으니 사모하는 마음은 더욱 간절합니다. 당신의 모습이 밤이나 낮이나 눈앞을 떠날 날이 없고, 낭자의 목소리 또한 언제나 귓가에 은은하다오. 달빛이 사방에 가득하고 두견새가 슬픈 소리로 울며 밤을 재촉할 때, 홀로 서서 고향 하늘을 바라봅니다. 구름에 싸인 산은 더없이 무거워 보이고 푸른 물줄기는 천 리 밖으로 흐르더이다.

　새벽녘까지 나는 그렇게 서 있곤 합니다. 달이 기울고 찬바람이 불면 내 마음은 더욱 쓸쓸해집니다. 멀리서 기러기 울음소리도 들려오는구려. 그 소리가 외롭습니다. 아침 저녁으로 당신 소식을 기다리지만, 바람소리 새소리뿐 반가운 소식은 오지 않습니다. 당신이 그리운 것 빼고 나는 잘 있지만, 한 가지 슬픈 일이 있습니다. 당신이 준 그림이 날이 더할수록 색이 변해가고 있다오. 잘 있을 거라 믿지만, 혹시 무슨 일이 있는 것은 아니지요?

　불안한 생각에 입맛도 잃고 잠도 잘 오지 않습니다. 궁금한 마음에 어서 빨리 집으로 내려가고 싶습니다. 하지만 조정(임금이 나라를 다스리던 곳)에 매인 몸이라 뜻대로 할 수 없으니 몹시 안타까울 뿐이오. 당신에게 달려가고 싶은 마음이 이토록 간절하지만, 한숨만 쉬고 있다오. 당신, 부디 혼자 지내는 것을 서러워하지 말고 기다려 주시오. 머지않아 서로 만나 그동안 쌓인 그리움을 풀 수 있을 테니. 새라면 하늘을 훨훨 당신 곁으로 날아가겠지만, 내 몸에 날개가 없는 것이 한이오.

하고 싶은 말은 천 날을 지새워도 다 못할 겁니다. 그러니 이만 붓을 놓겠소. 그럼 부디 잘 있으시구려.

편지를 다 읽은 후 할머니는 춘앵을 쓰다듬으며 눈물지었습니다.

"아, 너무 슬프구나. 어미를 잃은 너도 그렇지만, 네 아비는 얼마나 애통할까? 아내가 죽은 줄도 모르고 집에 돌아올 날만 손꼽아 기다리는 내 아들도 불쌍하구나."

춘앵도 할머니를 따라 울었습니다.

"어머니, 불쌍한 우리 어머니, 아버지 편지를 듣고도 왜 아무 말씀 안하시나요? 제발 무슨 말씀이든 해 보세요. 우리 남매는 어머니 없이는 살 수 없으니 어서 빨리 어머니 계신 곳으로 데려가 주세요."

자지러질 듯이 우는 춘앵이의 모습은 가련하기 이를 데 없었습니다.

며칠이 더 지났습니다. 선군이 돌아온다고 한 날짜가 다가오고 있었습니다. 선군의 부모는 머지않아 아들이 돌아올 것을 생각하니 무척 기뻤습니다. 그러나 한편으로는 겁도 났습니다.

"며칠 후에 선군이 내려오면 분명히 죽은 아내를 잊지 못해 저도 따라 죽으려고 할 것이오. 이 일을 도대체 어찌하면 좋겠소?"

선군이 돌아올 날이 하루하루 다가올수록 부모의 근심도 깊어만 갔습니다. 죄 없는 며느리를 의심해 결국 자살까지 하게 만든 것을 생각하면 도무지 마음이 편치 않았습니다. 그러나 후회한들 아무 소용이 없었습니다. 한 번 엎지른 물은 다시 그릇에 주워 담을 수 없었고, 이미 죽은 사람이 살아 돌아올 수는 없었습니다.

선군의 부모가 이토록 근심하자, 선군을 모시고 서울까지 갔다가 돌아온 하인이 조심스럽게 말을 꺼냈습니다.

"지난번에 서방님을 모시고 서울로 가는 길이었습니다. 풍산에 이르렀을 때였습니다. 온갖 꽃이 활짝 피어 봄빛이 아름다운데, 아리따운 처녀 한 명이 하얀 학과 함께 춤을 추고 있었습니다. 그 모습이 얼마나 아름다운지 하늘의 선녀 같았답니다. 그래 동네 사람들에게 물어보니, 그 처녀는 임 진사 댁 딸이라 하더군요. 서방님께서도 그 처녀를 보고 한동안 자리를 뜨지 못하셨습

니다. 그러니 제 생각으로는 그 처녀와 서방님을 맺어주면 어떨
까 합니다. 젊고 아름다운 새 아내를 맞으면, 서방님도 숙영 낭
자를 잊을 수 있으리라 믿사옵니다."

선군의 아버지는 하인의 말에 매우 기뻐했습니다.

"네 말이 옳다. 풍산 임 진사라면 나와 잘 아는 분이다. 딸을 달
라 해도 매정하게 거절하지는 못할 것이다. 게다가 선군이 장원
급제해 벼슬을 얻었으니 그 댁에 청혼해도 괄시하지는 않을 것
이야."

말을 마친 선군의 아버지는 떠날 차비를 했습니다. 그러고는 풍
산 임 진사 집으로 길을 떠났습니다.

임 진사 집에 도착했을 때, 임 진사는 매우 반가워하며 선군의 아버지를 맞아들였습니다. 두 사람은 서로 인사를 하고 자리에 앉았습니다. 임 진사는 먼저 선군이 장원급제한 것을 축하해 주었습니다. 그러고는 하인에게 일러 주안상을 봐오게 했습니다. 진수성찬이었습니다. 맛있는 음식과 향기로운 술이 가득했습니다. 임 진사가 술을 따르며 말했습니다.

"이처럼 누추한 곳을 친히 찾아 주시니 감사합니다."

"그런 말씀 마십시오. 친구가 친구 집을 찾아왔는데 감사하다니요. 그리고 임 진사 댁이 누추한 곳이라니요. 그런 말씀을 들으니 서운하오이다."

"하하하."

서로 정답게 웃으면서 술을 주거니 받거니, 두 사람은 이야기꽃을 피우며 즐거운 시간을 보냈습니다. 그러다가 술이 어느 정도 오르자 선군의 아버지가 넌지시 물었습니다.

"헌데, 내가 긴히 부탁할 말이 있소. 임 진사, 들어주시겠소?"

"허허, 그야 들을 만한 것이라면 들어야지요. 어디 얘기를 해 보시지요."

"다른 일이 아니오라, 실은 선군이가 숙영 낭자와 부부의 연을 맺은 이후 무척이나 금실이 좋았소. 남매도 낳아 정답게 잘 살았지요. 그런데 선군이 과거를 보려 서울로 간 사이에 그만 며느리가 병을 얻었지 뭡니까? 그래서 얼마 전에 갑자기 세상을 떠났답니다. 불쌍한 생각은 이루 말할 수 없으나, 선군이 돌아와서 이 사실을 알면 분명 병이 날 것이오. 그래서 급히 새 며느리를 구하는 중이랍니다. 그런데 듣자하니 임 진사 댁에 어진 처녀가 있다고 하더군요. 내 자식 놈은 이미 한 번 혼인을 했던 몸이지만, 사정이 급해 감히 귀댁에 청혼을 합니다. 이 간곡한 부탁을 물리치지 않기를 바라오."

임 진사는 한참을 생각하다가 입을 열었습니다.

"나에게 딸자식이 하나 있긴 하오. 하지만 선군의 짝으로는 부족하기 이를 데 없지요. 지난 해 칠월 보름에 우연히 숙영 낭자를 보았는데, 마치 월궁항아(달 속에 있다는 전설의 선녀. 절세미인을 이르는 말)처럼 아름다운 숙녀였습니다. 그러니 내가 청혼을 허락한다 하더라도, 내 딸자식이 선군의 마음에는 들지 않을 것이오. 그때에는 딸자식 신세가 불쌍하게 될 테니, 청혼은 받아들일 수 없습니다."

"그건 너무 겸손하신 말씀이오."

선군의 아버지는 청혼을 받아주기를 거듭 부탁했습니다. 그 부탁이 어찌나 간절한지 결국에는 임 진사도 허락을 하고 말았습니다. 선군의 아버지는 몹시 기뻐했습니다.

"이달 보름에는 선군이 집에 돌아옵니다. 그때 귀댁 문 앞을 지나가게 될 텐데, 그날 곧바로 혼례를 올리는 게 좋을 듯하오. 임 진사 생각은 어떠하신지요?"

"댁의 형편에 따를 터이니 좋도록 하십시다."

"허허허, 지나친 부탁을 거절 안 하시고 모두 받아 주시니 감사할 따름이오."

선군의 아버지는 여러 번 감사의 인사를 하고 임 진사와 헤어졌습니다. 집으로 돌아온 그는 제일 먼저 부인에게 이 사실을 말했습니다. 부인은 곧 예물을 갖추어서 임 진사 댁으로 보냈습니다. 그러면서도 부인은 도무지 마음이 놓이지 않았습니다. 혼자 속을 끓이다가 그녀는 남편에게 물었습니다.

"선군이가 임 진사 댁 처녀와 혼인하게 된 것은 참 잘된 일이오. 하지만 제 아내가 죽은 줄을 모르고 내려올 텐데, 집에 와서 숙영이가 죽은 이유를 물으면 뭐라고 대답해야 합니까?"

"그것은 사실대로 말할 것이 아니라……."

선군의 부모는 이리이리 하자고 약속을 했습니다. 그런 다음 선군이 내려오는 날 풍산의 임 진사 댁으로 가서 혼례를 치르기로 했습니다.

드디어 보름날. 선군은 특별 휴가를 얻어 조정을 나와 길을 떠났습니다. 머리에는 상감이 내려주신 모자를 쓰고 말 등에 높이 올라 탄 선군의 모습은 늠름했습니다. 선군이 탄 말의 앞뒤로 하인들이 따르며 풍악을 올렸습니다. 길가에 나와 구경하는 사람들은 한결같이 선군의 용모와 재주를 칭찬하고 부러워했습니다.

그렇게 큰 길을 행진해 남쪽으로 사흘을 갔습니다. 선군은 잠시 쉬어가기 위해 주막에 들렀는데, 문득 졸음이 와서 눈을 감으니 숙영 낭자가 나타났습니다. 그런데 온 몸에 피를 흘리고 있는 게 아닙니까. 숙영 낭자는 방문을 열고 들어와 선군의 옆에 앉더니 애통하게 울었습니다.

"이렇게 장원급제해 오시니 기쁘기 그지없습니다. 그러나 나는 이미 이 세상을 버린 몸이에요. 구천을 떠도는 원혼이 되었지요. 전에 보내주신 편지에 내가 그립다고 하셨지요. 떨어져 있으니 사모하는 마음이 더욱 간절하다고. 하지만 우리는 살아서 만날 수 없게 되었답니다.

내 억울함을 당신이 풀어 주세요. 마음 편히 눈을 감을 수 있게 해 주세요. 나는 너무나 억울한 누명을 썼어요. 아직까지 분한 마음이 가시지 않아 이렇게 구천을 떠돌고 있으니, 시시비비(옳은 것은 옳고 그른 것은 그르다고 하는 일)를 가려 누명을 벗겨 주세요."

대체 무슨 말이냐고 물으려 하는 순간, 숙영 낭자는 연기처럼 사라져 버렸습니다. 놀라 잠에서 깨었을 때 선군의 몸은 식은땀으

로 축축해져 있었습니다. 꿈에서 깬 한참 후에도 선군은 마음을 가라앉히지 못했습니다. 아무리 생각해 봐도 숙영 낭자가 무슨 누명을 썼다는 건지, 왜 이 세상 사람이 아니라고 한 건지 짐작할 수가 없었습니다.

다음 날, 선군은 새벽부터 일어나서 길을 재촉했습니다. 어서 집으로 돌아가 무슨 일인지 알아내야 했습니다. 며칠이 지났습니다. 선군은 풍산에 이르러 숙소를 정하고 잠자리에 들었지만 숙영 낭자 생각에 잠이 오지 않았습니다. 그는 밤이 지나가기만을 기다렸습니다. 어서 아침이 밝아 다시 길을 떠나야 했습니다. 그때 깊은 밤의 정적을 뚫고 하인이 찾아왔습니다.

"서방님, 영감마님께서 오셨나이다."

"아버님이?"

선군은 일어나 아버지를 맞았습니다.

"아버님, 어떻게 여기까지……?"

"음, 그럴 일이 좀 있다."

선군은 가족들의 안부를 물었고, 아버지는 망설이다가 모두 별 탈 없이 잘 있다고 거짓말을 했습니다. 그러고는 장원급제로 높은 벼슬을 한 것을 칭찬하고, 기뻐하는 기색을 보였습니다. 그러고 나서 은근한 말로 아들에게 말했습니다.

"남자가 높은 자리에 오르면 새로 아내를 얻어도 흉이 아니다.

예나 지금이나 그런 일은 많지 않더냐. 그러니 너도 이제 그렇게 하는 게 좋을 듯하구나. 듣자 하니 이 마을 임 진사의 딸이 매우 아름답고 현명하다 하기에 내가 벌써 청혼을 해 승낙을 얻었다. 그러니 여기 온 김에 내일 당장 혼례를 치르고 집으로 돌아가자꾸나. 너는 어떻게 생각하느냐?”

선군은 이상한 마음이 들었습니다. 숙영 낭자가 꿈에 나타나 알려준 일, 억울하게 누명을 쓰고 죽었다는 이야기를 들은 후라 더욱 그랬습니다. 꿈을 믿지도 못하고 그렇다고 귓등으로 흘려버리지도 못하던 차에 아버지가 새 장가를 들라고 하니 대체 무슨 일이 있었나 싶었습니다.

‘새로 혼인하라고 하시는 걸 보니, 숙영 낭자가 죽은 게 분명하구나. 아버지는 임 진사 댁 딸과 결혼하게 해서 내 슬픔을 위로해 주시려는 거구나. 아아, 숙영 낭자, 당신은 정말 저 세상으로 떠난 거요?’

그러나 선군은 자기 생각을 말하지 않았습니다.

“아버님 뜻은 알겠지만 저는 그럴 생각이 없습니다. 혼인 이야기는 하지 말아 주십시오.”

아들의 성격을 잘 아는 아버지는 더 이상 말하지 못하고 근심에 싸였습니다. 그렇게 그날 밤이 지났습니다.

첫닭이 울고 동이 트기 무섭게 선군 일행은 곧바로 안동으로 향했습니다. 이때, 선군이 마을에 와서 머물고 있다는 소식을 들은 임 진사는 혼인을 의논하기 위해 선군을 찾아가고 있었습니다.

그러나 숙소에 다다르기도 전에 길을 떠나는 선군 일행을 만났습니다. 임 진사는 먼저 장원급제한 것을 축하했습니다. 그러고는 혼인에 대한 말을 꺼냈습니다. 그러나 함께 있던 선군의 아버지는 어물어물 넘길 뿐이었습니다. 그리고 당황해서 서둘러 달려가는 아들의 뒤를 따라갔습니다.

드디어 안동 집에 도착한 선군은 어머니께 절을 올린 후 숙영 낭자를 찾았습니다. 그러나 아내의 모습은 보이지 않았습니다. 숙

영 낭자가 어디 있는지를 물었지만, 어머니는 말문이 막혀 어쩔
줄 몰라 하는 것이었습니다.

선군은 황급히 별당으로 달려갔습니다. 그러나 선군을 기다리
는 건 끔찍한 광경이었습니다. 사랑하는 숙영 낭자가 가슴에 칼을
꽂은 채 누워 있었습니다. 가슴이 턱하고 막혀서 눈물도 나오지
않았습니다. 죽은 아내를 더 이상 바라볼 수 없어 선군은 방을 뛰
쳐나오고 말았습니다. 이때 춘앵이 동생의 손목을 이끌고 달려왔
습니다. 춘앵은 아버지의 옷자락을 부여잡고 슬피 울었습니다.

"아버지, 왜 이제야 오셨나요? 어머니는 벌써 오래 전에 돌아가
셨어요. 하지만 아직 장사도 못 지내고 저렇게 있답니다. 아버
지, 우린 어떡하면 좋아요?"

춘앵은 아버지의 손을 잡고 빈소로 들어갔습니다.

"어머니, 불쌍한 우리 어머니, 아버지가 오셨어요. 어서 일어나
반겨 주셔야죠. 그렇게 밤낮으로 아버지 오시기만을 기다리시
더니, 왜 누워만 계세요?"

딸의 울음소리를 듣고서야 선군은 비로소 목놓아 울었습니다.
믿고 싶지 않은 숙영 낭자의 죽음. 그러나 이젠 믿지 않을 수 없었
습니다. 선군은 한참을 흐느끼다가 생각난 듯 부모님 방으로 갔습
니다. 숙영 낭자가 왜 저토록 참혹하게 죽었는지 그 이유를 물었
습니다. 그러나 부모님은 대답을 못하고 흐느껴 울기만 했습니다.

한참을 울던 아버지가 입을 열었습니다. 목소리가 떨렸습니다.

"네가 과거 길에 오른 지 닷새인가 엿새인가 지났을 때였다. 네 처가 기척이 없기에 이상해서 별당으로 가봤지. 그랬더니 저런 처참한 모습이더구나. 집안 식구가 모두 크게 놀라 그 이유를 알아보려고 갖은 애를 다 썼다. 하지만 아직도 자세한 이유를 모르고 있어. 우리는 짐작만 할 뿐이다. 아마 어떤 놈이 네가 집에 없는 줄을 알고 밤중에 몰래 들어왔던 게 아닐까. 네 처가 반항하자 칼로 찌르고 도망친 게 아닐까. 아마 그런 것 같다. 그 후 염습(죽은 이의 몸을 씻은 다음 수의를 입히는 일)을 하려고 해도 칼이 뽑히지 않고, 시체를 옮기려고 해도 꼼짝도 않더구나. 그래서 장사도 못 지내고 너 오기만을 기다리고 있었다. 이 일을 알면 병이 들까봐 네게 이야기도 못하고, 미리 임 진사의 딸과 혼인하기로 했던 것이야. 네가 이 일을 알기 전에 새 아내를 얻어 정을 붙이면 좀 위로가 될까 해서. 이왕 이렇게 된 일, 너무 슬퍼하지 말고 어서 장례 치를 생각이나 하자."

선군은 넋 나간 사람처럼 멍하니 앉아 있을 뿐이었습니다. 그러다가 다시 빈소로 가 바닥을 치며 통곡했습니다. 숙영 낭자는 마치 살아 있는 듯했습니다. 썩지도 않고 나쁜 냄새도 나지 않았습니다. 선군은 울음을 삼키며 말했습니다.

"낭자, 이제 내가 왔으니 걱정 마시오. 가슴에 박힌 칼을 내가 뽑아 주겠소. 그 칼로 원수를 갚아 당신의 원혼을 달래주리다.”

선군은 가슴에 박힌 칼을 잡았습니다. 손아귀에 힘을 주어 당기니 의외로 가볍게 빠지는 것이 아닌가. 칼이 뽑히는 동시에 숙영 낭자의 가슴에서 무언가가 나왔습니다. 한 마리 파랑새였습니다.

“매월이다. 매월이다. 매월이다.”

파랑새는 그렇게 세 번을 울고는 밖으로 날아갔습니다. 그런데 조금 후 또 다른 파랑새가 방으로 날아들었습니다.

“매월이다. 매월이다. 매월이다.”

순간, 선군의 눈에서 번쩍 하고 빛이 났습니다. 그는 머리끝까지 화가 나 있었습니다. 그는 하인들을 시켜 매월이를 불러들였습니다. 그러고는 마당에 꿇어앉히고 죄를 물었습니다. 그러나 간악한 매월이 사실을 자백할 리 없었습니다.

“사실대로 말할 때까지 매우 쳐라!”

서릿발 같은 선군의 호령이 떨어졌습니다. 그러자 양 옆의 하인들이 사정없이 매질을 가했습니다. 그토록 모진 매월도 매질에는 당해낼 재주가 없었습니다. 매월은 절반은 넋이 나간 채로 사실을 고했습니다. 이 집에 숙영 낭자가 들어온 후, 선군이 자신을 멀리하고 숙영 낭자만 사랑해서 질투가 났다고, 그 원통한 마음을 풀려고 그 같은 간계(간사한 꾀)를 꾸며 누명을 씌운 것이라고 말입니다.

270

선군은 불량배도 즉시 잡아들였습니다. 불량배는 매월의 꼬임으로 돈을 받고 그 일을 했다고 자백했습니다. 외간 남자처럼 꾸며서 숙영 낭자가 의심을 받게 했다는 것이었습니다.

"에잇, 하늘이 무섭지도 않으냐? 이 벌레만도 못한 인간들아!"

선군은 분함을 이기지 못해 마당으로 뛰어내렸습니다. 그러고는 매월의 목을 한 칼에 베어 버렸습니다. 매월에게 이용당한 불량배도 관가에 넘겨 머나먼 섬으로 귀양을 보냈습니다.

"아아, 슬프구나. 이처럼 원통한 일이 세상에 또 있을까? 이것은 모두 내가 모자라 일어난 불행이니 누구를 원망하랴? 원수는 갚았지만, 이제 숙영 낭자의 모습은 어디 가서 다시 볼 것인가? 나 또한 낭자의 뒤를 따를 것. 어머니, 아버지, 불효자를 부디 용서하소서."

선군은 숙영 낭자의 시체를 감싸 안고는 다시 목을 놓아 울었습니다.

선군의 부모는 며느리가 누명을 쓰고 죽은 사실을 알리지 않고 있다가 모든 것이 밝혀지자 아들 앞에서 아무 말도 못했습니다. 그러나 선군은 도리어 부모님을 위로하고 묵묵히 장례 치를 준비

를 서둘렀습니다. 먼저 염습을 하려고 했는데, 여전히 시체는 움직여지지 않았습니다. 선군은 사람들을 모두 밖으로 내보내고 촛불을 밝혔습니다. 울다가, 한숨을 짓다가, 또 넋 나간 사람처럼 멍하니 있다가 제풀에 지쳐 잠이 들었습니다. 그때 숙영 낭자가 나타났습니다. 비단 옷에 아름답게 화장한 모습이었습니다.

"아~ 부인!"

"내 원수를 갚아 주셨군요. 얼마나 기쁜지 모르겠습니다. 이 은혜를 어떻게 다 갚을 수 있겠어요? 어제 옥황상제께서 나를 불러 말씀하셨답니다.

'너는 선군과 맺어지게 되어 있는데도 삼 년을 기다리지 못했다. 그 기간을 어기고 인연을 맺었기 때문에 인간 세상으로 내려가 억울하게 죽었다. 그러니 누구를 원망하겠느냐?'

그래서 옥황상제께 빌었습니다. 저는 기한을 어긴 죄를 받아 마땅하나, 선군이 저를 따라서 죽으려 하니 다시 한 번 저를 세상에 보내달라고요. 선군과 못다 한 인연을 맺을 수 있게 해 주십사하고 애원했지요. 마침내 옥황상제께서는 우리를 불쌍히 여기고 제 부탁을 들어주시기로 했답니다. 염라대왕에게 '숙영을 다시 인간이 되게 하라'고 명령하셨어요. 그러자 염라대왕이 옥황상제께 말하더군요.

'마땅히 명령을 따르겠사오나, 숙영이 죽은 후에 죄를 벗을 기

한이 아직 안 되었습니다. 그러니 이틀만 더 있다가 인간 세상으로 돌려보내겠나이다.'

옥황상제께서는 그렇게 하라고 말씀하셨습니다. 또 남극성(수성, 사람의 수명을 알아보는 별)을 불러 내 수명을 정하라고도 하셨어요. 남극성은 내 수명을 팔십 세로 정했답니다. 그리고 수명을 다하면 서방님과 함께 한 날 한 시에 하늘로 올라가게 된다는 것이었어요. 옥황상제께서는 이런 말씀도 하셨어요.

'너희들 부부는 앞으로 세 사람이 될 것이니라. 그 이상은 알려 줄 수가 없노라.'

무슨 뜻인지 몰랐지만 더는 물을 수가 없었답니다.

"서방님, 내가 죽었다고 너무 상심하지 마세요. 며칠만 더 기다리면 우리는 다시 만날 수 있어요. 아들 셋도 더 주신다고 했어요."

이번에도 숙영 낭자는 홀연히 사라져 버렸습니다. 꿈에서 깬 선군은 죽을 결심을 되돌렸습니다. 정말 죽은 아내가 다시 살아올지 믿기 힘들었지만, 인내심을 갖고 기다렸습니다.

그러던 어느 날이었습니다. 밖에서 돌아와 빈소에 들어가 보니, 꼼짝도 않던 시체가 옆으로 돌아누워 있는 게 아닌가? 놀라서 시체를 만져보니 산 사람처럼 몸이 따뜻했습니다.

선군은 기쁨을 이기지 못하고 부모님께 달려가 그 사실을 알렸습니다. 한편으로는 인삼 즙을 내어 숙영 낭자의 입으로 흘려 넣고, 팔과 다리를 주물러 주었습니다.

얼마 후, 숙영 낭자가 가볍게 눈을 뜨고는 주위를 둘러봤습니다. 선군은 기쁨의 눈물을 흘려다. 동춘이를 안고 있던 춘앵이도 울음을 터뜨리며 어머니 품에 와락 달려들었습니다.

"어머니! 어머니! 나 좀 보세요. 어찌 그리 오랫동안 꿈속에만 계셨나요?"

오랜 잠에서 깨어난 숙영 낭자는 딸의 손을 붙잡고 물었습니다.

"그동안 잘 있었느냐?"

이 엄청난 기적 앞에서 모든 사람들은 놀라워하면서도 기쁨을 감추지 못했습니다. 며칠 후에는 동네 사람들과 친척들을 불러 큰 잔치도 베풀었습니다.

숙영 낭자가 다시 살아났다는 소문은 임 진사 댁까지 들어갔습니다. 임 진사는 예물을 돌려보내고, 혼인 말은 없던 것으로 하기로 했습니다. 그러자 딸이 말했습니다.

"한 번 정혼하고 예물까지 받았는데, 이제 와 파혼할 수는 없습니다. 부인을 두 명 두지 못하도록 법이 금하고 있는 것도 아닙니다. 그러니 소녀는 결코 다른 집으로 시집가지 않겠습니다."

임 진사 부부는 어이가 없었습니다. 그래서 딸의 말을 무시하고 다른 곳을 알아보는데, 이를 알고 딸이 다시 말했습니다.

"다른 곳에 시집가느니 차라리 평생 시집가지 않겠어요. 부모님과 함께 살겠어요."

이번에는 임 진사 부부도 딸의 뜻을 돌릴 수 없음을 알았습니다. 이런 저런 고민 끝에 임 진사는 선군의 아버지를 찾아갔습니다. 딸의 이야기를 하니 선군의 아버지는 모든 게 자신의 책임이라며 깊이 사죄했습니다. 한편으로는 임 진사 딸의 굳은 절개가 기특하기도 했습니다.

"과연 임 진사의 따님다운 마음씨군요. 올곧은 마음을 가진 아가씨의 일생을 선군이가 망쳐서야 되겠습니까? 이러지도 못하고 저러지도 못하니, 이 모두가 내 탓이오. 아무쪼록 내 죄를 용서해 주시오."

곁에서 얘기를 듣고 있던 선군도 공손히 말했습니다.

"따님의 보석 같은 마음씨에 감격할 따름입니다. 하지만 어찌 남의 둘째 부인이 될 수 있겠습니까?"

"허허, 그러나 내 딸자식은 둘째 부인이라도 되겠다고 하네."

이런 저런 이야기를 나누다 임 진사가 돌아가자, 선군은 숙영 낭자에게 이 사실을 말했습니다. 이야기를 듣고 난 숙영 낭자가 미소를 지었습니다.

"그 분이 그토록 원하는데도 맞아들이지 않는다면, 한 여자에게 죄를 짓는 일이 됩니다. 그러니 제 생각하지 말고 한 여자의 마음을 받아 주세요. 이제야 알 것 같습니다. 옥황상제께서 우리 부부가 세 사람이 될 거라고 하신 말씀을. 이것도 하늘의 뜻인가 봅니다."

"당신의 마음은 바다같이 넓구려. 그래서 내가 부인을 더욱 존경하오."

며칠 후, 선군은 서울로 올라가 상감마마께 문안 인사를 드렸습니다. 그러고는 숙영 낭자와 임 진사의 딸 이야기를 자세히 적은 글을 올렸습니다. 상감은 그 자리에서 크게 기뻐하며 말했습니다.

"숙영 낭자의 아름다운 마음은 세상에서 찾아보기 힘든 귀중한 것이오. 숙영 낭자에게 정렬부인(행실이 바른 부인에게 내리는 칭호)의 직첩(조정에서 내리는 벼슬 임명장)을 내리노라. 임 진사의 딸도 그 절개가 기특하니 선군과 혼인케 하고, 숙렬부인에 봉하라."

선군은 다시 특별 휴가를 얻어 집으로 돌아와 임 진사의 딸과 혼례를 올렸습니다. 새 신부 역시 보기 드문 요조숙녀(품위 있고 얌전한 여자)였습니다. 새 신부는 지극한 효성으로 시부모를 모시고, 숙영 낭자와도 질투하는 일 없이 사이좋게 지냈습니다. 집안은 늘 화목하고 즐거웠습니다.

그 후 선군의 부모는 팔십 세까지 건강하게 지내다가 갑자기 병을 얻어 세상을 떠났습니다. 선군 부부 세 사람은 함께 슬퍼하며 장사를 지내고 삼년상을 치렀습니다. 한 세대가 떠나고 또 한 세대가 시작되었습니다. 어느덧 정렬부인은 두 아들을 더 낳았고, 숙렬부인도 아들 하나에 딸 셋을 낳았습니다. 춘앵과 동춘을 비롯한 팔 남매는 모두 부모를 닮아 재주가 뛰어나고 용모가 아름다웠습니다. 세월은 물과 같이 흘러 팔 남매는 차례로 혼인을 했고, 집안은 나날이 번창해 만석꾼(벼 만 섬 가량을 수확할 만큼 어마어마한 논밭을 가진 대단한 부자)의 이름을 세상에 떨쳤습니다.

어느 날이었습니다. 자자손손이 모여 사흘 동안 큰 잔치를 벌이며 즐기고 있는데, 흰 구름이 사방을 에워싸고 용의 울음소리가 진동했습니다. 잠시 후 구름 속에서 선녀 하나가 내려오더니 선군에게 말했습니다.

"선군은 듣거라. 인간의 재미도 좋지만 하늘의 즐거움 또한 그에 못지않다. 그대 부부 세 사람이 하늘로 올라갈 날이 바로 오늘이다. 그러니 어서 나를 따르도록 하라."

이제는 늙어 머리가 희끗한 선군 부부 세 사람은 선녀를 따라 하늘로 올라갔습니다. 세 사람 모두 팔십 세였습니다.

자손들은 하늘을 우러러 보며 슬픔을 억누르지 못하고 소리 내어 울었습니다. 그러나 곧 마음을 추스르고 선군 부부의 유품을 모아 관에 넣고는 산에 묻었습니다. 선군과 정렬부인, 숙렬 부인의 이야기는 그들이 하늘로 올라간 후에도 오랫동안 사람들 가슴 속에 남았습니다.

두 남녀의 사랑을 보여 주는 〈숙영낭자전〉

쉽게 만나고 헤어지는 요즘과 달리 우리 선조들은 사랑 표현은 조금 적었어도 은은하게 서로를 아끼는 마음을 가지고 오랜 시간을 함께했습니다. 지금으로부터 100년 전만 해도 자유롭게 연애하는 것은 상상할 수도 없었답니다. 오직 부모님이 정해 준 상대와 얼굴 한 번도 못 본 채로 혼인을 하는 것이 너무나 당연하게 여겨지던 시대였기 때문입니다.

그런데 놀랍게도 〈숙영낭자전〉은 당시의 이런 생각을 과감하게 깨버리는 적극적인 두 남녀의 사랑을 보여 주고 있습니다.

생각 깨기 1 – 결혼할 여인을 데려오다

부모님이 기도를 올려 10년 만에 어렵사리 얻은 귀한 자식이 바로 선군이었습니다. 늦게 본 자식이니 부모님에겐 얼마나 귀하고 소중한 존재였을까요. 아무 탈 없이 아들이 훌륭하게 커서 장가들 때가 되자 선군의 부모님은 당시의 풍습대로 아들에게 어울릴 만한 적당한 배필을 찾아 혼례를 올려 주려고 했습니다.

그런데 애지중지 키워 온 자식이 어느 날 꿈에서 본 여인을 그리워하다 병이 들고, 급기야 그 낭자를 만나러 집을 떠나 먼 산으로 가겠다고 합니다. 산으로 떠난 아들은 한참이나 연락이 끊겨 부모님은 시름이 깊은데, 어느 날 한 여인을 데리고 돌아와 아내라고 소개를 올립니다. 아들의 행동에 선군의 부모님은 얼마나 깜짝 놀라셨을까요?

요즘은 부모의 반대를 무릅쓰고 사랑을 찾아 결혼한다는 이야기가 흔하지만 이 시대에는 놀라운 사건 중 하나였습니다. 부모의 뜻을 거역하고 자기 맘대로 배필감을 정한다는 것 자체가 상상할 수 없는 일이었어요. 선군이 사랑에 빠진 여자는 남편을 넓은 마음으로 이해하고, 부모님도 공경하고, 자식도 잘 키우는 마음씨 착한 숙영 낭자 같은 사람이었으니 다행이지만요.

생각 깨기 2 - 출세보다 사랑이 먼저

조선 시대의 사대부(양반, 벼슬이나 가문이 좋은 사람) 들은 부모에게 효를 다하고 학문에 정진하며 나라에 충성 함으로써 그 도리를 다해야 했습니다. 나라에 충성을 다하는 방법 중에 하나는 과거에 급제하여 나랏일을 하는 것이었어요. 많은 양반들은 자신과 가문의 이름을 드높이기 위해 필수적으로 과거시험을 준비했습니다. 사회의 분위기가 이렇다 보니 〈숙영낭자전〉에서 선군의 아버지가 아들에게 과거시험을 보라고 타이르는 건 아주 당연한 일이었지요. 그런데 선군은 아버지 말씀을 듣고 아주 뜻밖의 대답을 내놓습니다.

"이름을 빛내려고 과거를 보는 것은 헛된 욕심입니다. 게다가 집을 떠나면 숙영낭자와 헤어지게 됩니다. 불효막심한 자식을 굽어 살펴 주십시오."

아버지의 뜻을 거역하는 것도 놀라운 일이지만 사랑하는 이와 떨어질 수 없다는 선군의 대답 역시도 당시의 사회에 비추어 보면 그야말로 충격적인 일이 아닐 수 없어요.
선군은 부모님의 뜻을 거스르는 대답을 했지만 숙영 낭자가 과거시험을 보라고 하자 그때는 또 고분고분 사랑하는 이의 말을 따릅니다. 부인의 말보다 부모님의 말이 훨씬 중요했던 시절인데, 선군의 이런 모습들을 보면 정말 숙영 낭자와의 사랑에 푹 빠져 있었나 봐요. 과거를 보겠노라 약속하고 길을 떠나고 나서도 선군은 발걸음이 떨어지지 않아 집으로 몰래 돌아오고, 다시 돌아오며 어렵사리 과거시험을 봅니다. 매월이의 모함으로 숙영 낭자가 죽자 선군의 아버지는 임 소저를 아내로 맞이하게 하려고 합니다. 하지만 선군은 숙영에 대한 사랑을 잊지 못해 아버지의 제안을 거절하며 따라 죽고자 합니다. 남녀 간의 사랑을 겉으로 드러내는 것을 꺼려했던 것이 당시 사회의 분위기였는데, 엄격한 사회의 틀을 뛰어넘을 정도로 선군과 숙영 낭자의 사랑은 대단했습니다. 심지어 죽음을 택하면서까지 둘은 함께하려고 했으니까요.

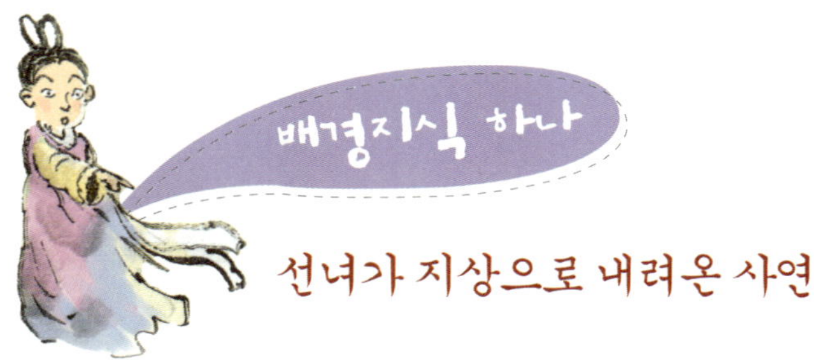

선녀가 지상으로 내려온 사연

나무꾼과 선녀, 견우과 직녀, 선군과 숙영.
이 이야기에 등장하는 남녀 주인공들은 공통적으로 신선 세계와 관련이 있습니다. 〈견우와 직녀〉에서는 하늘나라에 살던 견우와 직녀가 맡은 일을 게을리하다 하느님의 노여움을 받고 서로 떨어져 사는 벌을 받게 됩니다. 〈숙영낭자전〉에도 이와 비슷한 이야기가 들어 있지요. 비를 잘못 내린 죄로 인간 세상으로 내려와 귀양살이를 하게 된 선군의 사연은 〈견우와 직녀〉 이야기와 닮았네요.
그런가 하면 선녀가 인간 세상에 내려와 결혼을 하고, 아이를 낳은 상황은 〈나무꾼과 선녀〉 이야기와 비슷합니다. 3년이라는 시간을 꼬박 기다려야 하늘이 숙영 낭자와 선군, 이 둘의 사이를 허락하는 때가 오는 것이었는데, 상사

병에 걸린 선군 때문에 숙영 낭자는 3년을 다 채우지 못한 시점에서 선군과 인연을 맺습니다. 그 벌로 인간 세상에서 모함을 받고 억울한 죽음을 당하는 운명에 놓이게 되고요. 앞서 말했듯 선녀가 인간 세상으로 내려 온 것은 두 이야기의 공통점이지만, 이 이야기들도 약간의 차이가 있습니다. 〈선녀와 나무꾼〉은 말에서 절대 내리면 안 된다는 선녀의 당부를 나무꾼이 지키지 않는 바람에 그는 다시 하늘나라로 가지 못하고 인간 세계에 어머니와 단 둘이 남게 됩니다. 하지만 〈숙영낭자전〉은 죽었던 숙영이 세상으로 다시 살아 돌아와 선군과 함께 행복한 삶을 살고, 여든 살까지 제 수명을 모두 누리고 원래 살았던 하늘나라로 부부가 함께 돌아가는 결말을 맞이하지요.

하늘나라에서 잘못을 저지른 뒤 그 벌로 인간 세계로 귀양을 내려오고, 벌을 다 받고 나면 다시 원래 살던 천상의 세계로 돌아오는 이런 종류의 이야기들을 어려운 말로 '적강(謫降)소설' 이라고 합니다. 귀양 적, 내릴 강, 인간 세계로 귀양을 내려오는 이야기를 아울러 하는 말이지요. 그뿐만 아니라 적강소설은 하늘이 정해놓은 뜻대로 결국에는 그 인연이 이루어지는 것을 보여주는 소설이기도 합니다.

목숨보다 더 중요했던 절개

과거 길을 떠난 남편은 숙영을 잊지 못해 밤마다 다시 돌아옵니다. 이로 인해 숙영은 '정절' 을 의심받자 괴로워하며 가슴에 칼을 꽂고 자결을 합니다. 모함에 빠져 누명을 쓰기는 했지만 결국 부모님들과 오해도 풀렸고, 숙영 곁에는 어린 자녀들도 있었는데 죽음을 각오한 숙영의 결심은 변함이 없었습니다. 어떻게 이런 일이 가능했을까요?

조선 시대의 여인들은 죽을 때까지 한 남편만을 섬기고 그 남편이 죽으면 따라 죽기도 마다하지 않았습니다. 이렇게 지조를 지킨 여인네들은 삼강록(조선 정조 시대, 충·효·열 세 가지 덕목을 모범적으로 잘 지킨 사람들을 기록한 책)에 이름이 오르고, 그 가문의 집 앞에는 열녀비가 세워졌습니다. 사람들은 그 열녀비를 보며 대단한 가문이라고 칭송했고, 열녀를 배출한 집안들은 대대로 문중(집안)의 자랑으로 여겼습니다.

"김경민의 딸이 18세 때 신씨 가문으로 출가하였으나 곧 남편이 죽자 자신도 남편의 뒤를 따라 죽으려고 하였다. 하지만 자신이 죽어버리면 자식도 없는 늙은 시부모가 의지할 곳이 없었기에 죽음을 단념하고 베를 짜고 품삯을 받아 시부모를 극진히 모셨다고 한다. 그러다가 시부모가 세상을 떠나자 그녀도 자기의 할 일이 모두 끝났다고 생각하여 극약을 마시고 뒤를 따랐다고 한다."

당시 조선 사회는 열녀들을 기리는 비와 비각을 곳곳에 세워 여성의 절개를 강조하였습니다. 또한 아내를 내쫓아도 되는 일곱 가지 이유들을 모아 칠거지악(시부모에게 불효하는 것, 자식을 못 낳는 것, 질투하는 것, 말이 많은 것 등 여성들이 경계해야 할 행동 7가지)으로 정하기까지 했습니다.

아이들과 남편을 생각해 조금만 참으면 될 일을 굳이 자결이라는 극단적인 방법을 선택한 숙영이 선뜻 이해가 가지 않습니다. 하지만 조선 시대에는 이처럼 여성들에게 순종과 순결을 강요하였으며 정절을 지키지 못한 여인네들은 그 후손들에게까지 수치로 기록되었던 시대였던 것입니다. 그러니 숙영이 억울해도 보통 억울한 게 아니었던 것이지요.

※ 활동하기 1

사랑하는 남자를 위해 목숨 바쳐 끝까지 정절을 지킨 여인 '숙영 낭자' 와 〈춘향전〉의 주인공인 '춘향' 을 비교해 보세요. 둘 다 지극한 사랑의 주인공이지만 어떤 차이가 있을까요?

• 출신

숙영은

춘향이는

• 억울함을 풀어주기까지

숙영은

춘향은

허생전

허생 일행이 섬에 도착하여 나무를 베어 집을 짓고 대나무
를 엮어 울타리를 만드니 금세 큰 마을이 생겼습니다. 그
런 후 밭을 일구고 기름진 땅에 심은 곡식은 무럭무럭 자라 알차게 여물어갔
습니다. 이런 풍년 덕분에 식량이 남아돌아가 삼년 동안 먹을 양식을 저장하
고 난 나머지는 일본의 영토인 장기도에 가서 팔았습니다.

한양 묵적골에 '허생'이라는 선비가 살았습니다. 남산 아래로 곧장 내려오면 우물 옆에는 오래된 은행나무가 서 있고, 그 은행나무를 향해 사립문(나뭇가지로 엮어 만든 문)이 열려 있는 두어 칸의 작은 집은 비바람을 막지 못할 정도로 다 쓰러져 가는 초가였습니다.

그러나 허생은 비바람이 새는 집은 신경 쓰지도 않고 날마다 책 읽는 것만 좋아했기에 그의 아내가 삯바느질을 해서 식구들은 겨우 입에 풀칠을 할 수 있었습니다.

그러던 어느 날 더 이상 배고픔을 참을 수 없던 허생의 아내는 눈물을 흘리며 말했습니다.

"당신은 지금까지 과거 한번 보러 가지 않고 어쩌자고 글만 읽는 답니까?"

그러자 허생은 웃으며 대답했습니다.

"내가 아직 글 읽는 것이 서툴러서 그렇다오."

"그럼 장인(물건을 만드는 기술자. 공인) 노릇이라도 하셔야지요."

"기술을 배우지 못했는데 어쩌겠소?"

"그렇다면 장사라도 해야지요."

"장사를 하려해도 밑천이 없는데 어쩌겠소?"

화가 난 아내는 울먹이며 소리쳤습니다.

"당신은 밤낮으로 글만 읽더니 '어쩌겠소?'라는 말밖에 모른답니까? 아무것도 할 수 없다면 도둑질이라도 하시겠단 말인지요?"

허생은 아내의 말에 읽던 책을 덮고 그 자리에서 일어났습니다.

"허, 애석한 일이로다. 십 년간 글 읽기로 결심을 하였건만 이제 겨우 칠 년밖에 되지 않았거늘. 삼 년을 남겨두고 여기서 그만 두어야 하다니……."

그 길로 허생은 읽던 책을 뒤로 하고 집을 나섰습니다.

그러나 허생은 한양에 아는 사람이 없었습니다. 그는 곧바로 종로 나아가 거리를 거닐다 지나가는 사람에게 물었습니다.

"한양에서 가장 큰 부자는 누구요?"

"한양에서 제일가는 부자라면 변 부자이지요."

허생은 그 길로 사람들에게 길을 물어 변 부자를 찾아갔습니다.

허생은 변 부자에게 예의를 갖추어 인사한 후, 단도직입적으로 찾아 온 이유에 대해 말했습니다.

"제가 장사를 해 보고자 하는데 집이 가난하여 밑천이 없소이

다. 뜻을 이루어 보고자 하니 돈 만 냥만 빌려 주시오."

이 말을 들은 변 부자는 조금도 망설이지 않고, 처음 보는 허생에게 선뜻 만 냥을 내어 주었습니다. 그러자 허생은 고맙다는 말 한 마디 없이 훌쩍 가버렸습니다.

곁에 있던 변 부자의 자제들과 친구들이 문 밖을 나가는 허생의 모습을 보고 있자니 가죽신은 뒤꿈치가 닳아빠졌고, 더럽기 짝이 없는 두루마기를 입었으며 낡은 망건에 너덜거리는 갓을 쓰고 게다가 콧물까지 흘리는 꼴이 영락없는 거지였습니다.

허생이 나가자 모두들 어리둥절해하며 변 부자에게 물었습니다.

"어른께서는 어찌하여 어디 사는 누구인지도 모르는 처음 보는 사람에게 이름조차 묻지 않고 만 냥이나 되는 큰돈을 그냥 빌려 주셨습니까?"

그러자 변 부자는 조용히 말했습니다.

"대체로 남에게 돈을 빌리려는 사람들은 잘 보이려고 비굴한 모습을 하고는 그럴 듯하게 말을 하는 법이네. 그런데 이 사람은 비록 겉모습은 남루한 거지꼴을 하고 있지만, 당당한 태도와 눈빛으로 내 얼굴을 똑바로 보며 조금도 부끄러워하는 기색이 없었지. 재물 없이도 스스로 만족할 줄 아는 사람일 테니 결코 저 사람은 내가 준 돈으로 나쁜 짓을 하지 않을 것이며, 나를 실망시키지도 않을 것이라 믿고 있네. 나 또한 주지 않으려면 모

를까 이미 만 냥을 주기로 마음을 먹었거늘 굳이 그 자의 이름
을 물어서 무엇 하겠는가.”

　만 냥을 쉽게 빌린 허생은 집에 가지 않고 경기도 안성으로 내
려갔습니다. 안성은 경기와 충청도의 갈림길이고, 충청도와 경상
도, 전라도를 잇는 곳이기 때문이었습니다.

　허생은 안성의 시장으로 가서 감, 배, 대추, 밤, 석류, 귤, 유자
등 갖가지 과일들을 모조리 사들이기 시작했습니다. 파는 사람이
달라는 대로 값을 다 주고 샀습니다. 그리고 과일을 사들이는 대
로 곳간에 차곡차곡 저장해 두었습니다.

　이렇게 되자 머지않아 나라 안의 모든 과일은 모조리 없어졌고,
집집마다 잔치나 제사를 지내려 해도 과일이 없어 상을 제대로 차
릴 수 없는 형편이 되고 말았습니다. 허생에게 비싼 값을 받고 과
일을 팔았던 과일장수들이 이번에는 그에게 와서 팔았던 값의 열
배를 주고 다시 사가는 것이었습니다. 허생은 탄식하며 한숨을 내
쉬었습니다.

　‘겨우 만 냥으로 이 나라를 기울게 할 수 있다니. 나라의 살림
을 알 만하구나!’

허생은 과일을 팔아 번 돈으로 무명, 명주, 솜, 칼, 호미 등을 모
조리 사서 제주도로 건너갔습니다. 제주도에서는 농기구와 옷감
등이 부족했기 때문에 허생이 가지고 간 물건들은 금세 다 팔렸습
니다.

다시 많은 돈을 번 허생은 그곳에서 망건을 만드는 말총을 전부
사들였습니다.

'몇 년이 못 가서 온 나라 안 사람들은 상투를 싸매지 못하게
될 게야.'

허생이 말한 대로 얼마 후 나라의 망건 값이 열 배나 올랐고, 허생이 다시 말총을 내다 파니 백만 냥이 되었습니다.

어느 날 허생은 바다로 나가 늙은 뱃사공에게 물었습니다.

"혹시 바다 건너에 사람들이 살 만한 텅 빈 섬이 하나 있소?"

"있답니다. 언젠가 제가 풍랑을 만나 동쪽으로 사흘 밤낮을 떠밀려 가다가 한 섬에 닿았는데, 그 섬에선 꽃과 잎이 만발하여 저절로 피고, 과일과 채소가 철 따라 여물었습지요. 그 뿐 아니라 사슴과 고라니가 떼를 지어 다니고 바닷물고기들은 사람을 보고도 놀라지 않고 뛰어 놀고 있었습니다."

뱃사공의 말을 들은 허생은 무척 기뻐하며 말했습니다.

"사공께서 나를 그 곳으로 데려다 준다면 내가 당신을 평생 동안 부귀를 누리게 해 주겠소."

허생의 말을 들은 뱃사공은 바람이 알맞게 부는 날, 허생을 태우고 동남쪽으로 배를 몰아 그 섬에 이르게 되었습니다.

허생은 섬에 도착하자 높은 바위 꼭대기에 올라가 사방을 바라보며 실망스러운 듯 말했습니다.

"겨우 천 리도 채 되지 않는 이 섬에서 무엇을 하겠는가. 단지 땅이 기름지고 물맛이 좋으니 부잣집 늙은이 노릇은 할 수 있겠구나."

그 말을 들은 사공은 궁금한 듯 물었습니다.

"사람이라곤 없는 텅 빈 섬에서 누구와 더불어 산단 말입니까?"

그러자 허생은 웃으며 말했습니다.

"덕이 있는 사람에게는 사람들이 자연스레 찾아오는 법이지요. 덕이 없는 것이 걱정이지, 사람이 없는 것이 걱정이겠소?"

이 무렵 변산 지방에 수천 명의 도둑 무리가 나타나 극성을 부리고 있었습니다. 여러 고을에서 포졸들을 풀어 이들을 잡으려 했으나 쉽게 잡을 수가 없었습니다. 도둑들은 도둑들대로 포졸들이 산 속을 샅샅이 뒤지는 바람에 점점 더 도둑질을 하기가 어려워졌고, 마침내는 더욱 깊은 산 속으로 몸을 숨기고 급기야는 먹을 것이 없어 굶주릴 수밖에 없었습니다.

이러한 사정을 알게 된 허생은 산 속으로 들어가 도둑의 두목을 만나 물었습니다.

"너희 천 명이 천 냥을 훔쳐와 나누어 가진다면 한 사람에게 얼마씩 돌아가느냐?"

"그거야 당연히 한 사람에 한 냥씩이지요."

"그럼, 너희들에게 아내가 있느냐?"

"없습니다."

294

"그럼 농사지을 땅은 있는가?"

"허, 마누라가 있고 농사지을 땅이 있으면 무엇 때문에 우리가 도둑질을 하겠소?"

"정말 그렇게 생각한다면 왜 장가를 들어 집을 짓고 소를 사서 농사를 지으며 살려고 하지 않느냐? 그렇다면 도둑이라는 말도 듣지 않고 식구들과 오래도록 잘 먹고 잘 살 수 있을 것이 아니더냐."

"어찌 그걸 모르겠습니까만, 돈이 없으니 이러고 있소이다."

허생이 웃으며 말했습니다.

"너희가 도둑질을 하면서 어찌 돈이 없다고 걱정하느냐? 그렇다면 내가 너희들에게 돈을 마련해 주겠다. 내일 붉은 깃발을 단 배가 바닷가에 나타날 것이다. 그 배에 돈이 가득 실렸으니 모두 가져가도 좋다."

그렇게 허생이 도둑들과 약속하고 떠나자, 도둑들은 아무도 믿지 않고 허생을 비웃었습니다.

다음 날이 되자 도둑들 몇 명이 혹시나 하는 마음에 바다에 나가 보니 정말 허생이 삼십만 냥이나 되는 돈을 배에 싣고 기다리고 있었습니다. 도둑들이 너무 놀라 모두들 줄을 지어 허생에게 절을 하며 말했습니다.

"나리가 시키는 일은 무엇이든 하겠습니다."

"그럼 이제 너희가 갖고 싶은 만큼 마음껏 돈을 가져가 보아라."

그 말이 떨어지기가 무섭게 도둑들은 앞을 다투어 돈을 챙기기 시작했습니다. 그러나 욕심만 있을 뿐 백 냥을 채 짊어지지 못했습니다. 이 모습을 본 허생이 말했습니다.

"허, 백 냥도 짊어지지 못하는 주제에 무슨 도둑질을 한단 말이냐? 이제는 평민으로 돌아가려 해도 너희 이름이 도둑 명부에 올라 있으니 안 되고, 그렇다면 마땅히 갈 곳이 없겠구나. 내 이곳에서 기다리고 있을 테니 너희들은 한 사람당 백 냥씩 가지고 가서 아내 될 사람과 소 한 마리씩을 각각 구해 오너라."

도둑들은 대답한 후 돈을 가지고 흩어져 떠났습니다.

그동안 허생은 이천 명이 일 년 동안 먹을 양식을 준비하고 도둑들이 오기를 기다렸습니다. 얼마 후 도둑들은 제각기 아내와 소를 데리고 돌아 왔습니다. 마침내 허생은 이들 모두를 배에 태우고 그가 미리 보아 둔 빈 섬에 향해 출발 했습니다.

허생이 도둑들을 전부 데려간 덕분에 나라 안은 도둑 걱정이 없이 다시 평온해졌습니다.

허생 일행이 섬에 도착하여 나무를 베어 집을 짓고 대나무를 엮어 울타리를 만드니 금세 큰 마을이 생겼습니다. 그런 후 밭을 일구고 기름진 땅에 심은 곡식은 무럭무럭 자라 알차게 여물어갔습니다. 이런 풍년 덕분에 식량이 남아돌아가 삼년 동안 먹을 양식을

저장하고 난 나머지는 일본의 영토인 장기도에 가서 팔았습니다.

여러 해 동안 흉년이 들어 먹을 것이 없었던 장기도에서 곡식을 팔아 번 돈은 백만 냥이나 되었습니다.

섬으로 다시 돌아 온 허생은 섬에 있는 이천 명을 모두 한자리에 불러 모았습니다.

"내가 처음 너희들과 이 섬에 왔을 때에는 먼저 부자 되게 한 다음, 따로 글도 만들고 옷 같은 것도 지어 입게 하려고 하였다. 하지만 땅도 좁고 내 덕 또한 부족하니 이제 나는 이곳을 떠나려고 한다. 너희들이 아이를 낳거든 예의를 지키고 서로 양보

하는 등 덕을 쌓도록 가르쳐라."

그렇게 말한 후 허생은 다시

"가지 않으면 오는 사람도 없을 게야."

하면서 자기가 타고 나갈 배 한척만 남겨 두고 다른 배들은 모조리 불살라 없애버렸습니다.

또 은 백만 냥 가운데 오십만 냥도 물속에 던져버렸습니다.

"백만 냥이라면 나라 안에서도 쓸데가 없는데, 하물며 이 작은 섬에서 어디다 쓰겠느냐."

마지막으로 도둑 중에서 같이 나갈 사람들과 글을 아는 사람들은 모두 불러 함께 배에 태워 섬을 나가면서 말했습니다.

"이 섬에서 화가 될 만한 일은 미리 없애도록 해야지."

이로부터 허생은 육지에 돌아와서도 나라 안을 두루 돌아다니며 가난하고 불쌍한 사람들을 도와주었습니다. 그러고 나서도 십만 냥이나 남아 있었습니다.

"이제 이것으로 변 부자에게 빌린 돈을 갚아야겠구나."

허생은 돈을 가지고 오랜만에 변 부자를 찾아갔습니다.

"나를 알아보시겠소?"

변 부자는 무척 반가워하며 허생을 반겼습니다.

"알다마다요. 헌데 그대의 얼굴색이 예전보다 조금도 좋아지지 않은 걸 보니 만 냥을 모두 털린 것이 아니요?"

그러자 허생은 웃으며 말했습니다.

"어찌 돈 때문에 얼굴 표정이 달라 질 수 있겠소? 그런 일은 당신들에게나 있는 일이라오."

허생은 십만 냥을 변 부자에게 주며 다시 말했습니다.

"내가 잠깐의 굶주림을 견디지 못해 공부를 끝내지 못하고 당신에게 만 냥을 빌린 것이 부끄러울 뿐이라오."

변 부자는 놀라며 일어나 절을 하며 말했습니다.

"하지만 이렇게 큰돈은 받을 수 없습니다. 그저 옛날에 빌려 준 만 냥에 이자만 조금 계산해서 주시면 된답니다."

그러자 허생은 크게 화를 내며,

"당신은 어찌 나를 장사꾼으로 보시오?"

하며 변 부자가 잡은 소맷부리를 뿌리치고 가버렸습니다.

변 부자는 허생 모르게 조용히 그의 뒤를 밟아 보았습니다.

그런데 허생은 남산 밑의 골짜기로 향하더니, 다 쓰러져 가는 허름한 집으로 들어가는 것이 아니겠습니까? 그 때 마침 빨래터에서 빨래를 하고 있는 늙은 할멈에게 물었습니다.

"할머니, 저 오막살이가 누구의 집입니까?"

"허 생원 댁이랍니다. 가난하면서도 늘 책읽기만 좋아하던 양반인데, 하루아침에 집을 나간 후 소식이 끊긴 지 오년이 지났다오. 그의 아내는 혼자 살면서 남편이 죽었다 생각하고 해마다 집 나간 날에 제사를 지낸답니다."

변 부자는 그제야 비로소 그의 성씨가 '허'가라는 것을 알고 돌아갔습니다.

다음날 날이 밝자 변 부자는 허생에게 받은 돈을 가지고 오막살이에 찾아가 돌려주려 했습니다.

그러나 허생은 정중히 거절하며 말했습니다.

"내가 부자가 되고 싶었으면 장사를 하여 번 돈 백만 냥을 버리고 이 돈 십만 냥을 받으려 하겠소? 이 돈은 당신이 도로 가져가시고 내 이제부터 당신 덕을 보고 살 것이오. 가끔 우리 집에 와서 나와 우리식구 먹을 양식과 입을 옷가지 정도만 챙겨주시오. 나는 평생 그것으로 만족할 것이오. 괜한 재물로 내 마음을 괴롭히고 싶진 않소."

변 부자는 계속해서 설득해 보았지만 허생은 변 부자의 말을 끝내 듣지 않았습니다.

이후로 변 부자는 허생이 식량과 옷감이 떨어지지 않도록 꼬박꼬박 가져다주었습니다. 허생 또한 기분 좋게 받곤 했습니다.

그러다 분수에 넘치도록 많이 가져 오는 날이면 버럭 화를 내며,

“당신은 어찌 내게 이런 재앙을 주려 한단 말이오.”
하고 말했습니다. 하지만 술을 가져오면, 보통 때 보다 더 반가워
하며 취하도록 마셨습니다. 이렇게 몇 해가 지나니 그들 두 사람
의 정은 점점 더 돈독해졌습니다.

그러던 어느 날, 변 부자는 조용히 물었습니다.

“오년 동안 어떻게 백만 냥이라는 큰돈을 벌었소?”

“그건 그리 어려운 일이 아니오. 우리나라는 다른 나라와 무역
이 없어 나라끼리 서로 물건을 사고 팔 수 없질 않소? 또 수레
가 나라 안을 전부 다닐 수 없으니 모든 물건이 생산된 곳에서
사서 쓰는 경우가 많다오. 천 냥이 많은 돈이라고 할 수 없어 모
든 물건을 전부 살 수는 없지만 그것을 열로 나누어 백 냥씩 열
가지 물건을 골고루 살 수 있지요. 그중에 한두 가지 물건이 시
세가 좋지 않아도 나머지 물건들에서 이익을 남겨 메울 수 있는
데, 이건 보통 장사꾼들이 이익을 내는 법이라오. 하물며 만 냥
이라면 한 가지 물건을 남김없이 모조리 살 수 있는 돈이니, 이
땅에서 나는 물건 가운데 한 가지를 골라 다 사들이고 나면 금
방 그 물건의 값은 몇 배로 오르게 된다오. 하지만 이렇게 된다
면 장사꾼들과 백성들은 그 물건을 구경도 할 수 없게 되는 것
이니 이 방법은 백성들을 못살게 하는 나쁜 짓이라오. 만일 나
랏일을 맡은 관리가 이러한 방법을 쓰게 된다면 그 나라는 곧

병들고 말거요.”

변 부자는 허생의 말을 듣고 나서 다시 물었습니다.

“그런데 처음에 허 생원께서 찾아왔을 때 내가 만 냥을 내어줄 것을 어떻게 알았소?”

허생이 말했습니다.

“어찌 내가 당신이 돈을 줄지 알고 갔겠소. 내가 가진 재주 정도면 백만 냥을 벌 수 있을 것 같았지만 운명은 하늘에 달려 있는 것이니 아무도 그것을 알지 못하오. 그러니 나를 알아보고 내게 돈을 빌려주는 사람은 복이 있는 사람이지요. 큰 부자가 되는 것은 하늘이 만들어 준다고 하지요. 나는 당신의 돈으로 돈을 벌었으니 당신의 복으로 돈을 벌게 된 것이 아니겠소? 만일 내가 내 재산으로 장사를 했다면 실패했을지도 모르는 일이오.”

변 부자는 허생의 말에 감탄하며 이러한 허생의 재주가 아깝다고 생각하며 말했습니다.

“허 생원 같은 큰 인물께서 이와 같은 재주를 나라를 위해 쓰지 않고 어찌 썩히고만 계시오? 벼슬을 하여 그 뜻을 펼쳐 보시오.”

“허허, 벼슬을 하지 않고 한 평생 초야에 묻혀 산 사람이 어디 한두 명이겠소? 오늘날 나라를 다스리는 사람들은 지혜로운 사람을 찾아서 쓰지 않고 모두들 자기 욕심만 채우고 있소. 장사에 재주가 있는 내가 그 많은 돈을 벌고도 바닷속에 던지고 온

까닭은 이 나라에서는 그 돈을 쓸 곳이 없어서 그런 것이라오.”

이 말을 들은 변 부자는 한숨 쉬며 돌아갔습니다.

변 부자는 전부터 어영대장(어영청의 총 책임자로 품계는 종2품임)

이완과 친분이 있는 사이였습니다.

어느 날 이완은 변 부자와 함께 이야기를 하다가,

“나라가 어지러우니 아까운 재주를 숨기고 사는 사람 중에 큰

일을 할 만한 사람이 없는가?”

하고 물었습니다. 그 말을 들은 변 부자는 허생의 이야기를 하였고, 이완은 몹시 기뻐하였습니다.

그날 밤 이완은 수행하는 나졸(조선 시대, 포도청에서 지역 순찰과 죄인을 잡아들이는 일을 하던 하급 병졸)들도 없이 변 부자와 함께 허생의 집으로 찾아갔습니다.

허생은 손님이 와도 반가워하지 않으며 일어나 맞이할 생각도 하지 않았습니다.

“무슨 일로 오셨소?”

허생이 이완에게 물었습니다. 이완은 나라를 위해 일할 어진 사람을 구하고 있기에 이렇게 찾아 왔다는 뜻을 말했습니다. 그러자 허생은 손을 저으며,

“밤은 짧은데 말이 길어 듣기 지루하군. 자네 벼슬이 무엇인가?”

“어영대장이오.”

“나라에서 믿을 만한 신하이겠군. 내가 훌륭하신 분을 알려 줄 테니 자네가 임금께 말해 임금께서 그분을 직접 모셔 오도록 해 보게나. 할 수 있겠나?”

듣고 있던 이완은 한참을 생각하더니 대답했습니다.

“힘듭니다. 다른 방법을 알려 주시오.”

마지못해 허생은 다시 말했습니다.

"예전에 우리나라를 도와준 적이 있는 명나라의 자손들이 명나라가 망하자 우리나라로 도망하여 떠돌이 생활을 하고 있네. 자네가 조정에 청하여 종친(임금의 친족)의 딸들을 그들에게 시집보내고, 벼슬아치들의 재산을 빼앗아 그들의 살림에 보태 줄 수 있겠는가?"

"어렵습니다."

"이것, 저것 다 어렵다고 하면 대체 자네가 할 수 있는 일은 무엇 인가? 그럼 아주 쉬운 일이 있는데 자네가 할 수 있겠나?"

"부디 말씀해주십시오."

허생은 다시 말을 꺼냈습니다.

"큰 뜻을 펼치려면 먼저 이름난 천하의 호걸(지혜와 용기가 뛰어나고 기개가 있는 사람)들과 사귀어야 하네. 또한 다른 나라를 치고자 한다면 그 나라를 잘 알아야 하네. 이제 우리가 우리 자제들을 청나라로 유학 보내 학문도 배우고 청나라 사람들과 사귀게 해야 하네. 청나라 사람처럼 머리를 깎고 청나라 옷을 입혀 들여보내 벼슬도 하도록 하게. 그리고 장사꾼들은 멀리 강남까지 들어가 장사를 하며 청나라의 모든 것을 살피게 하도록 하게."

이 말을 들은 이완은 고개를 숙이고 있다가 겨우 말했습니다.

"양반들이 몸을 삼가고 예법을 중요시 하니, 누가 그들의 자제에게 머리를 깎게 하고 오랑캐의 옷을 입히겠습니까?"

이 말에 허생은 불 같이 화를 내며 말했습니다.

"대체 양반이란 어떤 놈들이냐? 바지저고리는 흰 옷만 입는데 이것은 장례 치를 때나 입는 옷이고, 머리를 묶어서 송곳처럼 상투를 트니 이것은 오랑캐의 방망이 상투와 같지 않느냐? 그러고도 예법이나 따지고 있으니……. 옛날 진나라 장수 '번어기'는 사사로운 원한을 갚고자 자신의 목을 내주었고, 무령왕은 나라를 강하게 하고자 오랑캐의 옷을 입는 것을 수치로 생각지 않았다. 그런데 나라를 위한다는 자들이 한낱 머리털 따위를 아낀다는 건가? 그뿐 아니라 장차 말 타기, 활쏘기, 돌팔매질, 창 찌르기 등도 익혀야 하거늘, 거추장스럽게 펄럭이는 넓은 소맷자락은 고칠 생각 하지 않고 예법만 찾는 구나. 내가 지금 세 가지나 말하였으나 너는 그중 한 가지도 못하겠다고 하면서 어찌 제대로 된 신하라고 하겠는가? 당장 네 놈의 목부터 쳐야겠구나!"

허생은 좌우를 둘러보며 칼을 찾아 죽일듯한 기세였습니다.

놀란 이완과 변 부자는 허겁지겁 도망쳐 집으로 돌아갔습니다.

다음 날 이완과 변 부자는 다시 허생의 집으로 찾아갔으나 찬바람이 가득한 텅 빈 집만 덩그러니 남아 있을 뿐 주인은 온데간데없었습니다.

풍자 소설 〈허생전〉

〈허생전〉은 작가 박지원의 실학사상이 잘 나타난 작품으로 박지원이 청나라를 돌아보면서 쓴 기행문인 〈열하일기〉에 들어있는 이야기예요. 이 이야기는 허생이라는 인물을 통해 나랏일을 생각하지 않고 자신들의 안위만 걱정하는 당시의 관리들을 비판하고, 또 지식인들은 변화하고 반성해야 한다고 말하고 있는 풍자 소설이에요.

이 작품은 내용면에서 세 가지 이야기로 나눌 수 있어요. 먼저 첫 번째에 해당되는 이야기는 물건을 모두 독점해서 사고파는 매점매석(물건 값을 올려 이익을 얻기 위해 물건을 많이 사두고 팔지는 않는 것)을 하여 부자가 되는 것이 나라 경제에 얼마나 나쁜 영향을 미치는 지를 보여 주지요. 이는 우리나라의 경제, 사회가 많이 취약했다는 것을 드러내고 있어요.

두 번째 이야기에서 허생은 사람이 살지 않는 무인도에 살기 좋은 이상국(근심이나 걱정이 없는 완전한 나라. 현실세계에는 없는 나라)을 건설하고자 했어요. 그곳에서 자연의 순리대로 살아가는 나라로 만들기 위해 사람이 지켜야 할 최소한의 예의범절만 가르치고 글을 아는 모든 사람들을 그 섬에서 데리고 나오지요. 이것은 곧 아무 일도 하지 않으며 무위도식(하는 일 없이 놀고먹음)하는 지식인들을 비판하고 있는 거랍니다.

세 번째에 해당 되는 이야기는 허생과 어영대장 이완과의 대화예요. 이 때 이완은 허생에게 어지러운 나라를 구할 방법에 대해 묻지요. 여기서 나오는 이들의 대화 내용을 통해 작가 박지원은 당시 권력을 쥐고 있던 사대부들이 허세와 편견, 그리고 나라에 필요한 인재를 등용함에 있어 합리적이지 못한 점들을 나타내어 올바른 정치를 하지 않는 사대부들을 비판하고 있어요.

<허생전>이 쓰였던 18세기 후반에는 상업의 발달로 생긴 부자가 많이 생기곤 했는데, 이러한 부의 집중이 새로운 계층을 만들어 사회 변화가 심화 되었다고 해요. 하지만 매사에 명분만 내세우고 공리공론(실천이 따르지 아니하는, 헛된 이론이나 논의)만 일삼던 당시의 지식인들과 관리들은 이러한 변화를 받아들이지 못했어요. 그렇다고 그들은 그 변화를 바람직한 방향으로 이끌어갈 능력도 없었지요.

그래서 작가 박지원은 '허생' 을 통해 실학사상을 받아들임으로서 우리나라의 경제, 사회 문제를 해결해야 한다고 말하고 있는 거랍니다.

실학사상은 뭔가요?

조선 후기에 사회 · 경제적 변화들이 생기면서 여러 가지 모순과 문제점들이 불거지기 시작했어요. 실학사상이란 그 해결책을 찾는 과정에서 등장한 사회 개혁사상으로 임진왜란 이후 싹이 트기 시작했고, 18세기 전후의 진보적 지식인들에 의해 연구되어 영조 · 정조 때 전성기를 이루었습니다.

실학사상이란 쉽게 말해서 백성들의 실제 생활에 도움이 되는 학문을 펴자는 뜻을 담고 있어요.

연구 분야도 매우 다양해서 현실 개혁을 위한 사회 · 경제적인 문제에 관심을 갖는 것은 물론 천문학 · 수학 · 의학 등의 자연과학, 역사 · 지리 · 언어 · 문학 · 풍습 등을 두루 포함하는 범위가 아주 넓은 학문입니다. 실학사상은 반계 유형원, 지봉 이수광을 선구로 싹트기 시작하여, 성호 이익, 연암 박지원,

다산 정약용, 청장관 이덕무, 초정 박제가, 담헌 홍대용에 이르러 크게 발전을 이룬 뒤 19세기 말 개화 사상가들에 의해 재조명되었습니다.

18세기 초 실학을 발전시킨 성호 이익은 성리학(중국의 공자가 탄생시킨 전통적인 학문, 유교를 연구)을 연구한 학자였지만 서양학문의 과학기술과 사회제도에도 큰 관심을 기울인 실학자였습니다. 다른 나라의 앞선 과학에 많은 관심을 보이면서도 우리나라 역사의 중요성을 강조하며 한민족의 자주성과 독자성을 알리기 위해 애썼습니다.

조금 더 시간이 흘러 18세기 후반이 되자 실학파는 '북학파' 와 '성호학파' 이 두 가지 갈래로 나뉘어져 각각 발전하게 되었어요. 홍대용 · 박지원 · 박제가를 중심으로 한 '북학파' 가 등장했는데, 이들은 상공업의 발달을 매우 중요시했습니다. 특히 청나라의 발달한 상공업과 과학기술을 배워 개혁의 모범으로 삼고자 했어요. 또 이들이 강조한 실학 이념은 '이용후생(利用厚生)' 이라는 단어 하나로 압축해서 표현할 수 있습니다. '기구를 편리하게 쓰고 먹을 것과 입을 것을 넉넉하게 하여, 국민의 생활을 나아지게 한다.' 는 뜻이지요.
반면 성호학파는 청나라의 뛰어난 문물과 상업을 받아들여 우리나라를 부강하게 만들자는 게 북학파의 주장과 다르게, 농촌 생활을 중요하게 여기고 농업이 모든 것의 중심이라는 농본주의적인 생각을 갖고 있는 실학사상이었습니다.

시간이 흘러 북학파는 18세기 후반에 그 활동을 마감했지만 청나라의 문물을 적극적으로 받아들여야한다는 생각만큼은 19세기까지도 큰 영향을 미쳤답니다. 백성들이 보다 편안하고 풍요로운 삶을 살 수 있도록 실생활에 도움이 되는 학문을 만들고자 애썼던 실학자들의 마음은 현대를 살아가는 우리에게도 많은 교훈을 주고 있습니다.

박지원은 〈허생전〉에서 어떻게 해야 백성들이 잘 살 수 있다고 생각했을까요?

조선 시대에는 신분을 중요하게 여겼지요. 그래서 아무리 가난해도 가장 높은 계급인 양반이 장사를 한다는 것은 있을 수 없는 일이었어요. 하지만 돈을 많이 번 장사꾼들은 부자로 떵떵거리며 살았습니다. 때문에 신분에 얽매이지 말고 상업을 발달 시켜야 백성들이 잘 살 수 있다는 것을 말해 준답니다.
또 허생이 도둑들을 이끌고 섬으로 가서 무역을 하여 큰돈을 버는 것을 보여 주는 것은 가난 때문에 도둑이 된 백성들을 나라가 구하지 못한 것을 비판함과 동시에 다른 나라와 무역을 해야 한다는 말하고 있는 거지요.

어영대장 이완은 실제 존재했던 인물이래요.

조선의 양반들은 명나라를 멸망시키고 중국의 주인이 된 청나라를 오랑캐라고 생각하며 무시했어요. 하지만 우리나라가 한껏 낮추어 봤던 청나라와의 전쟁, 병자호란을 지게 되면서 우리나라의 임금이 청나라의 왕에게 이마를 조아리며 항복을 선언하는 크나큰 수모를 겪고 말지요.
우리나라 사람들이 청나라를 오랑캐의 나라라고 무시했지만 당시 청나라는 발달된 문물이 가득한 발전된 나라였어요. 그것을 보고 놀란 박지원은 청나라의 기술과 문화를 적극적으로 받아들이고 배워야만 우리가 겪은 설움을 되갚아 줄 수 있다고 생각했답니다. 그래서 효종 임금 때 두터운 신임을 받으며 우리나라도 뛰어난 과학기술을 갖추기 위해 많은 공을 들이기 시작했습니다.
〈허생전〉에서는 실제로 존재한 '이완' 이라는 인물을 소설 속에 등장시켜서

〈허생전〉에 나온 이야기들이 마치 진짜인 것처럼 현실성을 더해주지요. 그리고 이완의 성격을 교만하게 그려내어 말만 앞세우고 나라를 위한 일은 실천하지 않는 당시 지배계층의 무능함에 대해 은근슬쩍 비판하기도 합니다.

허생은 장사하기 좋은 곳으로 왜 안성을 택했을까요?

안성은 예로부터 시장이 발달한 곳이에요. 안성은 충청도와 경기도가 만나는 지점에 있고, 교통이 편리해 옛날부터 큰 장이 섰어요. 그래서 안성장은 조선 시대에 대구, 전주와 함께 3대 장으로 손꼽힐 정도였습니다. 갖가지 과일들과 공예품들이 풍부했지요. 특히 안성사람들은 놋그릇 만드는 솜씨가 뛰어났는데 아주 매끄럽고 단단한 그릇을 만들기로 유명했지요. 서울 사람들도 먼 안성까지 와서 놋그릇을 특별히 맞추어 가곤 했는데, 안성에서 맞춘 놋그릇처럼 모든 것이 딱 알맞다는 뜻의 '안성맞춤' 이란 말도 이것을 통해 생겨났습니다.

✳ 활동하기 1
우리나라가 잘 살기 위해 여러분은 무엇을 해야 한다고 생각하나요?

✱ 활동하기 2

허생처럼 많은 물건을 한꺼번에 사들여서 시장에 물건이 적어지고 나면, 값을
몇 배로 올려서 되파는 매점매석, 이런 장사에 대해 어떻게 생각하나요? 여러
분이 장사를 한다면 큰 이윤을 남기기 위해 허생의 행동을 따라할 것 같나요?
내가 만약 조선 시대의 사람이었다면 어떤 방법으로 장사를 했을까요?

✱ 활동하기 3

만일 여러분이 무인도에 사람들을 데리고 가서 나라를 세운다면, 어떤 규칙
과 법을 만들지 생각해 보세요.

박씨전

"소녀는 이시백의 부인 박씨의 몸종 계화라고 하옵니다. 부인은
전하께서 간신배들의 말에 결정을 내리지 못하신 것을 알고
급히 저를 보내셨사옵니다. 전하께서는 이 밤을 지체하
지 마시고 즉시 산성으로 옥체를 피하시옵소서."
계화는 이렇게 여러 번 아뢴 후 몸을 날려 공중으로 사라
져 버렸습니다.

조선 시대 인조 임금이 나라를 다스릴 때, '이득춘'이라는
사람이 살았습니다. 그는 벼슬이 이조판서, 홍문관 부제학에 이르
렀고, 나라에 충성하고 부모에 효도하며 가난한 백성을 잘 보살
폈습니다. 또 그는 사람됨이 겸손하고 어질어 모두가 이조 판서
이득춘을 존경하고 부러워했습니다. 그런 그에게 이시백이란 아
들이 있었는데, 그 아들 또한 인품과 재주가 뛰어났습니다.

이득춘이 강원도 관찰사로 있던 어느 날, 그의 집에 낡고 허름
한 옷을 입은 나그네가 찾아와 인사했습니다. 그는 금강산에 머물
고 있는 박현옥이라는 도학이 유명한 처사(세상에 나서지 않고 조용히
초야에 묻혀 사는 선비)로 세상 사람들은 그를 존경하였습니다.

한눈에 그가 보통 사람이 아니라는 것을 알아본 이득춘은 박 처
사를 반갑게 맞이하며 물었습니다.

"공께서는 무슨 일로 귀한 발걸음을 하였습니까?"

"상공('재상'을 높여 부르던 말)이 바둑을 두고 통소 부는 재주는

아무도 당할 자가 없다고 하더이다. 제게도 한번 보여주시겠습니까?"

"그럼 이왕 오셨으니 부족하나마 한번 불어 보겠습니다."

이득춘은 하인에게 퉁소를 가져오라 시켜 불기 시작했습니다.

퉁소를 불자 그 맑고 고운 소리에 뜰에 있던 모란꽃이 바람에 흔들리는 듯 뜰 위로 떨어졌습니다. 듣고 있던 박 처사는 이득춘의 실력을 칭찬한 후 말했습니다.

"저도 퉁소를 한번 불어도 되겠습니까?"

그리고는 퉁소를 건네받아 한 곡조 불기 시작했습니다.

그러자 마당위에 떨어졌던 꽃잎들이 공중으로 뿔뿔이 흩어졌고, 꽃나무들도 뿌리째 뽑혔으며 푸른 학과 하얀 학이 날아와 춤을 추더니 떨어졌던 꽃이 다시 활짝 피었습니다. 이 광경을 본 이득춘은 감탄하며 생각했습니다.

'이분은 분명 신선일거야.'

퉁소를 불고 나서 박 처사가 말했습니다.

"사실은 제가 상공을 찾아온 이유는 따로 있습니다. 제게 딸이 하나 있는데 비록 그 인물은 볼품이 없으나 재주가 뛰어나 앞으로 상공의 댁에 도움이 될 만한 아이입니다. 그러니 상공의 아드님과 혼인을 시키는 것이 어떻겠습니까?"

이 말을 들은 이득춘은 기뻐하며 혼인을 약속했습니다.

어느덧 혼인 날짜가 되어 이득춘의 아들 이시백과 박 처사의 딸이 백년가약을 맺었습니다. 그런데 혼례 첫날밤 신랑 이시백은 신부의 모습을 보고 깜짝 놀라 방에서 뛰쳐나왔습니다.

이시백이 본 부인 박씨는 마마로 얽은(얼굴에 우묵우묵한 수두 자국이 생긴) 얼굴에 코는 바위 같고, 이마는 톡 튀어 나와 있으며, 시커먼 얼굴에 눈은 왕방울처럼 컸습니다. 게다가 키는 장승같이 크고 팔은 늘어졌으며, 다리도 저는 것 같고, 역겨운 냄새까지 나서 토할 지경이었습니다.

"신부의 용모가 해괴망측하여 차마 마주보기조차 어렵습니다. 저런 여자와 부부가 될 수 없으니 지금이라도 혼사를 그만 두었으면 합니다."

하지만 이득춘은 오히려 자기 아들의 무례함과 경솔함을 크게 꾸짖었습니다.

"신부의 모습이 추하다고는 하나 오늘이 첫날밤이거늘 어찌 이리도 무례하게 구느냐? 여자의 용모가 못난 것은 중요치 않다. 네 아내가 비록 얼굴은 아름답지 않으나 어질고 지혜로운 덕을 갖춘 사람이니 너는 아내의 덕을 가벼이 여기지 말고 아내를 구박하지 말거라."

이시백은 마음을 고쳐먹고 아내를 가까이하려 했지만 박씨 부인을 볼 때마다 그런 마음이 사라지는 것을 어찌할 수 없었습니

다. 그 후로 이시백은 우울한 나날을 보내며 박씨 부인과 한마디 말도 하지 않았습니다. 그러던 어느 날 박씨 부인이 시아버지 이득춘에게 말했습니다.

"아버님, 부족한 저 때문에 가족 모두가 힘들어 하니, 뒤뜰에 별당을 하나 지어 주시면 그곳에서 조용히 살겠습니다."

이득춘은 할 수 없이 뒤뜰에 별당을 지어 주고, 박씨 부인은 몸종 계화와 함께 지내게 되었습니다. 훗날 박씨 부인은 이 별당을 '화를 피한다'는 뜻으로 '피화당(避禍堂)'이라고 이름 지었습니다.

그러던 어느 날 박씨 부인은 시부모님께 아침 문안을 올린 후 조용히 아뢰었습니다.

"내일 아침 하인들을 종로의 시장에 보내 말을 한 마리 사오게 하소서. 그곳에서 파는 여러 마리의 말 가운데 깡마르고 제일 못난 말 한 마리가 있을 텐데, 말 장수에게 그 말의 값을 물으면 일곱 냥이라고 할 것이니 그러면 못 들은 체하고 삼백 냥을 주고 사오라고 하시옵소서."

이득춘이 어리둥절해 하며 물었습니다.

"그게 무슨 말이냐? 그런 볼품없는 말을 삼백 냥이나 주고 사오라니……."

"그 까닭은 훗날 알게 되실 것이오니 제 말씀을 따라 주옵소서."

며느리가 보통 사람이 아니라는 것을 알고 있던 이득춘은 이를 승낙했습니다.

다음날 하인들은 분부(윗사람이 아랫사람에게 명령이나 지시를 내림. 또는 그 명령이나 지시)를 받고 시장에 가서 제일 비루먹고 못난 말을 가리키며 삼백 냥을 주며 달라고 했습니다.

그러자 말 장사꾼은 깜짝 놀라 말했습니다.

"이 말은 일곱 냥인데 왜 이리 많은 돈을 주시는 게요?"

"우리 대감마님께서 그리하라 하셨으니 따르는 수밖에요."

"허, 나야 삼백 냥을 받으면 좋겠지만, 너무 큰돈이라……. 그럼 이러는 것이 어떻겠소? 말의 값이 일곱 냥이니, 그 돈을 빼고 나머지는 우리끼리 절반 씩 나누어 가지도록 합시다."

그렇게 남은 돈을 말 장사꾼과 나누어 가진 후 하인들은 그 못난 말을 끌고 돌아왔습니다.

박씨 부인이 그 말을 한참 보더니 말했습니다.

"아버님, 저 말을 도로 갖다 주라고 하소서. 이 말은 삼백 냥을 주고 사야 제 값을 하는 말입니다. 한데 하인들이 그 값을 덜 주고 사왔으니 아무런 쓸모가 없사옵니다."

이득춘이 몹시 화를 내며 하인들을 꾸짖으니 하인들이 용서를 빌고는 다시 말 장사꾼에게 가서 제값을 다 치르고 왔습니다.

그러고 나서 박씨 부인은 시아버지께 말 기르는 법을 아뢰었습니다.

"이 말은 하루에 깨 한 되와 흰쌀 다섯 홉을 죽으로 쑤어 삼 년 동안 먹이고, 뜰에 풀어 놓아 밤에도 찬 이슬을 맞게 하시옵소서."

이득춘은 며느리의 말대로 할 것을 약속했습니다.

그리고 어느덧 삼 년의 세월이 흘렀습니다. 말은 무럭무럭 자라 날쌔고 멋진 말이 되었습니다. 하루는 박씨 부인이 시아버님께 문안인사를 마치고 아뢰었습니다.

"내일 명나라에서 사신이 남대문을 통해 들어올 것이 옵니다. 하인에게 시켜 말을 끌고 가서 기다렸다가 지나가던 사신이 말을 사려고 값을 묻거든 삼만 팔천 냥을 받고 팔아오라 하옵소서."

박씨 부인의 말을 듣고 다음 날 이득춘은 하인에게 분부하여 말을 팔아 오게 했습니다. 과연 부인의 말대로 지나가던 중국 사신은 흔쾌히 삼만 팔천 냥을 다 주고 사갔습니다. 그 말은 하루에 천 리를 달린다는 '천리마'였던 것입니다.

이득춘은 며느리 박씨 부인의 신통한 재주를 보고 탄식했습니다.

'안타까운 일이로다. 우리 며느리가 사내로 태어났다면 나라를 구하는 큰 인물이 되었을 텐데…….'

그 무렵, 나라에서는 인재를 뽑기 위해 과거 시험을 치르게 되었습니다. 이시백이 과거를 보러 가기 전 날, 박씨 부인은 꿈을 꾸었습니다. 뒤뜰의 연못에 꽃이 활짝 피었는데 그 연못 한가운데서 아름다운 옥으로 만든 연적(벼루에 먹을 갈 때 물을 담아두는 그릇)이 용으로 변하여 하늘로 올라가는 것이었습니다. 깜짝 놀라 잠에서 깬 박씨 부인이 밖으로 나가 보니 정말 연못가에는 꿈속에서 본 백옥 연적이 있었습니다.

이튿날 아침 박씨 부인은 계화에게 이시백을 잠시 별당에 모셔 오라고 일렀습니다. 그러자 이시백은 소리쳤습니다.

"못생긴 아낙이 무슨 일로 장부를 오라 가라 하느냐?"

화가 난 이시백은 애매한 계화를 꾸짖으며 매질을 삼십 대나 하고는 뜰 아래로 내동댕이 쳐버렸습니다. 울면서 돌아온 계화를 보고 박씨 부인은 탄식하며 말했습니다.

"미안하다. 나 때문에 네가 이토록 억울한 벌을 받았구나."

그리고 다시 계화에게 연적을 보내며 말했습니다.

"서방님께 이 연적을 드리면서 '이 연적의 물로 먹을 갈아 글을 지어 올리면 장원 급제할 것이니, 입신양명(출세하여 이름을 세상에 떨침)하여 가문을 빛내고, 저 같은 것은 안중에 두지 마시고

귀한 집안의 어질고 고운 여인을 아내로 맞아 오래오래 사시
라’고 아뢰어라.”

박씨 부인의 말을 전해들은 이시백은 미안한 마음이 들었습니
다. 그래서 계화에게 고맙다는 말을 박씨에게 전하라 이르고 연적
을 받아 과거장으로 향했습니다.

연적의 물로 먹을 갈아 힘차게 글을 써내려간 이시백은 마침내
장원급제 하였습니다. 임금님께서도 장원으로 뽑힌 이시백을 보
고 크게 칭찬하며 나라의 큰 인물이 되어 줄 것을 당부했습니다.

이시백이 어사화(과거에 급제한 사람에게 임금이 하사하던 종이꽃)를 머리에 꽂고 말을 타고 돌아오니 집안에서는 큰 잔치가 벌어졌습니다. 하지만 박씨 부인은 못난 얼굴 때문에 사람들 앞에 나설 수가 없어서 피화당에서 쓸쓸한 날들을 보냈습니다.

세월이 흘러 박씨 부인이 시집온 지 삼 년이 지났습니다.

어느 날 밤, 달빛이 밝고 맑은 바람이 솔솔 불더니 하늘에서 학 우는 소리가 나며 금강산의 박 처사가 구름을 타고 내려왔습니다.

이득춘은 뜰로 내려가 박 처사를 반갑게 맞이했습니다.

박 처사는 자신이 이곳에 온 까닭을 말했습니다.

"소생이 어진 사위의 장원급제한 경사를 치하하고 제 딸아이를 만나러 왔습니다. 제 딸아이는 전생에 죄가 많아 흉한 허물을 쓰고 태어났습니다. 다행히 금년에 그 액운이 다하여 흉한 용모와 누추한 바탕을 벗을 때가 되어 그 허물을 벗겨 주러 왔습니다."

이득춘은 박 처사의 말을 신기하게 여기며 박 처사를 피화당으로 안내했습니다. 박 처사는 딸을 남향으로 앉히고 손을 잡고 조용히 웃으면서,

"금년으로 네 전생의 죄가 다하였으니 네 흉한 허물을 벗게 될 것이다."

하고는 주문을 외우며 손을 들어 박씨 부인의 얼굴을 가리키자 그

추하던 허물이 벗겨지고 꽃같이 아름다운 얼굴이 나타났습니다.
하루아침에 박씨 부인이 흉한 용모를 벗고 세상에 다시없을 옥
같이 아리따운 여인으로 변하자 이득춘과 식구들 모두는 너무나
신기하고 놀라웠습니다. 그동안 박씨 부인을 본체만체했던 이시
백은 누구보다도 기뻐하며, 겉모습만 보고 박씨 부인을 구박했던
자신이 몹시 부끄러웠습니다. 그때부터 이시백은 부인을 무척 사
랑하기 시작했습니다.

그 후 얼마 지나지 않아 박씨 부인은 아기를 가지게 되었습니
다. 마침내 열 달이 되어 쌍둥이 아들 형제를 낳으니 이득춘 부부
는 너무나 기뻐하며 손자들의 이름을 희기, 희안이라 짓고 보물
처럼 아끼고 사랑하였습니다.

이때 평안감사를 지내고 병조판서가 된 이시백은 임경업 장군
과 함께 명나라를 다녀왔습니다. 명나라에서 이시백과 임경업이
큰 공을 세우고 돌아오자 임금이 기뻐하며 이시백에게 우의정의
벼슬을 내리고, 임경업은 도원수(고려, 조선 시대에 전쟁이 났을 때 군
사를 지휘하던 벼슬)로 임명했습니다.

그 무렵 중국은 명나라가 망하고 여진족이 세운 청나라가 차지

하게 되었습니다. 청나라의 왕은 조선을 치고자 했으나 임경업과 이시백 같은 인물이 있다는 것을 알고 함부로 얕보지 못했습니다.

이때 청나라에는 지혜롭고 용맹스러운 공주가 있었는데 부왕이 근심하는 것을 알아채고 말했습니다.

"아바마마는 염려 마시옵소서. 제가 조선으로 가서 이시백과 임경업을 없애고 오겠습니다."

청나라 왕은 기뻐하며 길을 떠나는 공주에게 당부했습니다.

"네가 조선으로 가거든 몰래 한양의 이시백의 집으로 가서 아무도 모르게 그를 죽이고, 돌아오면서 의주에 들러 국경을 지키는 임경업을 없애 버려라. 부디 신중하게 행동하여야 한다."

한편 하늘에서 불길한 기운을 느낀 박씨 부인은 깊은 밤중에 이시백과 마주 앉아 심각한 얼굴로 말했습니다.

"며칠 뒤 해가 저문 후 강원도 원주에 사는 설중매라는 아리따운 기생이 서방님을 찾아올 것입니다. 그 여자를 가까이 마시고 반드시 피화당으로 보내십시오."

그러고 나서 박씨 부인은 계화를 시켜 아주 독한 술을 빚게 하였습니다.

며칠 후 과연 박씨 부인의 말대로 한 여자가 살며시 이시백을 찾아 왔습니다. 여자는 공손히 절을 올리며 말했습니다.

"저는 원주에 사는 기생 설중매라고 하옵니다. 대감의 명성을 들

고 오래전부터 사모하여 한번 뵙고자 험한 먼 길을 찾아 왔사오
니 어여삐 여기시어 하루만이라도 대감의 곁에 있게 해 주소서.”

여자의 목소리는 낭랑했고, 얼굴은 백옥같이 흰 절세미인이었
습니다. 그러나 이시백은 며칠 전 부인의 당부가 생각나서 말했습
니다.

“네 말이 참 기특하구나. 허나 여기는 손님들의 발길이 잦으니
너는 부인의 거처인 뒤뜰 별당에 가서 머물러라.”

설중매가 피화당으로 오자 박씨 부인은 미소를 지으며 설중매
를 맞이하고 계화에게 시켜 주안상을 차려오라고 하였습니다.

“저는 원래 술을 먹지 못하오나 부인께서 주시거늘 어찌 마다

　하겠습니까?”

하고 설중매는 박씨 부인이 주는 술을 받아 마셨습니다. 잠시 후 술에 취해 몽롱해진 설중매는 기운을 차리지 못하게 되어 이내 잠이 들어 버렸습니다. 박씨 부인이 그 틈을 이용해 설중매의 품안에서 칼을 찾아내어 꺼내려고 하자, 갑자기 칼이 허공에 솟구치다가 박씨 부인을 향해 날아드는 것이었습니다. 부인이 재빨리 피하며 주문을 외우자 칼은 곧 힘을 잃고 바닥에 툭 떨어졌습니다. 다음날 아침에야 설중매는 깨어났고 박씨 부인은 크게 호통을 쳤습니다.

　“너는 청나라 공주 기홍대가 아니더냐? 너희 왕은 어째서 허황된 야심을 품고 감히 우리 조선을 넘본단 말이냐? 네가 요망한 생각을 품고 조선에 온 것을 이미 알고 있으니, 가서 너희 왕에게 부디 하늘의 뜻을 어기지 말고 분수에 맞지 않는 욕심을 부리지 말라고 전하라.”

기홍대는 눈물을 흘리며 용서를 빌었습니다.

　“부인께서 이미 모든 걸 다 알고 계시니 무엇을 더 속이겠습니까? 제발 목숨만 살려주십시오.”

　기홍대는 머리를 숙여서 백배 사죄하고 도망쳤습니다. 그때 박씨 부인이 하늘을 향해 주문을 외우자 홀연 천둥번개가 치고 폭풍우가 일더니, 기홍대의 몸이 저절로 날아 순식간에 청나라의 궁궐 안에 떨어졌습니다. 기홍대는 오랜 시간이 지난 후 간신히 정신을 차리고 그동안 조선에서 겪었던 일을 부왕께 자세히 말했습니다.

그 말을 들은 청나라 왕은 매우 경탄했습니다.

"허, 이시백 부부가 그렇게 대단한 영웅인지 몰랐구나. 조선은 그 땅이 비록 작으나 재주 많은 인재가 한둘이 아니로구나."

하지만 청나라 왕은 작은 나라 조선의 한낱 판서 부인에게 당한 치욕을 참을 수 없었습니다. 그래서 조정의 대신들을 불러 조선 침략에 대한 대책을 다시 의논하였습니다. 이렇게 하여 청나라 왕은 병자년 12월에 용골대, 용홀대 두 형제에게 조선을 치라고 명을 내렸습니다.

한편 기홍대가 청나라로 쫓겨 간 다음날, 이시백은 궁궐로 들어가 지난밤의 일을 자세히 아뢰었습니다.

"경의 부인이 아니었더라면 큰일 날 뻔하였소."

하며 임금은 박씨 부인에게 '명월부인'이라는 이름을 내려주고 지혜와 용맹을 칭찬하였습니다.

청나라 군사들이 조선을 향해 쳐들어오려고 할 무렵, 박씨 부인은 이시백에게 말했습니다.

"청의 공주 기홍대가 쫓겨 간 후에도 청나라 왕은 조선을 침범

할 야심을 버리지 않고 있사옵니다. 금년 12월 28일에 용골대, 용홀대 형제가 선봉장이 되어 동대문을 부수고 쳐들어 올 것이니, 그날에 맞춰 임금님을 모시고 남한산성으로 피하소서. 뒷일은 제가 이곳에서 막아 보겠나이다.”

마침내 용골대 형제가 군사를 이끌고 조선으로 쳐들어왔습니다.

조선의 군대가 이를 막아보려 했지만 워낙 많은 군사가 몰려와 순식간에 한양 근처에까지 오게 되었습니다. 이때 이시백은 박씨 부인의 말대로 임금님께 한시바삐 남한산성으로 피할 것을 권했습니다.

임금이 깜짝 놀라며 이시백의 말에 따라 산성으로 피하려 하시는데, 영의정 김자점과 좌의정 박운학은 반대하며 말하였습니다.

“전하, 지금 나라가 태평하거늘, 한낱 아녀자의 말을 들은 도승지 이시백이 감히 이런 허황된 말을 하여 조정을 놀라게 하고 민심을 흔들리게 하고 있사옵니다.”

이 말에 임금은 판단을 내리지 못하고 망설이고 있었습니다. 그때 공중에서 홀연히 칼을 찬 선녀가 궁궐 뜰 안에 내려왔습니다.

“소녀는 이시백의 부인 박씨의 몸종 계화라고 하옵니다. 부인은 전하께서 간신배들의 말에 결정을 내리지 못하신 것을 알고 급히 저를 보내셨사옵니다. 전하께서는 이 밤을 지체하지 마시고 즉시 산성으로 옥체를 피하시옵소서.”

계화는 이렇게 여러 번 아뢴 후 몸을 날려 공중으로 사라져 버렸습니다.

마침내 여러 신하들이 임금님을 호위하여 황급히 산성으로 피난해 갔습니다. 임금님이 산성에 이르고 얼마 후 청나라 장수 용골대와 군사들이 한양으로 들이 닥쳐 수많은 백성들을 죽이고 약탈을 일삼으며 여인들을 끌고 간다는 소식이 전해졌습니다.

청나라의 용골대가 궁궐에 도착했을 때, 이미 임금님은 남한산성으로 몸을 피한 상태였습니다. 이에 화가 난 용골대는 용홀대를 한양에 남겨 두고 자신은 기병 오천 명을 데리고 남한산성으로 추격해 남한산성을 포위하고 거세게 공격하였습니다.

이를 본 임금님은 탄식하며 눈물을 흘리셨습니다.

"삼백 년 왕조가 과인에 이르러 망할 줄 어찌 알았으리요."

이때 공중에서 또렷한 말소리가 들려 왔습니다.

"전하, 너무 걱정하지 마시고 항복하는 문서를 용골대에게 주시옵소서. 그리하면 용골대는 세자 삼형제를 볼모로 데려가고 난리는 곧 끝날 것이옵니다. 그것이 비록 수치스러운 일이오나 하늘의 운세로 보아 우선 나라의 위태로움을 면하는 것이 중요하옵니다. 저는 이시백의 아내로, 제가 칼을 들고 나가면 용골대의 군사를 능히 무찌를 수 있사오나 이는 하늘의 뜻을 어기는 일이라 못하고 있으니 신첩을 용서하소서."

이 말을 들은 임금님은 신기하게 여기시며 하늘을 우러러 보다가 항복 문서를 써서 용골대에게 보냈습니다.

그러자 용골대는 박씨가 말한 대로 세 왕자와 세자빈을 볼모로 데리고 남한산성에서 물러났습니다.

그 무렵 박씨 부인은 모든 집안 식구들을 피화당으로 불러 모아 숨어 있게 했습니다. 한양에 남아서 집집을 돌아다니며 온갖 약탈을 서슴지 않았던 용골대의 동생 용홀대는 마침내 이시백의 집에까지 들어가게 되었습니다. 용홀대와 군사들이 뒤뜰에 가보니 신비롭고 기이한 느낌의 나무들이 가득했습니다. 청나라의 군사들이 이곳저곳을 뒤지다가 숨어 있는 사람들을 찾아냈습니다.

"당장 저자들을 모두 잡아들여라."

하고 용홀대가 말하자 군사들이 사람들을 향해 달려들었는데, 그때 돌연 먹구름이 끼고 천둥이 치더니, 아름다운 화초와 나무들이 군사들로 변해 용홀대를 에워쌌습니다. 크게 놀란 용홀대가 도망치려하자 계화가 칼을 들고 나타나 호통을 쳤습니다.

"네 놈이 감히 여기까지 와서 죽음을 재촉하는구나. 너는 오랑캐의 장수로 남의 나라를 침략했으니 죄를 받아야 할 것이야. 너 같

이 흉악하고 무례한 놈은 살려 둘 수 없다. 내 칼을 받아라.”

몹시 놀란 용홀대는 칼을 들어 계화를 치려했으나 손에 힘이 빠져 움직일 수 없었습니다.

‘분하다. 대장부 용홀대가 한낱 조선의 계집 손에 목숨을 잃는구나.’

계화가 용홀대의 목을 벤 뒤 박씨 부인에게 갖다 바치자 부인은 그 목을 높은 나무에 매달아 사람들이 볼 수 있게 했습니다.

그때 조선의 임금에게 항복 문서를 받아들고 한양으로 돌아온 용골대는 아우 용홀대의 소식을 듣게 되었습니다.

분한 마음을 억누르지 못한 용골대는 박씨 부인 집의 뒤뜰로 달여와 소리쳤습니다.

“대체 박씨 부인이 뉘기에 겁 없이 청나라의 장수를 죽이고 머리를 매달았느냐? 썩 나와서 내 칼을 받아라.”

이때 계화가 박씨 부인의 명을 받고 용골대 앞에 나섰습니다.

“이놈, 용골대야, 감히 여기가 어디라고 넘보느냐?”

“하찮은 계집이 입을 함부로 놀리는 구나. 내 너를 죽여 동생의 원수를 갚으리라.”

용골대가 칼을 휘두르며 계화를 향해 달려들었으나 계화의 무술 솜씨를 당할 수가 없었습니다. 계화가 말했습니다.

“네가 아무리 용맹하여도 나를 당할 수는 없을 것이다. 우리 조선이 너희 오랑캐에게 치욕을 당한 것을 분하게 여기신 우리 부인께서 네 동생의 목을 베어 나라의 위엄을 세운 것이니, 너도 아우처럼 죽고 싶지 않거든 냉큼 물러가거라."

이 말을 듣고 용골대가 다시 달려들자 계화는 숲으로 달아나는 척 하였습니다. 그때 뒤따라가던 용골대에게 모래와 돌이 날아들고 눈과 비가 퍼부어 순식간에 물이 가득 차더니 이내 얼어버렸습니다.

눈 깜짝할 사이에 일어난 일이라 용골대와 청나라 군사들은 어찌할 바를 몰랐습니다. 마침내 용골대는 박씨 부인이 행하는 도술의 신통함을 깨닫고 엎드려 머리를 조아렸습니다.

"저희를 불쌍히 여기시어 목숨을 살려 주시면 우리나라로 돌아가겠사옵니다."

"네 놈들이 저지른 짓을 생각하면 내 당장이라도 너희 모두를 죽여야 마땅하거늘 목숨만은 살려 주겠노라."

용골대는 박씨 부인께 사죄한 뒤, 군사를 이끌고 청나라로 돌아갔습니다.

그 후 나라는 다시 평온해지고 한양으로 돌아온 임금님은 이시

백에게 우의정에 대광보국(조선 시대 문무관에게 주던 으뜸의 벼슬)을 제수하시고, 박씨 부인께도 '충렬정경부인'이라는 칭호와 함께 큰 상을 내리셨습니다.

그 후로도 박씨 부부 내외는 나라에 충성을 다하고 아랫사람을 너그럽게 다스리며 가정을 화목하게 지켰습니다.

삼 년이 흘러 청나라에 끌려갔던 세 왕자들도 무사히 돌아오게 되었습니다. 이시백과 박씨 부인 또한 행복한 나날을 보냈습니다.

어느덧 세월이 흘러 이시백과 박씨 부인도 세상을 떠날 때가 되었습니다. 이들 부부는 많은 자식들을 불러 놓고 당부했습니다.

"이제 우리 부부는 이 세상에 명분이 다하였으니, 돌아가려 한다. 너희 형제들은 슬퍼말고 자손들을 거느리고 길이 부귀영화를 누리거라."

하고는 자는 듯 둘이 함께 세상을 떠났습니다.

이 소식을 듣고 안타깝게 여기신 임금님은 재물을 내리고 이들의 이름을 후세에 크게 기리도록 하였으며, 백성들 또한 그들의 죽음을 몹시 슬퍼했습니다.

자주성이 강한 고전소설 〈박씨전〉

조선 숙종 때의 소설로 추정되는 이 작품은 〈박씨 부인전〉이라고도 합니다. 지은이와 지은 시기는 알려져 있지 않으며 인조 임금 때 일어난 병자호란이 이야기의 배경이에요.

주인공인 이시백 부부 가운데 이시백은 실제로 존재했던 인물이고, 그의 부인 박씨는 만들어낸 가공의 인물로 신비한 도술을 행하는 여성 영웅의 이야기라고도 할 수 있지요.

병자호란은 전쟁의 참혹함뿐 아니라 우리나라 임금이 청나라 왕에게 고개를 조아리며 항복하는 치욕을 겪었기에 이를 지켜본 백성들은 큰 충격을 받았지요. 그래서 병자호란 이후에 나온 작품들 속에는 청나라에 복수하고자 하는 백성들의 마음이 담긴 이야기들이 많이 나오게 됐고, 〈박씨전〉도 그런 작품 중 하나랍니다. 이 이야기는 크게 앞부분과 뒷부분으로 나눌 수 있어요. 앞부분은 못생긴 박씨가 아름답게 변하기까지의 과정으로 박씨가 능력을 발휘하기까지의 준비 과정이고, 뒷부분은 병자호란 때 박씨의 활약이 나타나 있으며 이는 본격적으로 박씨의 능력을 발휘하는 단계이지요.

주제 역시도 크게 두 가지로 나눌 수 있는데, 하나는 청나라에 대한 복수심이고 다른 하나는 박씨 부인의 영웅적 능력입니다.

〈박씨전〉은 여러 면에서 자주성이 매우 강하게 드러난 고전소설이기도 합니다. 여성의 사회적 지위가 낮았던 조선 시대에 신비한 능력을 지닌 여성을 주인공으로 내세운 이야기이기도 하고, 청나라 장수들을 준엄하게 꾸짖는 박씨의 모습은 무척이나 당당하지요. 그 뿐만 아니라 이야기의 구성도 잘 짜여져 있어 오늘날에도 높은 평가를 받는 작품이랍니다.

신선의 딸인 박씨와 그녀의 시중을 든 계화, 청나라 공주 기홍대 등 이 작품 속에는 여인들의 활약이 대단한데, 심지어 여성이 남성들보다 더 뛰어난 모습을 보여 주고 있지요. 〈박씨전〉 안의 여성 인물들이 이러한 특징을 보이게 된 데에는 조선 시대에 차별을 받으며 사회에 진출할 기회를 얻지 못했던 여성들의 아픔이 그 배경에 감춰져 있는 것이기도 합니다. 책속에 등장하는 훌륭한 여성들을 통해 평범한 백성들은 마치 자신이 영웅이 된 것처럼 통쾌함과 만족감을 느낀 거지요.

한편 이 작품의 남자 주인공 이시백을 비롯해 인조임금, 임경업, 청나라 장수 용골대 등 역사 속에 실제 존재했던 인물들을 등장시켜 독자들의 호기심을 불러일으킵니다. 실존하는 인물들이 책에 등장하니 소설을 읽는 동안에는 마치 이 이야기들이 실제로 있었던 일인 것처럼 현실감을 얻게 되지요.

비범한 여성을 주인공으로 내세워 눈부신 활약을 보여주는 〈박씨전〉은 필사본(손으로 베껴 써서 만든 책. 사람 손으로 글을 옮겨 적는 과정에서 내용이 더해지거나 빠지면서 이야기가 약간씩 변형되기도 함)으로 전해 내려오면서 조금씩 이야기가 더해지거나 변형되었습니다. 이야기의 뼈대는 같지만 내용의 일부가 조금씩 다른 여러 종류의 〈박씨전〉이 등장하게 된 것은 그만큼 이 작품이 많은 인기를 끌었다는 증거이기도 합니다.

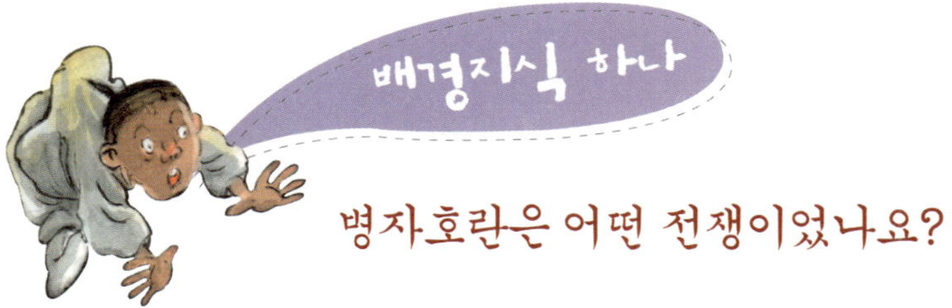

병자호란은 어떤 전쟁이었나요?

〈박씨전〉의 배경이 되는 병자호란은 1636년(조선 인조 14년) 12월부터 그 다음해 1월까지 치렀던 청나라와의 전쟁이에요.

병자호란이 일어나기 전, 조선은 명나라와 가깝게 지냈는데 강성한 후금(청나라의 옛 이름)의 공격에 명나라는 점점 힘을 잃게 됐습니다. 1627년, 급기야 후금은 조선을 침략하기에 이르렀는데, 그들은 조선을 향해 청나라를 형의 나라로 받들라 하고 물러갔습니다. 이를 정묘호란이라고 하지요.

1636년 4월 후금은 청나라로 나라 이름을 바꾸었고, 조선은 앞으로 청나라를 임금의 나라로 섬기라고 요구하였습니다. 청나라와 조선은 임금과 신하의 관계라는 것을 강조함과 동시에 조선은 청나라에게 조공(신하의 나라가 주인의 나라에 때맞추어 예물을 바치던 일. 또는 그 예물)을 바치라고 명령했어요. 이때 인조 임금이 그 요구를 거부하고 강경한 태도를 보이자 청나라의 태종은 10만 대군을 이끌고 조선으로 쳐들어왔습니다. 바로 이 전쟁을 '병자호란' 이라고 한답니다.

임경업 장군이 의주에서 청나라 군사들과 맞서 싸울 때, 조정에서는 청나라와 싸우자는 '주전파' 와 의좋게 지내자는 '주화파' 가 계속 논쟁을 하고 있었지요. 청나라 군사가 쳐들어와 상황이 다급하게 되자 인조임금은 남한산성으로 피신을 하게 됐습니다. 혹독한 추위가 계속 되어 병들고 얼어 죽는 군사들이 늘어나고, 많은 백성들이 재물을 빼앗긴 채 죽어갔어요. 그러자 결국 삼전도(조선 시대에, 서울과 남한산성을 이어주던 나루. 조선의 인조가 병자호란 때 이곳에서 중국 청나라 태종에게 항복하였다)에서 인조 임금은 청나라 태종에게 무릎을 꿇고 굴욕적인 항복을 하고 말았습니다.

병자호란에서 승리한 청나라는 앞으로 자신의 나라를 황제처럼 받들고, 조선은 신하의 예를 갖추라 했고, 그와 함께 돈독한 친분을 쌓으며 지내 온 명나라와의 교류도 끊으라고 했어요. 그리고 조선의 세 왕자를 볼모로 끌고 갔답니다. 이때 청나라 군사들은 약탈을 일삼았을 뿐 아니라 수십만에 달하는 백성들을 포로로 끌고 갔어요. 나중에 이 사람들을 돌려보내는 조건으로 조선에 많은 돈을 요구하기도 했지요. 병자호란으로 인해 나라와 임금도 치욕적인 수모를 겪었지만, 실제 백성들의 피해와 고통도 매우 컸답니다.

서로 얼굴도 모른 채 결혼한 전통혼례

옛날에는 처녀 총각이 사귀거나 부모의 허락 없이 결혼을 할 수 없었기 때문에 양가 어른들이 중매쟁이를 통해 결혼 이야기를 주고받았지요. 중매쟁이는 양쪽 집안 사정을 잘 아는 사람이 맡아서 했고요.

두 집안 모두 결혼을 허락하면 신랑 집에서 신부 집으로 신랑의 생년월일을 적은 '사주단자' 라는 것을 보내고, 그럼 신부 집에선 그것을 보고 좋은 날을 선택해 결혼날짜를 정한답니다.

결혼 전날 신랑 집에서는 푸른색과 붉은색 비단을 넣은 함을 신부 집으로 보내요. 또 귀한 딸을 보내 주어 고맙다는 편지인 '혼서' 를 함께 보냈는데 신부는 이 혼서를 죽을 때까지 간직했어요.

드디어 혼인하는 날이 되면 신랑이 신부 집에 가서 혼례를 치르고 신부를 데려왔어요. 상에는 기러기 한 쌍을 놓아두고 신랑, 신부가 서로 마주보고 절을 한 다음 합환주(신랑, 신부가 결혼식을 치르며 주고받는 술)를 따라 마셨어요. 이날 신랑과 신부는 처음 얼굴을 보게 되지요. 혼례를 치른 신부는 친정집을 떠나 영영 신랑 집으로 가게 되는데 이를 '신행' 이라고 한답니다. 신행은 보통 혼례를 올린 지 3일째에 가는 경우가 많았고, 신랑 집까지 무사히 도착하면 신부는 그제야 시부모님을 처음 뵙게 됐습니다.

지금과는 많이 달랐던 조선 시대 여인의 생활

조선 시대에는 남자들이 가정의 중심이 되어 집안일을 결정하고, 대를 이어

갔기 때문에 아들을 딸보다 귀하게 여겼어요. 심지어는 여자가 아들을 낳지 못하면 평생을 죄인처럼 살아야 하는 억울한 일을 당하기도 했답니다. 남자들은 공부를 열심히 해서 과거에 급제를 하면 벼슬을 할 수 있었지만 여자는 아무리 똑똑해도 집에서 살림만 해야 했어요. 그러다 보니 여자들은 뛰어난 능력이 있어도 자신의 뜻을 펼치지 못한 채 억눌린 삶을 살아야 했습니다.

그리고 조선 시대 여자들에게는 지켜야 할 세 가지 도리가 있었는데, 그것을 '삼종지도'라고 해요. 어려서는 아버지를 따르고, 시집가서는 남편을, 남편이 죽고 나면 아들을 따라야 한다는 말인데, 평생을 남자의 뜻을 따르며 살아야 한다는 말이지요. 여자들도 사회의 일원으로서 당당히 자신의 삶을 꾸려 나갈 권리가 있는데, 그렇게 하지 못한 채 집안에서 살림만 하며 살아야 했으니 당시의 여인들은 얼마나 답답했을까요?

늘 자유롭지 못한 삶을 살았던 조선 시대 여인들은 결혼을 하면 친정 나들이 조차 제대로 할 수 없었기 때문에 시집간 딸은 남과 같다고 해서 '출가외인' 이라는 말도 그때 생겨났답니다.

비교해서 읽어 보세요.

- 〈홍계월전〉 – 홍계월과 박씨 부인은 둘 다 나라를 위해 싸우는 여성 영웅이라는 점에서 비슷하지만 〈박씨전〉의 박씨 부인이 겉으로 나타나지 않고 뒤에서 나라를 구하는 영웅이라면, 명나라를 배경으로 한 〈홍계월전〉에서의 홍계월은 직접 장수가 되어 남자보다 앞선 지략과 실력을 가지고 전쟁에 앞장서 나아간 점이 달라요.

- 〈잔 다르크〉 – 백년 전쟁 당시 프랑스를 위기에서 구한 여성영웅의 이야기로 〈박씨전〉과 비교하여 읽어 보세요.

인조임금님은 왜 청나라에 항복했을까요? 그 외에 다른 방법은 없었을까요?
여러분이 인조 임금님이었다면 어떻게 했을지 생각해 봅시다.

　예) 많은 희생이 따르더라도 끝까지 싸운다. 항복하는 척하고, 박씨 부인에
　　게 뒤따라가게 하여 도술로 청나라 군사 모두를 무찌르게 한다.

박씨 부인과 청나라 기홍대의 같은 점과 다른 점은 무엇인가요?

조선의 입장에서는 기홍대가 나쁜 사람이지만, 청나라 입장에서 보면 기홍대
같은 인물이 충성스러운 사람입니다. 만일 기홍대가 주인공이었다면 이야기
의 전개와 결말이 어떻게 될지 상상해 보세요.

같은 점과 다른 점

구분	박씨 부인	기홍대
같은 점		
다른 점		

기홍대의 입장에서 이야기 만들어 보기

『청나라에 기홍대라는 지혜롭고 용맹한 공주가 있었습니다. 어느 날 나
라를 위해 조선으로 몰래 들어가……. 』

전우치전

"너는 곧 죽을 놈이거늘 감사하다 함은 무슨 뜻이냐?"
임금이 묻자 전우치가 대답했습니다.
"신은 이제 전하께 마지막 인사를 드리고 산 속으로 들어가 남은여
생을 마치고자 하옵니다."
말을 끝내자마자 전우치는 그림 속의 나귀 등에 뛰어 올라 타고 눈 깜짝할 사
이에 그림 속의 숲으로 사라져 버렸습니다.

　　조선 시대 초 송도 숭인문 안에 '전우치'라는 한 선비가
살고 있었습니다. 그는 평범한 사람처럼 보이지만 실은 높은 스승
에게 신선의 도를 배워 뛰어난 능력을 가지고 있었습니다. 하지만
겸손한 성품의 전우치는 남들 앞에선 자신의 뛰어난 도술을 드러
내지 않았습니다. 해안가에 자리잡은 여러 마을은 몇 년째 해적들
의 노략질에 시달려왔고, 엎친 데 덮친 격으로 흉년까지 들어 백
성들의 생활은 이루 말할 수 없이 어려웠습니다. 그러나 벼슬아치
들은 권세만 다툴 뿐 백성들을 돌보지 않았습니다.

　　이런 모습을 본 전우치는 더 이상 참지 못하고 결심을 했습니다.

　　'더 이상 벼슬아치들의 횡포를 보고 있을 수만은 없어. 먼저 임
　　금부터 혼내 주어야겠어.'

　　하루는 전우치가 선관(신선의 세계에서 벼슬아치를 하는 신선)으로
변하여 머리에는 쌍봉금관(두 마리의 봉황을 새겨 넣은 금관)을 쓰고,
붉은 옷에 옥으로 만든 허리띠를 매고, 푸른 옷을 입은 두 명의 동

자와 함께 구름을 타고 궁궐로 갔습니다.

이날은 정월 초이튿날로 궁궐에서는 임금이 신하들에게 새해 인사를 받고 있었습니다. 그때 공중에서 큰 소리가 들렸습니다.

"임금은 옥황상제의 말씀을 들으라."

임금과 신하들은 허둥지둥 밖으로 나왔습니다.

전우치는 구름 위에서 내려다보며 당당하게,

"나는 옥황상제가 보낸 사람이다. 옥황상제께서 불쌍하게 살다가 죽은 사람들의 영혼을 위로하기 위해 궁궐을 지으실 생각이시니 각 나라에서 황금 대들보 하나씩 만들어 바치되, 그 길이는 5척이고, 너비는 7척이다. 삼월 보름날까지 준비하라."

이렇게 말을 전하고는 구름을 타고 하늘로 올라가 버렸습니다.

임금과 신하들은 하늘을 바라보며 잠시 넋을 잃고 있다가, 잠시 후 임금이 신하들에게 말했습니다.

"이 일을 어찌하면 좋겠소?"

"전하, 전국 방방곡곡에 알리시어 백성들이 가진 금을 모두 바치게 하면 황금대들보 하나는 만들 수 있을 것이옵니다."

임금은 금을 모으기 위해 나라에 어명을 내렸습니다. 팔도에 있는 금이 모두 모이자 임금은 황금대들보를 만들라는 명령을 내렸습니다. 황금대들보를 만들기 위해 불려온 공인들은 밤낮없이 작업을 했습니다.

마침내 약속했던 삼월 보름날 황금 대들보가 완성되었고, 그날 아침 임금은 신하들을 거느리고 선관을 기다렸습니다.

그때 하늘에서 향긋한 냄새가 풍겨오더니 전우치가 푸른 옷을 입은 동자 둘을 데리고 내려와서 말했습니다.

"왕이 힘을 다해 옥황상제의 명을 받드니 그 정성이 지극하오. 앞으로는 온 나라에 복이 깃들어 나라가 태평할 것이니 백성들을 잘 보살피도록 하시오."

그 말이 끝나자 오른쪽에 있던 동자 둘이 학을 타고 내려와 황금 대들보를 오색구름에 싣고 남쪽으로 사라졌습니다.

이 나라 안에서는 그 대들보를 다루기가 어렵다는 것을 알고, 전우치는 그 길로 구름에 싣고 하늘을 날아 바다 건너 서공(베트남의 호치민시를 가리키는 말) 지방으로 갔습니다. 그러고는 대들보 절반을 뚝 잘라 팔아서 쌀 십만 석을 사고 배를 마련하여 나눠 싣고 다시 조선으로 돌아와 굶주린 백성들에게 골고루 나누어 주었습니다. 백성들은 너무나 기뻐하며 모두가 입을 모아 전우치를 칭찬했습니다. 그러자 전우치는 사람들의 왕래가 잦은 곳에 방(조선 시대 벽보)을 붙였습니다.

「나를 칭찬 하는 것은 마땅치 않소. 임금이 있는데도 백성들이 이처럼 굶주리는 것은 벼슬아치들이 권세와 재물에

만 눈이 어두워 백성들을 돌보지 않았기 때문이오. 이를 보고 마침내 하늘이 노하셨으니 내가 하늘을 대신하여 황금 대들보를 만들게 하였고, 그것으로 곡식을 마련해 나누어 준 것뿐이오. 그대들은 이 뜻을 잘 새기고 잠시 남에게 맡겼던 것이 돌아온 줄로 여기시오. 나는 자청하여 심부름만 한 격이니 내게는 아무런 공이 없소이다. 이 글을 쓴 사람은 '전우치'라 하오.」

　전우치에 대한 소문으로 나라 안이 떠들썩하게 되자, 그 소문은 궁궐까지 전해졌습니다. 화가 난 임금은 왕을 속이고 나라를 소란케 한 죄를 용서할 수 없으니 당장 전우치를 잡아들이라고 하였습니다. 이를 알게 된 전우치는 황금 대들보 한 모퉁이를 잘라 한양으로 갔습니다. 전우치는 사람들이 많이 다니는 곳에 자리를 잡고 가져온 금을 팔았습니다. 지나가던 사람들이 수군거렸습니다.

　"금이란 금은 나라에서 모두 걷어 갔는데, 저 금은 어디서 난 거지? 가짜 금은 아닌 거 같은데……."

　마침 토포관(도둑 잡는 일을 맡아보던 벼슬)이 금덩이를 보고 이상하게 여기며 물었습니다.

348

“이 금은 어디서 났으며,
그 값은 얼마나 하오?”
전우치는 능청맞게 말했습
니다.
“금이야 난 곳에서 났고, 값이 얼마가 될지는 달아봐야 알겠지
만 오백 냥만 주면 팔겠소.”

토포관이 대답했습니다.

"지금 당장 돈이 없으니, 내가 내일 돈을 가지고 당신 집으로 직접 찾아가서 사겠소. 근데, 집은 어디요?"

"내 집은 남선부주이고, 내 이름은 전우치라 하오."

그 말이 끝나자 토포관은 고을의 태수에게 알렸습니다.

"지금 나라 안에 금이 없는데 금을 판다고? 이는 분명 무슨 이유가 있을 것이다. 우선 오백 냥으로 그 금덩이를 사도록 해라. 그 후에 어찌 된 영문인지 조사하여 잡아들여도 늦지 않을 것이다."

토포관은 부하들을 데리고 가서 전우치에게 오백 냥을 주고 금을 사왔습니다. 금을 본 태수는 깜짝 놀라며,

"이 금은 대들보 머리를 자른 것이 분명하구나. 필시 그 놈이 전우치로다. 당장 잡아 들여라."

전우치의 집으로 들이닥친 군사들은 일시에 달려들어 전우치를 쇠밧줄로 꽁꽁 동여매고 둘러쌌습니다.

그때 전우치의 목소리가 들려왔습니다.

"너희들은 나를 잡아가지 않고 무엇을 매어가는 게냐?"

놀란 토포관과 군사들이 돌아보니 전우치는 사라지고 한낱 잣나무에 쇠밧줄이 묶여 있었습니다. 군사들이 어이가 없어 아무 말도 못하고 있는데 전우치가,

"너희들이 나를 잡아가고자 하거든, 내가 주는 이 병을 가지고
가거라."

하고 병 하나를 땅에 내려놓았습니다.

군사들이 달려들어 전우치를 잡으려 하자, 전우치는 그 병 속으
로 쏙 들어가 버렸습니다.

잠시 후 병 속에서 전우치가 말했습니다.

"이제 내가 잡혔으니 한양으로 올라가리라."

군사들은 전우치가 또 빠져 나갈까봐 병 부리를 단단히 막고 간
신히 병을 짊어지고 와 임금께 바쳤습니다.

이를 본 임금은 버럭 화를 내었습니다.

"전우치를 잡아오라고 했거늘, 이것이 무엇이더냐?"

그 때 병속에서 말소리가 들려왔습니다.

"내 답답하니 병마개를 열어다오."

그제야 전우치가 병 속에 든 사연을 알게 된 임금은 여러 신하
들과 전우치를 어떻게 할 것인가 의논 하였습니다.

신하들이 말했습니다.

"전하, 저 놈은 도술이 대단하오니 병마개를 열어주어서는 아
니되옵니다. 가마에 기름을 끓여 그 속에 병을 넣게 하시옵소
서."

마침내 전우치가 들어간 병은 기름이 끓는 솥 안에 던져졌습니

다. 그런데 펄펄 끓는 기름 속에 들어간 병속에서 말소리가 들려오는 것이었습니다.

"전하, 신의 집이 가난하여 추워서 견디기 힘들었는데, 전하의 은혜로 이렇게 떨던 몸을 녹여 주시니 성은이 망극하옵나이다."

그 말을 듣고 임금이 크게 화를 내며 그 병을 산산 조각 내어버리라 하였습니다. 하지만 여러 조각이 난 병 속엔 아무것도 없었습니다. 그런데 부서진 병조각들이 사람처럼 움직이더니 임금 앞에 나가 말했습니다.

"신이 전우치이옵니다. 원하옵건대 내 죄를 다스릴 정신으로 백성들이나 편안하도록 다스림이 옳을 줄 아뢰옵니다."

병 조각마다 한목소리로 말하자 임금은 더욱 화를 내며,

"당장 이 병 조각들을 가루로 빻아 다시 기름에 넣어 버리고, 다시는 전우치가 오지 못하도록 전우치의 집은 불태우고 그 자리엔 연못을 만들어라."

명을 내리고는 신하들과 전우치 잡는 방법에 대해 다시 의논하였습니다. 여러 신하가 말했습니다.

"전우치가 스스로 나타나 잡히면 죄를 없애주고 벼슬을 주겠다는 방을 4대문에 붙이시옵소서. 그런 후 전우치가 나타나면 죽여 그 후환을 없애는 것이 좋을 듯하옵니다."

임금은 신하들의 말대로 방을 붙이라 명하였습니다.

이 무렵 전우치는 구름을 타고 방방곡곡을 다니며 어려운 사람을 도우는 등 더욱 의로운 일을 하였습니다.

그러던 어느 날, 한가로이 명승지를 두루 구경하던 전우치는 어느 곳에 이르자 한 남자가 슬피 우는 소리를 들었습니다. 전우치는 다가가 우는 이유를 물었습니다.

남자는 공손히 대답했습니다.

"저는 한자경이라 합니다. 너무도 가난하여 아버님이 돌아가셨는데도 장례를 치르지 못하고 있습니다. 또 날씨마저 추우니 일흔이 되신 어머니를 봉양(부모나 조부모와 같은 웃어른을 받들어 모심)할 도리가 없어 이리 우는 것입니다."

전우치가 불쌍히 여겨 소매에서 족자 하나를 내어 주며 말하길, "내가 도와 드리리다. 이 족자를 집에 걸고 '창고지기야!' 하고 부르면 대답할 것이오. 그리고 '은돈 백 냥만 가져오너라.' 하고 소리치면 그 족자 속의 창고지기가 돈을 가져올 것이오. 그러면 그 돈으로 장례를 치르고 어머니도 잘 모시도록 하시오. 그 후부터는 매일 한 냥씩만 달라고 해서 쓰면 살기에는 충분할 것이오. 만일 더 욕심을 부리면 화를 입을 것이니 내 말 꼭 명심

하시오."

한자경은 전우치에게 고맙다는 인사를 하고 집으로 돌아왔습니다. 집에 돌아와 족자의 그림을 보니 아무것도 없고 큰 집 하나와 집 속에 열쇠를 가진 동자 한 명만 그려져 있었습니다. 믿진 않았지만 전우치가 말한 대로 해 보았습니다. 그러자 신기하게도 정말 족자 속의 창고지기인 동자가 은돈 백 냥을 내놓았습니다.

한자경은 그 덕분에 아버지의 장례를 무사히 치르고 매일 은돈 한 냥씩을 받아 늙으신 어머니도 잘 봉양하게 되었습니다.

그러나 돈에 욕심이 생긴 한자경은 어느 날 창고지기에게 은돈 한 냥이 아닌 백 냥을 가져오라고 시켰습니다. 그러다 갑자기 나

타난 포졸들에게 잡히고 말았습니다. 그 그림은 임금이 쓰는 창고
와 연결되어 있는 것이었는데, 한자경이 욕심을 부려 모든 것이
들통 나 버린 것이었습니다.

도둑으로 몰린 한자경은 결국 사형을 당할 지경에 이르렀습니
다. 사형을 집행하는 관리가 칼로 한자경의 목을 치려 할 때, 갑자
기 광풍이 불더니 한자경이 하늘로 사라져 버렸는데 그것은 바로
전우치가 한자경을 구한 것이었습니다.

그런 후 전우치는 한자경에게 말했습니다.

"내가 그대를 불쌍히 여겨 그 그림을 주었거늘 내 말을 듣지 않
고 욕심을 부리다가 하마터면 죽을 뻔 하지 않았소?"

말을 마친 후 전우치는 한자경을 집으로 돌려보냈습니다.

다시 전우치는 나라 안을 두루 돌아다니다가 4대문에 방이 붙
어 있는 것을 보게 되었습니다.

'내가 스스로 잡히면 죄를 용서하고 벼슬을 준다고? 음…….'

전우치는 자신을 붙잡으려는 속임수라는 것을 알고 속으로 웃
으며 제 발로 임금 앞으로 나아갔습니다. 임금은 스스로 나타난
전우치에게 말했습니다.

"너는 네 죄를 아느냐? 너의 재주가 신기하고 뛰어나 내 너의 죄를 용서하고 벼슬을 주노니 온 힘을 다하여 나라에 충성하도록 하라."

그러고는 전우치에게 선전관(임금에게 경사를 축하하는 편지를 올리거나 임금이 신하에게 선물을 내릴 때 이와 관련된 글을 읽는 일을 맡아보는 임시 벼슬)이라는 벼슬을 내렸습니다.

하지만 그것은 전우치를 붙잡아 두기 위해 잠깐 동안 주는 벼슬이었습니다. 전우치는 날마다 궁궐로 가서 열심히 일했습니다. 그러나 다른 선전관들 가운데 몇 명이 전우치를 괴롭혔습니다. 전우치는 생각했습니다.

'언젠가는 너희들을 혼내주고 말겠다.'

어느 날 전우치는 자기를 미워하고 괴롭히는 선전관들을 불러 잔치를 열었습니다. 한창 잔치가 무르익을 무렵 전우치는 기생들을 불러들였습니다. 그런데 선전관들은 옆에 앉은 기생들을 보고 깜짝 놀랐습니다. 기생들은 모두 자신의 아내였던 것입니다.

비슷한 시간 선전관들의 집에서는 아내들이 갑자기 체해 먹지도 못하고 대소변도 보지 못한 채 인사불성이 되어 숨을 거두었습니다. 그 부인들은 선전관들이 집에 돌아오고 나서야 숨을 쉬며 다시 되살아났습니다. 그 후 선전관들은 다시는 전우치를 괴롭히지 못했습니다.

그 무렵 함경도 가달산에는 도적들이 살고 있었습니다. 이들은 마을 사람들의 재물을 마음대로 빼앗고 죽이기까지 했습니다. 마을을 다스리는 원님은 관군을 동원하여 도적을 잡으려했지만 매번 잡지 못했습니다. 그때 전우치가 임금 앞에 나서며 말했습니다.

"도적들의 횡포가 심하오니, 제가 도적들의 움직임을 보고 묘책을 세워 무찌르고 오겠사옵니다."

임금은 매우 기뻐하며 전우치에게 친히 칼을 내려주셨습니다.

임금께 절하고 즉시 말에 오른 전우치는 군사들을 이끌고 며칠 만에 가달산에 다다랐습니다. 잠시 후 전우치는 몸을 흔들어 솔개로 변한 뒤 가달산 위로 날아올랐습니다.

그리고 전우치가 하늘에서 수천 명의 도적떼들을 두루 살피다가 기골이 장대하고 키가 큰 사내를 발견하였는데 그가 바로 도적들의 우두머리인 '엄준'이었습니다.

엄준은 부하들을 이끌어 한바탕 사냥을 하고 잔치를 벌이던 중이었습니다. 전우치는 도둑들을 혼내 주려고 주문을 외웠습니다. 그러자 하늘에서 많은 줄이 내려와 모든 도둑들의 음식상을 거두어 하늘 높이 떠올려 버렸습니다.

도둑들은 어리둥절하여 멍하니 서서 하늘만 바라볼 뿐이었습니다. 이번에는 광풍이 불더니 병풍이 무너져 공중으로 날아갔습니다. 엄준은 정신을 못 차리며 뜰아래 나무를 붙들고, 도둑들은 바

람이 부는 방향대로 굴러다니며 정신을 잃을 지경이었습니다.

전우치는 빼앗은 음식을 가지고 산 아래 있는 군사들에게 나누어 주었습니다.

다음 날 전우치는 다시 군사들을 데리고 산으로 들어갔습니다.

"도둑들은 어서 나와 내 칼을 받으라."

"너는 누구길래 감히 나와 싸우자고 덤비는 게냐?"

"나는 전하의 명을 받고 너희들을 잡으러 온 전우치다."

"나는 엄준이다. 네가 능히 나를 당할 수 있을 것 같으냐?"

하며 엄준이 전우치에게 달려들었습니다.

두 사람은 신기한 재주를 부리며 싸웠는데, 그 모습은 마치 호랑이 두 마리가 다투는 듯, 용이 여의주를 다투는 듯하였습니다.

두 사람의 싸움은 오랫동안 계속되었지만 승부가 나지 않자 서로의 실력을 칭찬하며 잠시 싸움을 멈추었습니다.

이튿날, 엄준이 전우치를 찾아와 싸움을 청하였습니다. 전우치는 말을 내몰아 칼을 휘둘렀고 엄준은 번개 같은 창 솜씨로 맞섰습니다. 그러다 전우치가 몸을 흔들어 변신하니 진짜 몸은 하늘로 날아 올라갔고 가짜 전우치가 남아 싸웠습니다.

엄준을 죽이려던 전우치가 생각했습니다.

'이 놈을 사로잡아 죄를 뉘우치면 그 죄를 용서하고, 그렇지 않으면 죽여서 후환을 없애리라.'

전우치는 하늘에서 칼을 번득이며,

"엄준은 나의 재주를 보아라!"

엄준이 하늘을 보자 구름 속에서 수많은 전우치가 번쩍이는 칼을 들고 서 있었습니다. 그리고 앞뒤로 길을 막고 양옆으로 공격해 오고, 또 머리 위로는 말을 타고 춤추며 내려오는지라 엄준은 정신이 없어 말에서 떨어지고 말았습니다.

붙잡힌 엄준과 다른 도둑들은 전우치 앞에 무릎을 꿇고 죄를 뉘우쳤습니다. 전우치는 깊이 생각하더니 도둑들을 용서하고 고향으로 돌아가 선량한 백성으로 살아가도록 했습니다. 그리고 도둑들이 살았던 산채는 불태워 버렸습니다.

전우치가 도둑들을 물리친 이야기를 듣고 임금은 칭찬하며 상을 내리셨습니다.

그러던 어느 날 뜻밖의 소식이 들려왔습니다. 호서지방(충청북도와 충청남도를 아울러 이르는 말)에 사오십 명의 사람들이 모여 임금의 자리를 빼앗으려는 반역을 의논하고 있다는 것입니다. 화가 난 임금은 그들을 잡아오라는 어명을 내렸습니다. 그들이 잡혀오자 임금이 직접 심문하였습니다.

"바른대로 말해라. 그렇지 않으면 살아남지 못할 것이니라."

그들 중 한 명이 말했습니다.

"전하, 저희는 선전관 전우치를 임금으로 삼아 만 백성을 평안하게 하려 했사온데 이렇게 발각되오니 죽을죄를 졌사옵니다."

"당장 전우치를 잡아들여라!"

임금이 소리쳤습니다.

갑자기 일어난 난 일이라 전우치는 손쓸 틈도 없이, 일시에 달려든 포졸들에게 붙잡혀 형틀에 묶이고 말았습니다. 임금이 전우치에게 말했습니다.

“네가 예전에도 나라를 속이고 전국 각처마다 장난을 부리고 다닌 것도 용서치 못할 일이거늘 이제는 역적모의까지 하다니…… 내 너를 용서할 수 없느니라. 저놈을 매우 쳐라!”

평소 전우치를 시기하던 이조판서 왕연희가 기회를 놓치지 않고 전우치를 죽이라고 임금을 부추겼습니다.

그런데 전우치가 도술을 부려, 매를 치는 군사가 힘껏 몽둥이를 내리치면 때리는 사람의 팔이 아프게 하여 제대로 때릴 수 없게 하였습니다.

전우치가 말했습니다.

“전하, 예전의 죄는 제가 죽어 마땅하나 오늘의 일은 저도 모르는 일이옵니다.”

전우치는 꾀를 내어 다시 임금께 여쭈었습니다.

“이제 신은 죽을 목숨이오나 평생 배운 재주를 아직 세상에 전하지 못했사옵니다. 이대로 죽으면 저승에 가서 한이 될 것이오니 부디 전하께오서 그 한을 풀게 해 주시옵소서.”

임금은 전우치의 마음을 헤아리어 말했습니다,

“그래, 네 재주가 무엇이더냐?”

“신은 본래 그림 그리기를 잘하는데 나무를 그리면 나무가 점점 자라나고, 짐승을 그리면 그 짐승이 기어가고, 산을 그리면 풀과 나무가 자라옵니다. 이러한 그림을 그리지 못하고 죽으면 어찌 원통하지 않겠사옵니까?”

그 말을 들은 임금이 잠시 생각했습니다.

‘이놈이 이대로 죽으면 원혼이 되어 나를 괴롭힐지도 몰라.’

임금은 즉시 전우치를 풀어주고 붓과 종이를 주어 그림을 그리게 하였습니다. 전우치는 붓을 잡고 곧 산수화를 그렸습니다.

수많은 산봉우리와 깊은 골짜기, 높은 곳에서 떨어지는 폭포, 시냇가에는 가지 늘어진 버들을 그리고 그 밑에 안장을 얹은 나귀를 그려 넣었습니다.

그림을 다 그린 전우치는 임금께 감사의 절을 올렸습니다.

그러자 임금이 의아해 하며 물었습니다.

“너는 곧 죽을 놈이거늘 감사하다 함은 무슨 뜻이냐?”

임금이 묻자 전우치가 대답했습니다.

“신은 이제 전하께 마지막 인사를 드리고 산 속으로 들어가 남은여생을 마치고자 하옵니다.”

말을 끝내자마자 전우치는 그림 속의 나귀 등에 뛰어 올라 타고 눈 깜짝할 사이에 그림 속의 숲으로 사라져 버렸습니다.

“내가 또 이놈의 꾀에 속았구나.”

하며 임금은 한숨을 내쉬었습니다.

겨우 죽을 고비에서 벗어난 전우치는 자기를 시기하여 해코지하려고 했던 이조판서 왕연희의 모습으로 변신했습니다. 그리고

부하들을 거느리고 왕연희의 집으로 갔습니다.

그때 진짜 왕연희는 궁궐에서 아직 돌아오지 않은지라 왕연희의 모습을 한 전우치는 방에서 왕연희를 기다리고 있었습니다.

해질 무렵 진짜 왕연희가 집으로 돌아오자 문 앞에서는 부인과 하인들이 진짜 왕연희를 몰라보고 들어오지 못하게 막고 있었습니다.

이때 전우치가 왕연희를 가리키며 말했습니다.

"저놈은 천년 묵은 여우로, 내 얼굴로 변하여 온 것이다."

화가 난 왕연희는 소리쳤습니다.

"대체 어떤 놈이 내 얼굴이 되어 내 집에 있는 것이냐?"

그 소리를 들은 전우치는 개의 피와 냉수를 가져와서 왕연희를 향해 한번 내뿜고는 주문을 외웠습니다. 그러자 왕연희는 꼬리 아홉 개 달린 여우가 되고 말았습니다.

전우치의 명령으로 하인들이 여우로 변한 왕연희를 우리에 가두었습니다. 왕연희가 아무리 말을 하려해도 그의 입에선 여우 울음소리만 날 뿐이었습니다.

그날 밤 전우치는 왕연희를 가둔 우리에 가서 말했습니다.

"평소 너는 나와 원수진 일이 없거늘 왜 너는 나를 죽이려 했느냐? 내 너를 죽여 한을 풀어 마땅하나 나는 평생 살생하지 않기로 했으니 너를 용서하마. 만일 다시 나를 해치려 한다면 그때는 용서하지 않으리라.”

전우치가 주문을 외자 왕연희는 다시 사람으로 되돌아왔습니다. 그러자 왕연희는 전우치에게 고개 숙여 엎드려 사죄하였습니다. 전우치는 왕연희의 집을 떠나 구름을 타고 남쪽으로 향했습니다.

하루는 전우치가 어릴 적에 글공부를 같이 했던 친구, 양봉환을 찾아갔습니다. 그런데 양봉환은 병이 들어 앓고 있었습니다.

그 모습을 본 전우치는 깜짝 놀라며 물었습니다.

“대체 무슨 병을 앓고 있는 것인가?”

“정신이 혼미하고 마음이 아파 오랫동안 먹고 마시지 못했으니 아마도 오래 살지는 못할 듯하네. 한 여인을 생각하느라 병이 난 듯싶네.”

“어떤 여인이기에 이토록 병이 날 지경이란 말인가?”

“남문 안, 현동에 사는 정씨라는 여인일세. 일찍이 남편을 여의고 홀로 시어머니를 모시고 사는데 인물이 절색(견줄 데 없이 빼어나게 아름다운 여자)이지. 나는 한눈에 반하여 상사병에 걸리고 말았다네.”

“내가 자네를 위해 정씨를 데려 오겠네.”

전우치는 이렇게 다짐한 후 구름을 타고 정씨를 찾아갔습니다.

그때 정씨가 방안에 있었는데 선관으로 변한 전우치가 내려와 정씨를 불렀습니다.

"정씨는 들으라. 전생에 선녀였던 그대를 옥황상제께서 불러오라 하시니 나와 함께 천상의 잔치에 가야겠다."

"소인은 인간이온데 어찌 하늘에 올라 옥황상제를 뵈오리까?"

"그대는 인간 세상의 더러운 물을 먹어 하늘나라의 일을 잊었던 것이다. 이것을 마시라."

하며 전우치가 소매에서 잔을 꺼내 술을 가득 부은 다음, 정씨에

366

게 권했습니다. 술을 마신 정씨가 정신이 혼미해져 잠이 들자 전우치는 정씨를 구름에 태우고 양봉환의 집으로 향했습니다.

이때 한 거지가 모든 거지들을 데리고 저잣거리(가게가 죽 늘어서 있는 거리)를 돌아다니며 구걸하고 있었습니다. 그는 날아가는 전우치의 구름을 보고 손가락으로 가리켰습니다. 그러자 구름이 갈라지며 잠든 여인이 땅에 떨어지려고 하였습니다. 깜짝 놀란 전우치는 다시 도술을 부려 여인을 받아 올렸습니다. 그때 그 거지가 전우치를 꾸짖었습니다.

"전우치는 들으라. 네가 도술을 부려 나라를 속인 죄는 크다만 착한 일을 하기 위한 것이었기에 너를 그냥 두었다. 그런데 얕은 재주를 부려 수절하려는 여인을 이처럼 농락하니 이제 더 이상 너를 용서치 않으리라."

이 말을 들은 전우치는 화를 내며 칼을 뽑아 거지를 내려치려고 하였습니다.

그런데 그 칼이 큰 호랑이로 변해 오히려 전우치를 해치려고 하는 것이었습니다. 전우치는 피하려고 했지만 발이 땅에 붙어 움직일 수가 없었습니다.

얼른 변신하여 호랑이와 싸우려 했지만 이상하게도 도술을 부릴 수가 없었습니다. 그제야 그 거지를 보니 비록 옷은 남루하게 입었으나 보통사람이 아니라는 것을 깨닫게 되었습니다.

전우치가 몸을 굽히고 용서를 빌자 그 거지가 말했습니다.

"내 너를 특별히 용서해 주마. 이제 당장 정씨를 집에 데려다 주고, 병든 양봉환에게는 정씨를 대신할 만한 여인이 있으니, 그 여인을 양봉환에게 데려다 주어라. 만일 내 말을 어기면 너는 큰 화를 면치 못할 것이다."

"명심하겠나이다. 선생의 귀한 이름이라도 알고자 합니다." 거지가 말했습니다.

"나는 옥황상제를 모시는 강림도령이다."

이후 전우치는 정씨를 집에 데려다 주고 강림도령이 말한 여인을 찾아갔습니다. 그곳에서 여인에게 강림도령이 준 환형단을 먹이고 주문을 외우니 그 여인은 양봉환이 사모하던 정씨와 똑같은 모습으로 변했습니다. 전우치가 그 여인을 양봉환에게 데려다 주자 여인을 본 양봉환은 병이 나아 자리에서 일어났습니다.

그 후 전우치는 도학이 높기로 유명한 서화담 선생의 이름을 듣고, 그분을 만나 뵙기 위해 야계산으로 발걸음을 향했습니다. 산어귀에는 소나무와 대나무가 푸르고, 골짜기에 흐르는 물은 잔잔하고, 사슴과 노루는 다정히 노니며, 백학이 춤을 추는 별천지(별

세계. 우리가 살고 있는 이 세상 밖의 다른 세상 또는 특별히 경치가 좋거나 분위기가 좋은 곳)였습니다. 대나무숲 사이에 있는 사립문에 나아가 기척을 하니 동자 한 명이 나와 전우치를 맞아주었습니다.

"선생님이 전공이십니까?"

"동자는 나를 어떻게 알고 있는고?"

"아침에 선생님께서 오늘 오시에 전씨 성을 가진 사람이 올 것이니 초당을 깨끗이 치우라며 미리 알려 주셨습니다."

전우치는 기뻐하며 동자에게 선물을 주고는 화담 선생님을 뵙기를 청하니 화담은 즉시 초당(억새나 짚 따위로 지붕을 인 조그마한 집 채)으로 전우치를 들게 했습니다. 직접 만나 보니, 화담 선생은 55세의 나이인데도 얼굴은 연꽃 같고 두 눈은 깨끗한 물처럼 맑았습니다.

"저는 전우치라 하옵니다. 선생의 훌륭하신 가르침을 받고자 이렇게 찾아왔습니다."

그러자 화담이 여유로운 말투로 답했습니다.

"내가 무슨 학문이 높다고 이렇게 칭찬을 하는가? 사람들의 말을 듣자 하니 그대야말로 술법이 대단하다던데, 이렇게 그대를 만나게 되어 한없이 기쁘도다."

화담이 시종에게 명령하여 술과 안주를 재촉하고, 칼을 뽑아 벽에 꽂으니 신선이 마시는 술, 영출주가 흘러 나와 잠깐 사이에 항아리가 차올랐다. 고운 옷을 입은 선녀가 술상을 차리어 들고 나와 전우치 앞에 놓더니 잔을 들어 술을 권했고, 신선의 술과 진수성찬을 맛본 전우치는 연신 고맙다는 인사를 전했다.

전우치와 화담 선생이 서로 술잔을 주고 받던 사이 화담의 동생 용담이 방으로 들어왔습니다. 전우치가 그의 얼굴을 들여다보니 눈썹과 눈이 맑고 빼어나며 위엄 있는 풍채가 가히 사람을 놀라게 할 만했습니다. 용담이 전우치에게 예를 갖추며 이렇게 말했습니다.

"전우치 선생의 높은 도술은 이미 오래전부터 알고 있었습니다. 원컨대 선생의 뛰어난 재주를 한번 보여 주시지요."

전우치가 조용히 사양했지만 용담이 여러 차례 간청하자, 전우치도 시험 삼아 주문을 외웠습니다. 그러자 용담이 쓴 관이 뿔이 길게 달린 소의 머리로 변했습니다. 자기가 쓴 관을 소머리로 바꾸어놓은 것을 보고 화가 난 용담도 주문을 외워 전우치가 쓴 관을 돼지 머리로 바꾸었습니다.

전우치는 속으로 생각하기를,

'이 사람의 재주가 비범하니 꼭 한번 겨루어보리라.'

하며 다시 돼지머리를 향해 주문을 외웠습니다. 그것은 곧 긴 창으로 변했고, 용담 또한 주문을 외워 소머리를 큰 칼로 변하게 했습니다. 두 사람의 창과 칼은 하늘로 올라가며 빛을 내더니, 서로 싸우기 시작했습니다.

용담이 또 부채를 던지며 주문을 외우니 칼과 부채는 적룡과 청룡으로 변했고, 전우치 역시 주문을 외워 대적하니 창과 부채 장식은 백룡과 흑룡으로 변하였습니다. 네 마리 용이 한데 엉켜 구름을 헤치고 안개를 내뿜으며 싸우자 벼락소리가 쩌렁쩌렁 울려 퍼졌지만 좀처럼 승부는 나지 않았습니다.

청룡과 적룡의 기운이 점점 빠지기 시작했고, 화담 선생은 두 사람이 계속해서 재주를 겨루다 다칠 것이 염려되었습니다.

"손님이 내 집에 오셨는데 너는 어찌 이리 무례하게 구느냐?"

그 말이 끝나고 나서 화담 선생이 책상에 있던 연적을 던지자 네 마리의 용이 다시 전우치와 용담이 쓰던 관으로 변했습니다.

전우치는 관과 부채 장식을 주워 수습을 한 뒤 부드러운 말투로
하직 인사를 고했습니다.

"오늘 자리에 맞지 않게 재주를 겨뤄 선생의 높은 도술을 욕보
였으니 그 죄가 크옵니다. 나중에 다시 사죄하겠습니다."

그 후 삼 일 만에 전우치가 다시 화담을 찾아오니, 화담 선생은
그에게 한 가지 부탁의 말을 하였습니다.

"남해바다에 화산이라는 큰 산이 있다네. 그 산에 운수 선생이
라는 도인이 한 분 계시는데 내가 어려서 그분께 글을 배웠지.
운수 선생께서 나에게 여러 번 편지로 안부를 물었으나 아직 답
장을 드리지 못하였으니, 나를 대신하여 그대가 화산을 다녀올
수 있겠는가?"

"예, 제가 다녀오겠습니다."

"화산은 바다 한가운데 있는 산이라 가기가 쉽지 않을 거라네."

전우치는 화담이 자기를 믿지 못하는 것 같아 큰소리치며 말했
습니다.

"비록 소생이 재주는 없사오나 얼른 다녀오겠습니다. 만일 순
식간에 다녀오지 못하면 여기서 죽는 한이 있어도 다시는 이 산
을 나가지 않겠습니다."

전우치는 화담이 써준 글을 받아들고 어느새 보라매가 되어 날
아갔습니다. 한참을 날아가 바다 한가운데에 이르렀을 때, 난데없

이 그물이 나타나 그 앞을 가로막았습니다. 전우치가 그물을 넘으려고 하자 그물이 하늘에 닿았고, 이번에는 아래로 내려가려 하자 그물도 아래로 내려왔습니다. 또 좌우로 그물이 펼쳐져 있어 도무지 갈 길이 없었습니다. 전우치는 그물을 벗어나기 위해 열흘 가까이 애쓰다가 하는 수 없이 화담 선생께 돌아와 사정 이야기를 하였습니다. 그러자 화담 선생이 웃으며 말했습니다.

"그리 큰소리 치고 가서도 다녀오지 못했으니 너는 이제 살아서는 이 산 밖으로 나갈 수 없을 것이다."

화담 선생의 말에 겁을 먹은 전우치는 금방 매로 변하여 달아났습니다. 그러나 곧 화담 선생이 독수리가 되어 쫓아왔습니다. 화담 선생이 잡으려하자 이번에는 전우치가 다시 호랑이로 변했습니다. 이번엔 화담 선생도 푸른 사자로 변해 전우치를 덥석 물었습니다. 전우치가 살려달라고 애원하자 화담 선생이 꾸짖으며 말했습니다.

"그 정도의 도술로 임금을 속이고 함부로 장난을 일삼으니 어찌 죽이지 않으리오."

전우치가 사정하며 말했다.

"지은 죄가 많아 죽어 마땅하지만, 소생에게는 노모가 있사오니 원컨대 부디 살려 주십시오."

그러자 화담이 말했다.

"이번은 살려주겠다만 다시는 버릇없는 행동을 하지 말고, 얌
전히 어머니를 봉양하여라. 네가 여러 가지 재주로 옳은 일을
한 것은 기특하지만 다른 사람들을 속인 것은 옳지 않다. 재주
에 있어서도 반드시 더 뛰어난 자가 있을진대, 네가 지금처럼
세상을 돌아다니면 언제가 화를 입을 것이다. 그러니 지금부터
라도 옳은 도리를 행하는 것이 좋지 않겠느냐?"

"네, 스승님의 분부에 따르겠나이다."

"나는 이제 영주산으로 들어가 몸과 마음을 닦을 것이니, 어머
니가 돌아가신 후에 그대 또한 나를 따르는 것이 어떠한가?"

전우치는 조금도 머뭇거리지 않고 같이 가겠다고 대답했습니다.

그날 이후로 전우치는 요술을 쓰지 않고 어머니를 열심히 모셨
습니다. 세월이 흐르고 흘러, 전우치의 어머니가 돌아가시니 그는
예를 갖추어 선산에 안장을 하고, 삼 년을 받들었습니다.

그러던 어느 날 화담 선생이 찾아오자 전우치는 깜짝 놀라며,
급하게 나와 스승님을 맞이했습니다.

"자네와 약속한 일이 있기에 상중에 있는 것을 알고도 찾아왔
도다. 이제 산에 있는 구미호를 잡아 돌 상자에 가둬 그 굴에 불
을 지르도록 하여라."

전우치는 스승님이 말하는 구미호가 무엇인지 금세 알아차렸습
니다. 그것은 사사로이 남용한 그의 도술을 말하는 것이었습니다.

"선생께서 그 여우를 없애라 하시면, 진심 온 나라에 아주 다행일 것입니다."

전우치의 답을 들을 화담선생은 이렇게 말했습니다.

"내 그대를 영주산으로 데려가려 하니, 이제 그만 행장(여행할 때 쓰는 물건과 차림)을 꾸리도록 하여라."

이에 전우치가 크게 기뻐하며 재산을 모두 하인들에게 나눠 주며 말했습니다.

"이제 나는 세상과 영원히 이별하려 한다. 너희들도 아무 탈 없이 편히 잘 지내기를 바라고, 끝으로 부탁할 것이 하나 있구나. 부디 내 조상의 제사를 정성껏 모셔다오."

전우치가 조상의 무덤에 마지막 인사를 고한 후, 화담 선생을 구름에 태우고는 영주산으로 향했습니다. 그 후 전우치의 행적은 아무도 알지 못했습니다. 다만 가끔씩 화담 선생과 전우치가 영주산에서 도를 닦고 있다는 소식이 들려왔을 뿐입니다.

부패한 사회현실을 묘사한 〈전우치전〉

지은이와 지은 시기가 정확하게 알려지지 않은 이 작품은 다른 영웅소설이나 군담소설(주인공의 군사적 활약상을 주요 내용으로 하는 소설을 이르는 말)과 유사한 구조를 가지고 있어요. 신기한 도술을 할 줄 알지만 그 재주를 감추고 살아가던 주인공 전우치는 욕심 많은 벼슬아치들의 횡포와 백성들의 비참한 처지를 보게 되지요. 그리고 의협심을 발휘하여 부패한 정치를 바로 잡고, 백성들의 궁핍한 생활을 도와주며, 도적떼를 잡기 위해 자신의 도술을 사용합니다. 그러다 나중에 서화담을 만나 태백산에 도를 닦으러 들어갔다는 이야기예요.

부패한 관리들의 돈으로 어려운 백성들을 구제한다는 점과 도술을 소재로 했다는 점에서 〈홍길동전〉과 비슷한 부분이 매우 많기에, 지은이가 〈홍길동전〉을 지은 허균이라는 견해도 있어요.

〈홍길동전〉처럼 〈전우치전〉에도 당시의 부패한 사회현실이 잘 나타나 있습니다. 위기에 처했을 때 매번 도술을 이용해 교묘히 빠져나오는 장면은 권력층의 권위를 조롱하는 것처럼 보이지요. 또 도술로 사회적인 규제를 힘없이 만들어 버리는 모습은 당시의 어려운 현실 속에서 백성들이 바라는 영웅의 모습이기도 해요. 하지만 백성들을 위해서만 도술을 사용한 홍길동에 비해 전우치는 도술을 장난삼아 했다거나 개인적인 감정에 이끌려 행동하는 부분이 있어 〈홍길동전〉보다 사회개혁의식이 부족하다고도 말해요.

반면 전우치의 이러한 인간적인 모습이 이 이야기를 더욱 친근감 있게 느끼게 준답니다.

내용을 보면 인물의 등장과 연대가 일관성이 없는 경향이 있지만 전우치가 신기한 도술로 상대를 물리치는 것을 보면 무척 통쾌하지요. 바로 이러한 부분에서 지은이의 의도를 알 수 있답니다.

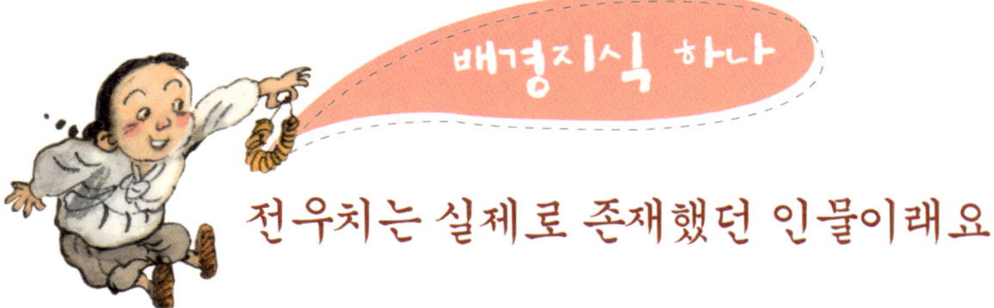

전우치는 실제로 존재했던 인물이래요

〈전우치전〉이 다른 소설에 비해 독특한 점은 주인공인 전우치가 실존했던 사람이라는 것이에요. 그에 대한 기록은 『조야집요』, 『어우야담』, 『지봉유설』 등의 문헌에 나와 있어요.

그 문헌들에 따르면 전우치는 조선 중종 때 살았던 전라도 담양 사람으로 도술을 익히고 시를 잘 지었다고 해요. 나중에 나라에 반역을 도모하다가 죽음을 당했다고도 하고, 선비로 행세하다가 송도에 숨어버렸다고도 하지요.

하지만 전우치의 생애가 이야기로 전해지는 과정에서 초인적인 도술이 나오는 장면을 넣어 더 흥미롭게 이야기를 꾸몄기 때문에 전우치가 도술을 부리는 내용은 상당히 비현실적이고 황당무계하답니다.

서로 닮은 전우치와 로빈 후드

여러분이 잘 알고 있는 로빈 후드도 알고 보면 전우치와 비슷한 점이 아주 많아요. 로빈 후드는 11세기경 영국 노팅엄 주의 셔우드 숲에 살고 있었어요.

그는 백성들을 괴롭히는 관리나 탐욕스런 귀족, 타락한 성직자들의 재산을 빼앗아 헐벗고 굶주린 사람들을 도왔는데, 영국에선 그에 대한 이야기들이 전설처럼 전해 내려오고 있습니다.

특히 로빈 후드는 다른 사람과 비교할 수 없을 정도로 뛰어난 활쏘기 능력을 가졌어요. 모든 사물을 귀신 같이 명중시키는 그의 뛰어난 활솜씨는 마치 도술과 같았지요. 그러한 능력을 통해 관리와 귀족들의 횡포를 응징하고, 그 재산을 빼앗아 어려운 사람들을 돕는다는 점에서 전우치와 서로 닮았습니다.
주인공들이 착하고 정당한 방법을 통해서 주변 사람들을 돕기도 하지만, 전우치나 로빈 후드처럼 남의 재산을 빼앗아 사람들을 도울 때도 있습니다. 물론 착한 의도를 가지고 시작한 행동이긴 하지만, 사람들을 돕는 과정 속에서 도둑질을 저지르는 건 분명 옳지 않은 행동입니다.

소설 속 영웅들의 정의롭고 멋진 모습만 보여주면 될 것을, 작가는 왜 굳이 불법을 저지르는 모습까지 그려 넣었을까요? 그것은 그만큼 당시의 사회가 정의롭지 않고 썩어 있는 혼탁한 모습을 담아내기 위해서였답니다. 특히 그 중에서도 비리에 찌들어 있는 지배층의 모습을 꼬집고 풍자(문학 작품에서, 현실 속의 부정적 현상이나 잘못 따위를 끌어들여 비웃음을 섞어 글 쓰는 것)하는 것이지요.

뇌물을 받고, 백성들의 것을 빼앗으며 정당하지 못한 방법으로 돈을 모은 지배층에게 당시의 사람들은 상당히 불만이 많았습니다. 불만이 커질수록 비리를 일삼는 높은 관리들에게 뛰어난 힘을 가진 영웅들이 백성들을 대신하여 그들에게 벌을 내리고, 부정한 방법으로 모은 물건들을 빼앗아 다시 힘든 이들에게 되돌려주는 모습을 보면서 백성들은 통쾌함을 느껴졌을 테지요.
로빈 후드나 전우치가 초인적인 능력을 가진 비현실적인 사람으로 그려진 것은 현실에 대한 불만을 해소하고자 하는 백성들의 생각이 반영된 것이라고 생각하면 되겠습니다.

옛날에 가난한 사람들은 어떻게 살았을까?

옛날 사람들은 식사를 '아침과 저녁'을 뜻하는 '조석'이라고 불렀어요. 이것을 보면 하루에 아침과 저녁 두 끼만 먹었다는 것을 알 수 있지요. 부자들은 점심을 먹기도 했지만 대부분 두 끼의 식사만 했어요.

그나마 흉년이 들어 먹을 것이 없으면 가난한 사람들은 소나무 껍질, 솔잎, 도토리 등을 먹었대요. 솔잎은 쪄서 말린 후 가루로 빻아 죽으로 만들어 먹기도 했는데, 솔잎을 많이 먹으면 변비에 걸리게 되어 변을 보던 중에 상처가 나는 사람도 많았습니다. 그래서 '찢어지게 가난하다'라는 말은 이 모습을 두고 나오게 된 거랍니다.

또 매년 음력 4월쯤 되면 작년 가을에 거두어들인 곡식은 다 먹어버려서 하나도 남지 않았습니다. 쌀을 다시 수확하려면 가을까지는 기다려야 하고, 쌀 대신 먹어야 될 보리는 아직 덜 여물어서 그 시기가 되면 먹을 것이 많이 모자랐어요. 그래서 햇보리를 수확할 때까지 그 시기를 견디지 못하고 굶어 죽는 사람이 많았습니다. 마치 넘어가기 어려운 고개처럼 힘이 든다고 해서 이 시기를 '보릿고개'라고 했답니다.

＊ 활동하기 1

오늘날 전우치가 우리 주변에 살고 있다면, 그는 어떤 도술을 부려 나쁜 사람들에게 벌을 줄까요? 상상해 보세요.

　예) 나와 함께 타임머신을 타고 일제강점기 때로 돌아가 나라를 빼앗은 일
　　　본사람들을 무찌른다.

주변에 도움이 필요한 어려운 친구를 우리는 어떻게 도울 수 있나요?
또, 전우치가 다른 사람의 돈을 빼앗아 가난한 사람을 도운 일이 반드시 옳은
일이었는지 친구들과 토론해 보세요.